© Franziska Buddrus

Jana Scheerer, geboren 1978 in Bochum, lebt in Berlin. Nach ihrem Studium der Germanistik, Amerikanistik und Medienwissenschaft arbeitet sie jetzt als akademische Mitarbeiterin am Institut für Germanistik der Universität Potsdam. 2004 wurde sie für ihr erstes Buch ›Mein Vater, sein Schwein und ich‹ mit dem Literaturpreis Prenzlauer Berg ausgezeichnet. ›Mein innerer Elvis‹ wurde von der Presse hymnisch besprochen, war für den Oldenburger Jugendbuchpreis nominiert und erhielt den Luchs, den Kinder- und Jugendbuchpreis von der »Zeit« und »Radio Bremen«.

JANA SCHEERER

MEIN INNERER ELVIS

Roman

Fischer Taschenbuch Verlag

www.fischerverlage.de

MIX
Papier aus verantwortungsvollen Quellen
FSC® C083411

Veröffentlicht im Fischer Taschenbuch Verlag,
einem Unternehmen der S. Fischer Verlag GmbH,
Frankfurt am Main, Juni 2012

Druck und Bindung: CPI – Clausen & Bosse, Leck
Printed in Germany
ISBN 978-3-596-81084-0

Nach den Regeln der neuen Rechtschreibung

Mein innerer Elvis

1.

Ich liebe Elvis. Er macht die beste Musik, die ich in meinem ganzen Leben gehört habe. Ich kenne Elvis aus dem Fernsehen, wo eine Dokumentation über ihn lief. Am Anfang fand ich das ziemlich langweilig und habe nur nicht umgeschaltet, weil ich eine Magengrippe hatte und mir bei jeder Bewegung noch schlechter wurde. Ich habe einfach dagelegen und auf den Fernseher gestarrt, den Mama mir eingeschaltet hatte, damit ich nicht so alleine bin. Elvis wurde in der Dokumentation immer fetter, was von dem ganzen Alkohol kam, den er getrunken hat. Das schwemmt auf, wie der Sprecher sagte. Außerdem war er fresssüchtig und aß einmal zwanzig Hamburger vor einem Konzert, nur um sie gleich wieder auszukotzen. Als ich das hörte, musste ich mich sofort zu der Schüssel vor meinem Bett runterbeugen. In dem Moment habe ich plötzlich eine tiefe Verbundenheit mit Elvis gespürt.

Als ich wieder hochschauen konnte, sagte der Sprecher »Elvis starb angeblich am 16. August 1977 an den Folgen seiner Tablettensucht.« Ich saß sofort aufrecht im Bett. Am 16. August habe ich Geburtstag. Und dann sagte der Sprecher, dass Elvis gar nicht gestorben ist, sondern seinen Tod nur vorgetäuscht hat, um der Mafia zu entkommen. Er war geheimer Agent der amerikanischen Kriminalbehörden und hat als Lockvogel ein Geschäft mit der Mafia gemacht. Als die gemerkt haben, dass Elvis gar kein Blödmann ist, dem sie das Geld aus der Tasche gezogen haben, sondern ein Agent, der sie hochgehen lassen wird, wollten sie ihn aus dem Weg räumen. Und da hat Elvis sich einen Tag bevor der Prozess gegen die Mafiatypen losgehen sollte aus dem Staub gemacht. In der Dokumentation wurde ein Mann gezeigt, mit grauen Haaren und Goldrandbrille. Er saß vor einer Bücherwand, und vor seinem Bauch wurde eingeblendet *Allan McMorren, international anerkannter Graphologe*. Der international anerkannte Graphologe lehnte sich in seinem Schreibtischstuhl zurück, hielt einen Kugelschreiber in der Hand, sah in die Kamera und sagte »aus graphologischer Sicht steht zweifelsfrei fest, dass Elvis seinen Totenschein selbst ausgefüllt hat.« Das fand ich ziemlich unheimlich, aber gleichzeitig auch irgendwie gut. Ist nur konsequent, dass, wenn Elvis seinen eigenen Tod vortäuscht, er auch den Totenschein selbst ausfüllt. Elvis hat auch viele Zeichen hinterlassen für die Leute, die sie zu lesen im Stande sind, sagte der Sprecher. Zum Beispiel steht auf seinem Grabstein *Elvis Aaron Presley* mit zwei *A* im *Aaron* und nicht mit einem, so wie Elvis seinen zweiten Namen eigentlich geschrieben hat. Das soll den wahren Fans zeigen, dass Elvis in dem Grab eigentlich gar nicht drin liegt. Genial, das den Leuten durch einen Rechtschreibfehler mitzuteilen. Dann habe ich eine Weile von der

Dokumentation nichts mitbekommen, weil ich damit beschäftigt war zu überlegen, welchen Buchstaben ich auf meinem Grab einfügen oder weglassen könnte, wenn ich später mal meinen Tod vortäusche. Aber ob ich meinen Tod fake oder wirklich abkratze, ist den meisten Leuten wahrscheinlich eh egal. Und wenn ich auf meinen Grabstein »Anje« oder »Atje« schreibe, denken die Leute bei meinem Glück nicht, dass ich da gar nicht drin liege, sondern dass ich 'ne Leserechtschreibschwäche hatte. Als ich dann wieder zugehört habe, war in der Dokumentation eine Frau, die behauptete, Elvis hätte sie angerufen und ihr gesagt, dass er ein zurückgezogenes Leben in Michigan führt. Und dass besondere Leute, die zu seinem dreißigsten Todestag nach Graceland kommen, ihn vielleicht zu sehen bekommen werden. Damit meint er mich.

Als ich wieder aufstehen konnte, habe ich mir sofort jede Menge Musik von Elvis besorgt, und ich muss sagen, Elvis kann nicht nur kotzen. Er kann auch wirklich gut singen. Das Tolle ist, dass es zu jeder Situation im Leben den richtigen Elvis-Song gibt. Na ja, hauptsächlich für Situationen, in denen man total verliebt ist und a) jemanden kriegt oder b) eben nicht, und natürlich auch für Fälle, wo man nicht mehr verliebt ist, weil man a) betrogen oder sitzen gelassen wurde oder b) jemanden betrogen oder sitzen gelassen hat. Das ist aber eher selten.

Papa mag Elvis nicht. »Das ist doch Spießermusik«, sagt er, und dass Elvis damals sogar bei Präsident Nixon war, um dem zu sagen, dass er ihm im Kampf gegen die verderbliche Hippiekultur helfen will. »Elvis' Hüftschwung war doch aber ein Skandal«, antworte ich immer darauf. Papa macht dann ein ganz abschätziges Gesicht und sagt »für deine Großeltern vielleicht. Das ist doch Omamusik!« und dass es außerdem affig ist, in Elvis-Bettwäsche zu schlafen und Elvis-T-Shirts zu tragen und eine Elvis-Brotdose mit zur Schule zu nehmen. In der Schule finden das auch alle bescheuert und fragen mich, ob ich in der Dose meine Schmalzstullen oder meine Schmalzschnulzen habe, aber das erzähle ich Papa natürlich nicht. Mama sagt, dass ich eben in einem Alter bin, in dem Mädchen zur Schwärmerei neigen und dass das eine ganz gesunde Vorstufe zu einer tatsächlichen sexuellen Beziehung ist. Wie gesund es für Mädchen in meinem Alter ist, wenn ihre Mütter vor der versammelten Familie über ihre Vorstufen zu tatsächlichen sexuellen Beziehungen sprechen, ist ihr egal. Noch nerviger als Mamas Sexuelle-Beziehungen-Vorträge ist allerdings, wenn sie mit einem Stapel CDs in mein Zimmer kommt und mir sagt, dass sie mal ein bisschen *fetzige* Musik mitgebracht hat, weil man in meinem Alter keine Omaschnulzen hören sollte, und dass, wenn ich andere Musik höre, ich sicher auch bald ein paar Freunde finde. Die fetzige Musik, die sie meint, ist von Queen und Bruce Springsteen. Das war vor zwanzig Jahren fetzig, als fetzig auch noch ein fetziges Wort war. Aber das sage ich Mama natürlich nicht. Ich tue einfach so, als würde ich die CDs hören und gebe sie ihr nach einer Woche zurück. Mama lächelt dann ganz glücklich und denkt, dass sie eine unglaublich tolle Mutter ist, die ihre Tochter mit unglaublich fetzigen Methoden aus ihrem Außenseitertum befreit. Wenn es sie glücklich macht.

Mich persönlich würde nur eins glücklich machen: nach Graceland zu fahren und Elvis zu treffen. Ich weiß, dass er mir etwas sehr Wichtiges sagen wird. Etwas, das mein Leben total verändert.

Als Mama vor ein paar Monaten in der Elefantenrunde gesagt hat, dass wir in den Sommerferien nach Amerika fahren, hat mich fast der Schlag getroffen. Ich dachte, das ist ein Zeichen, das ist meine Chance, ich werde ihn sehen. Ich habe mich gleich zu Wort gemeldet und gesagt, dass ich beantrage, nach Graceland zu fahren. In der Elefantenrunde darf man nämlich nicht einfach reden, sondern muss sich zu Wort melden. Und wenn man dran ist, müssen die anderen einen ausreden lassen. »Das ist ein Instrument zur Herstellung eines demokratisch-offenen Familienklimas«, hat Mama gesagt, als sie die Elefantenrunde eingeführt hat, und Mama muss es wissen, weil sie Paar- und Familientherapeutin ist. Elefantenrunde ist bei uns einmal die Woche, und normalerweise hasse ich das, weil man sagen muss, wie es einem geht und mir immer gar nichts einfällt, außer wie es mir wirklich geht, und das will ich nicht sagen. Deswegen denke ich mir die ganze Woche irgendwelche Sachen aus, wie zum Beispiel, dass ich die Fernsehzeiten gerne anders regeln würde oder ob wir nicht mal anderen Joghurt kaufen können. Mama schaut mich dann immer ganz böse an und sagt »Antje, das ist doch nicht alles! Sei offen und ehrlich!«, und ist danach mindestens zwei Tage sauer auf mich. Klara sagt jedes Mal, dass sie Angst hat, ihr Kaninchen könnte sterben, und sie kommt immer damit durch. Vielleicht sollte ich mir auch irgendein Tier anschaffen. Aber leider bin ich nicht sechs Jahre alt, da würde mir in der Elefantenrunde wahrscheinlich auch kein Hamster helfen. Nicht mal ein Elefant.

Bei der Amerika-Elefantenrunde ist mir allerdings sehr viel eingefallen, nur dass Papa sofort die Ausredenlassen-Regel *ent*fallen ist und er mich mitten im Satz unterbrochen hat: »Ich fahr nicht nach Memphis, wenn die ganzen Verrückten da sind und die Motelzimmer das dreifache kosten!« Darauf habe ich gesagt »du würdest also schon nach Memphis fahren, wenn keine Verrückten da sind und die Motelzimmer nicht das dreifache kosten?« Papa hat böse geschnauft und gesagt, dass Elefantenrunden-Regel Nummer drei lautet, dass man sich nicht gegenseitig das Wort im Mund herumdrehen soll. Danach habe ich in jeder Elefantenrunde gesagt, dass ich nach Graceland will, und nach ein paar Wochen gab es plötzlich keine Elefantenrunden mehr. Wahrscheinlich haben Mama und Papa beschlossen, dass unsere Familie auch ohne Elefantenrunde demokratisch genug ist.

And his mama cries … singt Elvis in meinen Kopfhörern, als wir in Pittsburgh ankommen. »Freust du dich schon?«, fragt Papa, »du hast Nelly doch so lange nicht gesehen!« Ich tue so, als würde ich nichts hören, und höre, wie Mama zu Papa sagt »Antje hört.« Das soll heißen, dass ich mit dem Discman Musik höre und deshalb eben gerade nichts höre. »Hörst du?«, fragt Mama immer, wenn ich nicht reagiere und sie deshalb vermutet, dass ich Kopfhörer auf den Ohren habe. Damit meint sie »Hörst du Musik«, und deshalb ist Mama die einzige Person, bei der man auf die Frage »Hörst du?« ehrlich mit »Nein« antworten kann.

»Antje hört«, sagt Mama also zu Papa. »Ach so«, sagt Papa und fährt langsamer. Mama beugt sich über ihn, um aus seinem Fenster heraussehen zu können. »Das ist es.« Sie zeigt auf ein Backsteinhaus mit weißem Dach. Ich lasse Elvis noch das letzte *and his mama cries* ausschluchzen, dann drücke ich auf *Stopp* und nehme die Kopfhörer ab. Ich sehe Nelly und ihre Eltern schon am Gartentor stehen und winken. Mir ist fast so schlecht wie Elvis nach den zwanzig Hamburgern. Nelly und ich sind in der zweiten Klasse ein Jahr lang zusammen zur Schule gegangen, während ihr Vater an einem Forschungsprojekt in Deutschland gearbeitet hat. Weil unsere Väter Kollegen waren, sollten Nelly und ich beste Freundinnen werden. Weil ich aber ganz genau wusste, dass nie und nimmer jemand mit mir befreundet sein will und ich Nelly nicht zwingen wollte, habe ich Nelly einfach gar nicht beachtet. Nelly beschwerte sich bei ihrem Vater über mich, der sich bei Papa beschwerte. Und Papa hat sich bei mir beschwert.

Und jetzt soll das große Wiedersehen der zwei dicken Schulfreundinnen stattfinden. Papa stellt den Motor ab und löst seinen Gurt. Ich tue so, als hätte ich Schwierigkeiten, Klaras Gurt aus dem Kindersitz rauszufriemeln und schaue dabei unauffällig nach draußen. Nelly hat lange dunkle Haare und trägt einen kurzen Jeansrock und ein weißes T-Shirt. Sie sieht leider genauso gut aus wie auf den Fotos, die wir jedes Jahr zu Weihnachten von Fitzmartins geschickt bekommen. Das sind aber nicht einfach so Fotos, wie man sie an Omas und alte Tanten schickt, nein, das sind richtig gedruckte Karten. Vorne drauf ist die ganze Familie vor einem Wasserfall, darunter steht *Peace to the world, the Fitzmartin Family*. Sieht aus wie eine Werbebroschüre von den Zeugen Jehovas. »Menno.« Klara hat gemerkt, dass ihr Gurt gar nicht verheddert ist und fängt selbst an, dran zu ziehen. Ich löse ihn und will ihr das Glas aus den Händen nehmen, das sie während der ganzen Fahrt festgehalten hat. In dem Glas sammelt Klara ihre Pisse, was ich ziemlich widerlich finde. »Klara ist eben in einer Phase, in der sie ihren Urin als ihr eigenes Produkt begreift, und dieses Produkt möchte sie sammeln und bewahren«, hat Mama mir erklärt. Ich find's trotzdem widerlich. Und peinlich außerdem. Zu Hause hat Klara ein ganzes Regal im Bad, extra für ihre Pissegläser. Sie hat Mama sogar dazu gebracht, auf die Gläser Etiketten zu kleben und den Tag drauf zu schreiben, an dem sie den wertvollen Inhalt produziert hat. Ich reiße an dem Glas, Klara fängt an zu heulen. Nellys Mutter steckt ihren

Kopf auf Klaras Seite ins Auto. »Hey, was ist? Wollt ihr nicht aussteigen?« Dann entdeckt sie das Glas und nimmt es Klara aus der Hand, die noch denkt, sie müsste das Glas nur gegen mich verteidigen und deswegen nicht schnell genug reagiert. Als Nellys Mutter mitbekommt, was in dem Glas drin ist, stellt sie es ganz schnell auf die Hutablage und murmelt »widerlich«. Von draußen sagt Mama was von Urin als Produkt. »Hey!« Ich drehe mich um und sehe Nelly. »Hallo.« Ich steige aus. Nelly stürzt sich auf mich und zieht mich zu sich heran. Kurz bevor wir uns wirklich berühren, stößt sie mich wieder zurück. Ihre Mutter hat die gleiche Umarmungstechnik, nur der Vater gibt mir die Hand. Ich muss meine erst aus der Hosentasche holen, weil Papa uns vorher eingebläut hat, dass Amerikaner sich nicht die Hand geben und dass man sich nicht schneller als Deutscher in Amerika outen kann, als wenn man gleich jedem die Hand gibt. Na ja, vielleicht hat Mr. Fitzmartin sich ja vorher gesagt »wenn ich mich richtig erinnere, geben diese Deutschen doch jedem die Hand, der nicht bei drei auf den Bäumen ist, da mache ich das heute besser auch mal, damit sie sich zu Hause fühlen.« Und ich lasse ihn ewig mit seiner Hand stehen, weil ich meine nicht aus der Hosentasche kriege.

Entweder die Fitzmartins haben nicht aufgeräumt, oder sie sind wirklich sehr hungrig. Als sich alle begrüßt haben, gehen wir nicht etwa ins Haus, nein, Mr. Fitzmartin verkündet, dass wir in unserem Auto ihnen in ihrem Auto hinterherfahren werden, weil wir nämlich alle zusammen auf einem Amish-Markt essen gehen. »Ihr werdet es lieben«, sagt Nellys Mutter und lacht.

Im Auto erklärt Papa uns, was Amish sind, während Mama mit der Stirn an der Windschutzscheibe klebt und immer »rechts«, »links« und »schon mal rechts einordnen« sagt. »Die Amish leben heute noch wie vor hundert Jahren!«, sagt Papa, »ohne Elektrizität und die anderen Segnungen der Moderne!« Er hat einen Tonfall drauf, als säßen nicht Klara und ich, sondern fünfzig Touristen auf der Rückbank. »Die Amish«, sagt Papa, »sind im 18. und 19. Jahrhundert nach Amerika ausgewandert, aus Süddeutschland. Sie sprechen immer noch einen süddeutschen Dialekt, bin mal gespannt, ob wir sie verstehen!« Papa hat so einen kleinen Tick mit Süddeutschland, genauer gesagt Schwaben, weil er da herkommt, aber seit Jahren in Norddeutschland wohnt. Papa ist schon so lange weg aus Schwaben, dass er vergessen hat, dass da auch nicht alles nur toll ist. Er ist ein richtiger schwäbischer Patriot geworden. Zum Beispiel sagt er beim Bäcker nicht »ein Brioche, bitte«, sondern »ich hätte gerne etwas, das in meiner Heimat Hefezopf heißt, hier aber Brioche genannt wird.« Die Verkäuferinnen schauen ihn immer sehr komisch an, und ich verziehe mich hinter die Stehtische und hoffe, dass die nicht merken, dass ich die Tochter von dem merkwürdigen Mann bin.

»Rechts«, schreit Mama, Mr. Fitzmartin hat wohl in

einer plötzlichen Hoffnung ein letztes Mal versucht, uns loszuwerden und nicht geblinkt. Papa reißt das Steuer herum, und ich werde gegen Klaras Kindersitz gedrückt. Die quengelt gleich wieder ihr »menno.« Papa erholt sich sehr schnell von der Sache, muss er auch, schließlich gibt es was zu dozieren, und so eine Gelegenheit lässt er sich selten entgehen. »Die Amish sind eine Untergruppe der Mennoniten, falls euch das ein Begriff ist«, sagt er und schaut mich im Rückspiegel an. »Ist mir ein Begriff«, sage ich, »das sind diese jungen Männer, die immer so geschniegelt im Anzug herumlaufen und einen bekehren wollen.« »Das«, sagt Papa, »sind Mormonen.« Im Rückspiegel sehe ich seinen Mund zwischen dem Bart hervorlächeln. Mal wieder Recht gehabt. Ich schaue aus dem Fenster und sehe Felder ohne Ende. Eigentlich wirklich schön. »Die Amish leben heute noch ohne Autos!« Papas Mund scheint genug gelächelt zu haben und braucht jetzt wieder Bewegung. »So wie die da?«, frage ich und zeige auf den offenen Jeep, der uns entgegenkommt. Am Steuer sitzen zwei Männer mit Bärten und breiten Hüten. Papa schaut die Amishmänner im Jeep an, als würden sie hier nur lang fahren, um ihn zu ärgern. »Ausnahmen bestätigen die Regel«, sagt er dann.

Auf dem Markt sind noch viel mehr Männer mit breiten Hüten. Außerdem tragen sie Hosen, deren Bund ihnen fast bis unter die Achseln geht, und Hosenträger. Sieht eigentlich ganz gut aus. Jedenfalls besser als die Touristen, die in Shorts und T-Shirts hier herumlaufen und aller Welt ihre stacheligen Beine präsentieren. An den Ständen wird Obst und Gemüse verkauft, das ziemlich verschrumpelt aussieht. »Wie im Bioladen«, sagt Mama.

»Das ist die Zuckerpuppe aus der Volkstanztruppe«, singt Papa mir ins Ohr und zeigt auf ein junges Mädchen. Ich halte mir das Ohr zu. Dieses schreckliche Lied heißt eigentlich *Das ist die Zuckerpuppe aus der Bauchtanzgruppe*. Papa hat es umgedichtet, als ich mit fünf in einer ostfriesischen Volkstanzgruppe mitgemacht habe. Die Leiterin der Gruppe war ganz begeistert von mir, nicht, weil ich so gut tanzen konnte, sondern weil ich so blond war. »So eine richtige Küstendeern!«, hat sie immer gerufen und mich unterm Kinn gekrault, als wäre ich eine Katze. »Dabei kommt sie eigentlich aus Schwaben«, hat Papa der Volkstanzgruppenleiterin erklärt. Der war das ganz egal, Hauptsache, ich sah norddeutsch aus. Ich komme ja auch gar nicht aus Schwaben, höchstens meine Gene, und die auch nur zur Hälfte. Papa wäre es trotzdem lieber gewesen, ich hätte bei einer schwäbischen Volkstanzgruppe mitgemacht, aber die war in Ostfriesland schwer ausfindig zu machen. Wäre wohl auch etwas einsam gewesen, mit nur einer Halbschwäbin als Mitglied. Besonders die Kreistänze hätte ich schlecht hingekriegt. Mit sieben haben sie mich dann aus der ostfriesischen Volkstanzgruppe geschmissen, weil ich bei einer Silberhochzeit gestolpert bin und einer Oma eine Schüssel Kaltschale in den Schoß gekippt habe. Obwohl Papa sich eigentlich hätte freuen sollen, dass meine schwäbischen Gene nicht länger mit ostfriesischen Bräuchen verwässert wurden, kommt er mir immer wieder mit der Zuckerpuppe. Ich sehe das Amishmädchen an. Das lange Kleid und die Haube sehen tatsächlich ein bisschen aus wie die Tracht, die ich damals hatte. Auf die war ich so stolz, ich kam mir richtig schön vor. Wie blöd. »Was?« Nelly hat sich von hinten angeschlichen. »Wie schön«, sage ich. »Ja, wirklich schön«, sagt sie und dass ich mich freuen kann, weil das ja meine Landsleute sind. Sie zeigt auf das Amishmädchen. »Die wäre echt hübsch, wenn sie nicht so fett wär!«

In der Mitte des Marktes sind unter einem Sonnensegel Holztische und Bänke aufgebaut, es gibt Baked Potatoes und Spare Ribs vom Grill. Wir setzen uns um einen Tisch und essen. Nellys Mutter textet Mama zu und zeigt dabei auf Nelly. Papa textet mich zu und zeigt dabei auch auf Nelly. Sie macht freiwillig soziale Arbeit, sagt er, außerdem lernt sie Russisch und demnächst macht sie bei einem Austauschprogramm mit Japan mit. »Toll, was?« Papa schaut mich mit diesem Andere-Leute-haben-tolle-Kinder-Blick an. Ich versuche, ihm einen Andere-Kinder-haben-tolle-Eltern-Blick zurückzuschicken, aber Papa ist für so was völlig unempfänglich. Ich sehe an ihm vorbei zu Mama. Nellys Mutter beugt sich gerade über den Tisch zu ihr vor, fragt sie etwas und nickt leicht in meine Richtung. »Was macht ihr wegen ihrem Gewicht?«, verstehe ich. Mama zuckt mit den Schultern. Ich sehe Papa an. »Frauengespräche«, sagt der. Mit der Gabel spieße ich auf, was von meinen Spare Ribs übrig ist und lege es Papa auf den Teller. Soll er doch noch fetter werden. »Danke«, sagt er. Klara rutscht auf der Bank hin und her und zieht Mama am T-Shirt. »Ich muss mal!« »Ja, Schatz.« Mama streichelt Klara über den Kopf und redet weiter mit Nellys Mutter. Dann schaut sie zu mir herüber. »Antje, könntest du?« Oh nein. Bitte nicht. »Antje?« »Okay.« Mama wühlt eine Weile in ihrer Tasche und stellt dann Klaras Pisseglas vor sich auf den Tisch. Nellys Mutter bekommt einen angewiderten Gesichtsausdruck. »Sie sammelt es, weil sie ihr eigenes Produkt bewahren möchte«, sagt Mama. »Sie ist ein bisschen zu alt für die anale Phase, aber wir denken, dass sie ihrem eigenen Rhythmus folgen soll.« Nellys Mutter nickt verstehend. Nelly lacht. Ich nehme schnell das Glas, schnappe mir Klara und gehe los. »Menno!« Klara stolpert mir hinterher, aber ich habe keine Lust, langsamer zu gehen. Jede Sekunde, die ich mit diesem Glas in der Hand hier herumlaufen muss, ist eine zu viel. Vor der Toilette ist natürlich eine lange Schlange, weil es nur eine einzige Kabine gibt. Hätte ich doch bloß meine Tasche mitgenommen oder irgendwas, womit ich das Glas verdecken kann! Die Frau hinter uns schaut schon sehr interessiert, was ich da in der Hand habe. »Ich will mein Glas!« Klara zieht mich am T-Shirt. Ich gebe es ihr. Umso besser, wenn ich das eklige, peinliche Ding nicht halten muss. Klara gibt sich gar keine Mühe, das Glas irgendwie zu verstecken, sondern hält es sich voller Stolz mit beiden Händen vor den Bauch. Die Frau lächelt Klara an. »Du hast aber eine schicke Brille, Sweetie!« Klara nickt ganz stolz. Seit sie vor zwei Tagen diese Hologrammbrille in ihrem *Happy Meal* by McDonald's hatte, setzt sie sie nicht mehr ab. Auf der Brille sind da, wo man eigentlich Klaras Augen sehen müsste, zwei Hologramme mit Reptilienaugen. Klara hat damit einen Blick zum Fürchten. Keine Ahnung, wie die Frau das schön finden kann, aber wenn's ihr gefällt, umso besser. Dann merkt sie vielleicht nicht, dass Klara ein Marmeladenglas mit Pisse in den Händen hält. »Und was ist das?« Zu früh gefreut. »Das ist mein Pipi!« Klara hält der Frau ihr Glas hin. Die Frau nimmt das Glas in die Hand. »Oh, wie interessant!« »Das ist ihr Urin«, sage ich, »sie sammelt ihn, weil sie ihr eigenes Produkt bewahren möchte. Sie ist ein bisschen zu alt für die anale Phase, aber wir denken, dass sie ihrem eigenen Rhythmus folgen soll.« »Oh.« Die Frau sieht für einen Moment ziemlich angewidert aus. Dann hat sie ihre Mimik wieder unter Kontrolle, lächelt Klara an und gibt ihr das Glas zurück. »Du hast sehr schönes Pipi, Sweetie, so eine wundervolle Farbe!« Klara strahlt. Die Frau dreht sich weg. Als die Toilette frei wird, gehen wir in die Kabine und ich schließe die Tür hinter uns ab. Dann will ich Klara das Glas aus der Hand nehmen, um es auszuschütten. Klara hält das Glas fest. »Nein!« »Klara«, sage ich, »wir müssen das Glas ausschütten! Da geht nichts mehr rein!« »Nein!« Klara fängt an zu heulen. »Gut«, sage ich, »dann kannst du eben diesmal nicht ins Glas machen. Bitte schön!« Ich klappe den Toilettendeckel hoch und zeige einladend auf das Klo. »Nein, nein, nein! Ich will ins Glas machen!« »Aber das Glas ist voll!« »Dann brauch ich ein neues Glas!« »Klara.« Ich knie mich hin und schaue Klara in die Reptilienaugen, was in der engen Kabine gar nicht so leicht ist. »Mama hat gesagt, auf der Reise kannst du nur ein Glas haben. Damit warst du doch einverstanden!« »Ich will ein neues Glas!« »Alles okay da drin?«, fragt eine Stimme von draußen. »Ja, ja, total okay!« rufe ich. Dann packe ich Klara mit der einen Hand am Handgelenk und nehme ihr mit der anderen Hand das Glas weg. Klara kreischt, ich drücke sie an die Kabinentür, mache das Glas auf und kippe den Inhalt ins Klo. Dann drehe ich mich um und halte Klara das leere Glas hin. »Da. Piss oder stirb.« »Du!«, kreischt Klara, »du bist so gemein! Das war von zwei Tagen! Du fiese fette Kuh!« Ich sage nichts. Dann mache ich die Tür zur Kabine auf, gehe raus und stelle mich davor. »Du kommst hier erst raus, wenn in dem Glas wieder was drin ist.« Ich drehe mich um und lehne mich mit dem Rücken gegen die Tür. Vor der Kabine stehen ungefähr zwanzig Frauen und starren mich an. Ich lächele. Nach einer Weile hört man aus der Kabine ein Strullern. Dann drückt Klara von innen gegen die Tür. Ich gehe zur Seite. Klara macht die Tür auf und drückt mir mit einem triumphierenden Blick das Glas in die Hand. Es ist ganz warm. Die Frau ganz vorn in der Schlange wirft den anderen Frauen einen vielsagenden Blick zu und geht in die Kabine. Ich nehme Klara an die Hand und ziehe sie an den glotzenden Frauen vorbei hinter mit her. Als wir wieder bei den anderen sind, knalle ich Mama das Glas auf den Tisch. »Bitte schön!« Mama nimmt schnell das Glas und packt es in ihre Tasche. Ich setze mich neben Papa. Klara kommt zu mir und will sich an mich kuscheln. Ich schubse sie weg, aber sie hört nicht auf und drängt sich immer näher an mich ran. »Klara«, sage ich, »verpiss dich.« Nelly lacht. »Verschwinde!«, zische ich Klara zu. Klara schaut mich überrascht an. »Du und ich«, sage ich, »sind geschiedene Leute.« Klara streichelt meinen Arm. Ich stoße sie weg. »Aber«, sagt Klara, »aber!« Dann beugt sie sich nach vorne und kotzt mir auf die Schuhe.

2.

Ich liege auf dem Bett, das Nachthemd bis zum Bauchnabel aufgeknöpft. Die Klimaanlage in diesem Billig-Motel funktioniert nicht. Bei Fitzmartins können wir nicht wohnen, das Haus ist angeblich zu klein. Umso besser, sonst müsste ich bei Nelly im Zimmer schlafen. Da ist mir ein Zweibettzimmer ohne Klimaanlage lieber. Neben mir liegt Mama, nackt bis auf die Unterhose, und schaut auf den Fernseher. Da hüpfen gerade ein paar Cheerleader in unglaublich kurzen Röcken herum. Sie türmen sich sogar zu Pyramiden auf und schaffen es dabei auch noch, mit ihren Bommeln zu wackeln und zu lächeln wie verrückt. Am besten gefallen mir ihre Bäuche, die sind ganz flach, mit Bauchnabeln, die ein bisschen von der Bauchdecke abstehen. Wie Mama so nackt vor dem Fernseher liegt, fällt mir auf, wie dünn sie ist. Sie hat einen richtig flachen Bauch, genau wie die Cheerleader. Mein Bauch sieht ganz anders aus: Mehrere Rollen, die nach unten hin immer ausladender werden. Und wo ist eigentlich der Bauchnabel? Hallo? Den habe ich schon länger nicht mehr gesehen. Das ist mir früher schon immer aufgefallen, wenn ich mit meinen Freundinnen gebadet habe: Bei denen konnte man den Bauchnabel so richtig anfassen, das war wie eine Erhebung auf der Bauchdecke. Bei mir war da eher ein Loch. Damals dachte ich, das käme davon, dass die anderen Kinder nicht so perfekt abgenabelt sind wie ich. Mama hat mir nämlich immer erzählt, ich wäre so toll abgenabelt und hat mir ganz stolz über den Bauch gestrichen. Eigentlich hätte ich damals schon merken können, wie fett ich bin.

Nicht, dass mir das niemand gesagt hätte. In der dritten Klasse hat Ulrike mich gefragt, ob ich eigentlich so dick sein müsste. »Ja«, habe ich geantwortet. Trotzdem kam ich mir nie wirklich dick vor, so wie jetzt, in diesem Moment. Das ist, als hätte es gerade klick gemacht und die Antje, die die anderen sehen, und die Antje, die ich fühle, wären plötzlich deckungsgleich, wie mein Mathelehrer Herr Klimpler das ausdrücken würde. Fläche und Umfang von den beiden Antjes sind auf einmal gleich. Riesige Fläche, endloser Umfang. Antje ist fett, nicht nur die, von der die anderen reden, sondern die, die hier auf dem Bett liegt. Es fühlt sich so an, als hätte ich gerade etwas wahnsinnig Tragisches kapiert, etwas, das mein ganzes Leben kaputtmacht. Ich kann mich plötzlich in andere Leute reinversetzen, wie sie mich sehen und denken »Mensch, was für'n fettes Mädchen.« Bei dem Gedanken kommen mir die Tränen. Mama merkt das natürlich gleich, dafür sind Mütter ja da. Sie rollt auf dem Bett in meine Richtung und nimmt mich in den Arm. »Sei nicht traurig«, sagte sie, »du bist nicht schuld, dass Klara übel geworden ist, auch wenn du sie angeschrien hast.« Oje, sie denkt, ich heule wegen

Klara. Die hat doch bloß die Spare Ribs nicht vertragen. Ich könnte mir übrigens gut vorstellen, dass das der Grund ist, warum Fitzmartins Haus plötzlich zu klein für uns ist. Mama ist total gerührt, dass ich mir Sorgen um Klara mache und umarmt mich immer mehr. Wenn die wüsste, warum ich so heule. Egal, getröstet zu werden ist immer gut. Sowieso weiß ich nicht, wie ich ihr das sagen soll: Ich bin dick, so wie Papa, ich bin richtig fett, und ich werde niemals so dünn sein wie du. Andererseits ist ihr das sicher schon lange klar, wahrscheinlich liest sie längst Bücher, die *Mein dickes Kind* und *Gesunde Ernährung für Teenager* heißen. Wenn ich mich richtig erinnere, wollte sie mir irgendwann mal verbieten, ein Stück Camembert zu essen. Da war ich in der dritten oder vierten Klasse. Habe ich damals überhaupt nicht kapiert. Danach hat sie's wahrscheinlich aufgegeben und sich gedacht: Ich hab ja noch eine zweite Tochter, bei der wird alles anders, die kommt nach mir und bleibt dünn. Stimmt ja auch. Papa schnarcht neben Klara, ich schluchze in Mamas Kopfkissen. Eigentlich falsch, wie wir hier liegen, die zerbrechliche Klara neben Papa und die dicke Antje neben Mama. Die Dicken gehören zu den Dicken.

Am nächsten Morgen wache ich mit einem fiesen Gefühl auf und weiß erst gar nicht, warum. Dann fällt es mir ein: Ich bin fett. Scheiße, ich bin fett. So fett! Mein Körper fühlt sich merkwürdig an, irgendwie so überflüssig, so, als wäre einfach zu viel dran. Ist ja auch so.

Mama macht Tee und verteilt die Doughnuts, die wir gestern gekauft haben. Klara will keinen. Ich mag auch nicht. Vielleicht esse ich heute einfach mal gar nichts. Dann geht hoffentlich auch dieses merkwürdige Gefühl weg. Mama kratzt mit einem Plastikmesser den Zuckerguss von ihrem Doughnut runter. Dass sie immer so am Essen rumkratzen muss! Wenn sie sich ein belegtes Brötchen holt, nimmt sie gleich einen Plastiklöffel mit, klappt das Brötchen auf, nimmt den Käse runter, kratzt mit dem Löffel die Butter weg und legt den Käse wieder drauf. »Butter ekelt mich!«, sagt sie und schmiert sie dann in eine Serviette. Man kann nur hoffen, dass ein Mülleimer in der Nähe ist, sonst steckt sie die Serviette mit der Butter in die Handtasche. Während Mama noch mit dem Messer den Zuckerguss bearbeitet, ist Papa schon bei seinem dritten Doughnut angekommen. Er schaut gar nicht richtig hin, stopft sich die Dinger rein, während er liest. Manchmal kommt es mir vor, als würde Papa sich die Bücher genauso in den Kopf stopfen wie die Doughnuts in den Mund: eins nach dem anderen, ohne Pause. Ein Doughnut sind drei Bisse, ein Buch sind fünfzehn Doughnuts. Kein Wunder, dass Papa alles weiß. Und so fett ist.

Papa stopft den letzten Bissen in den Mund, reibt sich den Puderzucker von den Händen und sagt: »Antje und ich gehen jetzt einkaufen!« Na toll, und wer fragt mich? Vielleicht möchte ich gar nicht mit meinem fresssüchtigen Vater einkaufen gehen! Andererseits sind die Supermärkte hier nicht schlecht, Riesendinger mit so starkem Airconditioning, dass man denkt, man ist am Nordpol. Das ist nach der Nacht in diesem Waschküchenzimmer nicht schlecht. Außerdem geht's Klara noch nicht wieder gut genug, Mama muss bei ihr bleiben, also bin nur ich übrig.

Im Supermarkt fallen wir gar nicht auf, hier gibt es so viele fette Leute. Sie watscheln hinter ihren riesigen Einkaufswagen her und kaufen sich jede Menge Chips und Eiscreme und TV Dinner. TV Dinner ist ein Fertiggericht für die Mikrowelle und heißt wirklich so. Bei uns versuchen sie, einem einzureden, Fertiggerichte wären ganz schickes Essen und nennen das dann *Erascorant* oder so ähnlich. Hier schreiben sie gleich drauf, wie's ist: dass man nach Hause kommt, das Ding in die Mikro schiebt und sich mit der Plastikschale vor den Fernseher setzt. Ich bin mir sicher, wenn das Zeug in Deutschland *Fernsehessen* heißen würde, könnten die in zwei Wochen zumachen.

Während Papa im Kühlregal nach dem richtigen Joghurt für Mama sucht, finde ich die Diätabteilung. Dass es hier so was gibt, hätte ich gar nicht gedacht. Alles hat null Prozent Fett: Pudding, Butter, Milch, Joghurt und Quark. Ich schmeiße von jedem eins in den Wagen, das wird meine Nahrung für die nächsten Tage. Dann ist Schluss mit Fettsein. »Ist das der Richtige?« Papa kommt mit einem Joghurt an und sieht ganz verschwitzt aus, obwohl es hier sicher fünf Grad minus sind. Wenn es darum geht, für Mama das Richtige zu besorgen, kriegt er Panik. Manchmal kauft er deshalb einfach alle Marken, die es gibt, und Mama schaut erst recht vorwurfsvoll, wenn er zu Hause ein Paket *Sunil*, ein Paket *Persil* und ein Paket *Spee* auspackt, obwohl er nur *Ariel* mitbringen sollte. Tragisch ist daran, dass in den Paketen sowieso überall das gleiche Pulver drin ist. Darüber habe ich mal eine Dokumentation gesehen, das wird alles in der gleichen Fabrik hergestellt und bloß in unterschiedliche Packungen gefüllt. Mama glaubt mir das allerdings nicht und deswegen muss Papa weiter Panikattacken haben. Im Moment ist das aber gar nicht so unpraktisch, denn Papa merkt bei der Anstrengung, das Richtige zu kaufen, gar nicht, dass ich lauter Diätzeug in den Wagen gelegt habe. Ich nehme ihm den Joghurt aus der Hand, stelle ihn zurück ins Regal und hole den richtigen.

An der Kasse fällt Papa mein Null-Prozent-Fett-Einkauf auch nicht weiter auf, weil man die Sachen nämlich bloß selbst auf das Band legt, eingepackt werden sie von Supermarktangestellten, die alle entweder so aussehen, als könnten sie mit mir in eine Klasse gehen oder meine Oma sein. Am Anfang fand ich das richtig nervig, da wollte ich unsere Sachen einpacken, aber die Tussi in der Supermarktkluft hat mir alles aus der Hand gerissen und in braune Papiertüten gestopft. Jetzt genieße ich das an der Kasse schon fast, man kann ganz entspannt warten, dass die Sachen verpackt werden. Besonders nett ist es natürlich, wenn so ein süßer Typ einpackt wie der hier. Er hat ganz dunkle, kurze Haare, aber nur auf dem Kopf. Kein Urwald auf den Armen, Gott sei Dank. Wie Elvis. Er beachtet mich natürlich gar nicht, ist ja auch klar, warum: Ich bin eine von den tausend fetten Mädchen, die hier jeden Tag vorbeikommen. Nelly würde er sicher anlächeln.

Im Hotel packt Mama die Tüten aus und findet natürlich sofort die ganzen Diät-Sachen. »Was ist das denn für'n Quatsch?« Sie schiebt ihre Brille hoch und liest die Inhaltsangaben auf dem Joghurtbecher. »Null Prozent Fett – dafür jede Menge Zucker!« Papa geht gleich in Deckung: »Ich hab das nicht gekauft!« »Ich habe das gekauft!«, sage ich und nehme Mama den Joghurtbecher aus der Hand. Sie schiebt ihre Brille zurück auf die Nase, wahrscheinlich, um besser sehen zu können, wie ich den Nullprozentfettjoghurt tatsächlich esse. Ich nehme mir einen Plastiklöffel aus der Kühltasche und ziehe dann ganz langsam den Deckel vom Becher. Mama starrt mich immer noch an, als wäre es eine unglaubliche Sensation, dass jemand einen Joghurt isst. Ich tauche den Löffel in die rosa Suppe und stecke ihn ganz schnell in den Mund. Der Joghurt schmeckt extrem süß und hat eine eigenartige wässrige Konsistenz. Widerlich. »Mmmmmh«, sage ich und schaue Mama an. Die zieht nur die Augenbrauen hoch und dreht sich weg. Hinter ihrem Rücken stelle ich den Joghurt erst mal zur Seite.

Mittags geht es Klara ein bisschen besser. Das nimmt Papa gleich zum Anlass, uns einen Spaziergang zu verordnen. »Klara«, sagt er, »braucht frische Luft!« In Wirklichkeit will er unbedingt nach dem Studentenwohnheim suchen, in dem er gewohnt hat, als er mit Mama ein Jahr lang hier studiert hat. Mama schlägt vor, dass sie mit Klara im Hotel bleibt und Papa mit mir spazieren geht. Aber Papa will mit Mama das Studentenwohnheim suchen, schließlich hat er mit ihr hier gewohnt und nicht mit mir. Und Mama will mich nicht mit Klara alleine lassen. Es hilft nichts. Alle müssen mit.

Wir packen Klara also ins Auto und fahren los. Klara sitzt in ihrem Kindersitz, trägt ihre Reptilienbrille und schaut aus dem Fenster. Vielleicht hat Papa Recht, und der Ausflug tut ihr wirklich gut. Dagegen spricht, dass sie im Gesicht ziemlich grün aussieht.

Der Park ist auch sehr schön grün, mit großen Bäumen und riesigen Rasenflächen. »Das ist es, das ist es!«, ruft Papa ganz begeistert. »Könnte tatsächlich sein«, sagt Mama. Wir laufen also in die Richtung los, in der Papa das Wohnheim vermutet, Papa immer ein paar Meter vor uns, weil er es nicht erwarten kann und außerdem sowieso genervt ist, weil wir wegen Klara so langsam gehen müssen. »Er kann sich nicht gut in andere Menschen hineinversetzen«, sagt Mama immer. Das hilft einem aber nicht weiter, wenn man an seiner Hand neben ihm her rennen muss, so wie ich früher. Jetzt, wo ich genauso große Schritte machen kann wie er, nimmt er mich nicht mehr an die Hand.

Nach fünf Minuten hängt Klara schlaff an Mamas Arm, und wir kommen immer langsamer voran. Papa ist schon kaum noch zu sehen. »Wolfgang!«, schreit Mama ihm hinterher, »Wolfgang!« Papa dreht sich um, aber nur, um uns zu winken, mit einer Handbewegung, als wollte er uns zu sich herwedeln. Mama schüttelt den Kopf und winkt genauso zurück. Daraufhin schüttelt Papa den Kopf und winkt noch wilder in seine Richtung. Klara beendet das Winkduell, indem sie neben Mamas Füße kotzt. Papa hat aufgehört zu winken, seine Arme hängen schlaff an den Seiten herunter. Er schaut eine Weile in unsere Richtung, dann dreht er sich um und geht. »Papa!«, rufe ich ihm hinterher, »Klara kotzt!« Doch entweder hört er mich nicht, oder die neue Information ist ein Grund mehr für ihn, sich schnell aus dem Staub zu machen.

Als Klara zu Ende gekotzt hat, setzen wir uns ins Auto und warten auf Papa. Oder besser gesagt: als wir denken, Klara hätte zu Ende gekotzt. Denn kaum, dass wir fünf Minuten im Auto gesessen haben und Mama uns erklärt hat, dass Papa nur abgehauen ist, weil er eine sehr geringe Frustrationstoleranz hat, macht Klara ein paar leise würgende Geräusche und dann ein paar laute würgende Geräusche, und schon geht's wieder los. Zum Glück ist Mama schon bei den leisen würgenden Geräuschen aus dem Auto gesprungen und hat Klaras Tür aufgerissen, so dass Klara jetzt ganz bequem ihren Kopf raushalten kann, während Mama ihr die Haare zusammenhält. Wofür ich Klara wirklich dankbar bin, ist, dass sie ihre Kotze nicht in einem Glas sammelt. Ist ja schließlich auch ein Produkt von ihr.

Klara ist gerade richtig in Fahrt gekommen, als Papa wieder auftaucht. Allerdings nicht alleine. Bei ihm ist ein strohblonder Typ, so blond, dass er garantiert sofort in die ostfriesische Volkstanzgruppe aufgenommen werden würde, wenn er vierzig Jahre jünger wäre. Sogar seine Wimpern sind blond. Wie bei mir. »Hallo«, sagt Papa zu uns, »schaut mal, wen ich getroffen habe: Tony!« »Tony!«, wiederholt Mama und schaut zu Papa und dem Mann hoch, wobei sie Klaras Haare nicht loslässt. Dadurch wird Klaras Kopf nach oben gezogen, und Klara murrt und würgt gleichzeitig, aber Mama scheint das gar nicht zu merken. »Tony«, sagt sie noch mal und hält dem Mann den Klarakopf hin wie ein Willkommensgeschenk. »Ist das deine Tochter?«, fragt der Mann. »Ja«, sagt Mama und fängt an, sich wieder an Klara zu erinnern. Sie lässt ihre Haare los, und Klara beugt sich mit ihrem befreiten Kopf ganz tief nach unten, um eine letzte Salve loszulassen. »Sie ist krank«, kommentiert Tony. Der kennt sich aus. »Sie ist sonst sehr gesund«, sagt Papa, so, als könnte er es nicht auf sich sitzen lassen, dass er eine kranke Tochter hat. Mama hat sich jetzt ganz aufgerichtet und hält dem Mann ihre Hand hin. Der ignoriert die Hand, zieht Mama zu sich heran und umarmt sie. Aber nicht so, wie Nelly und ihre Mutter mich umarmt haben, sondern ganz, ganz doll und ganz, ganz lang. So lang, dass Papa sich räuspert, mir zuwinkt und »das ist meine andere Tochter: Antje«, sagt. Ich steige aus und laufe ums Auto herum zu Papa, Mama und Tony. Mama und Tony lösen sich aus ihrer Umarmung, und Tony streichelt mir über den Kopf. »Hallo!«, sagt er und: »So eine hübsche junge Dame!« Er ist mir auf Anhieb sympathisch. Dafür wird er Papa anscheinend immer unsympathischer. »Es war sehr nett, dich wiederzusehen«, sagt er zu Tony, aber dass wir jetzt leider zurück ins Hotel müssen, weil Klara ja krank ist, wie er sieht, und unbedingt Schonung braucht.

Im Auto frage ich Mama, ob das *der* Tony war und Mama sagt: »Ja, genau *der* Tony.« *Der* Tony ist der Tony, mit dem Mama und Papa studiert haben und von dem Mama immer alle möglichen Geschichten erzählt. Gerade als sie wieder damit anfangen will, sagt Papa: »Ich habe eine Überraschung für euch!« »Was denn?«, fragt Mama. »Wir«, sagt Papa, »übernachten heute im Wohnheim! Die vermieten im Sommer nämlich Zimmer an Touristen! Freut ihr euch?« Mama sagt nichts. »Freut ihr euch?«, fragt Papa noch mal. Klara starrt ins Leere. »Ja klar«, sage ich, »super.« Papa nickt zufrieden.

Im Motel räumt Mama ganz schnell alles zusammmen, weil um zwei Uhr Check-out ist und wir sonst noch eine Nacht bezahlen müssen. Mama knallt schweigend die Koffer auf die Betten und schmeißt unsere Klamotten hinein. »Holst du mal Klaras Sachen aus dem Bad!«, sagt sie zu Papa. Papa geht ins Bad und kommt mit den drei T-Shirts zurück, die Klara gestern vollgekotzt hat und die seitdem zum Einweichen im Waschbecken liegen. Papa stellt sich mit den tropfenden T-Shirts neben Mama, die weiter Klamotten in den Koffer schmeißt. »Hier«, sagt Papa leise und bewegt seine Hand mit den nassen T-Shirts in Richtung Mama. Mama stemmt sich auf den Koffer, macht den Reißverschluss zu und sagt nichts. Langsam bildet sich eine kleine Lache vor Papas Füßen. Ich nehme ihm die T-Shirts aus der Hand, gehe damit ins Badezimmer, wringe sie aus und packe sie in eine Plastiktüte. Als ich zurückkomme, ist Papa schon dabei, die Koffer ins Auto zu tragen. Auf der Fahrt schaut Papa stumm auf die Straße und hält beim nächsten *Dunkin' Doughnuts*, um sich mit Nachschub einzudecken.

Das Wohnheim ist ein schönes altes Gebäude, genau so, wie englische und amerikanische Unis in Filmen aussehen. An der Rezeption sitzt eine Studentin, die höchstens vier Jahre älter ist als ich. »Willkommen in Alexandra Hall«, sagt sie zu uns, und zu Papa, dass er sich hier ja auskennt und sie ihm deshalb nichts erklären muss. Er hat ihr also gleich die ganze Geschichte erzählt. Mir bleibt keine Peinlichkeit erspart. Papa führt uns durch einen seltsam riechenden Flur zu unseren Zimmern. Wir kommen mit dem Gepäck kaum durch, weil auf dem Flur drei Kühlschränke und zwei Mikrowellen stehen, auf denen jede Menge leere TV Dinner Packungen liegen. Neben den Kühlschränken stehen leere Bierflaschen. Papa schließt unser Zimmer auf und sagt »Voilà! Hereinspaziert!« Und zu Mama: »Na, fällt dir was auf?« Mama sagt »Oh Gott.« Auf jeder Seite des Zimmers gibt es ein schmales Bett und einen kleinen Schreibtisch, dazwischen steht ein wackliger Tisch mit zwei Stühlen. Von den Wänden kommt der Putz herunter, und auf dem Boden liegen Staubflocken. Wir stehen eine Weile schweigend herum und starren das Zimmer an. Bis Papa plötzlich »ihr seid so was von undankbar!«, schreit und dass er sich das nicht mehr gefallen lässt und dass er sich nicht mehr den Arsch aufreißt für eine Familie, die eh nichts zu schätzen weiß. Dann knallt er die Tür hinter sich zu. Mama setzt sich auf eines der Betten. Ich setze mich auf das andere und überlege, ob sie jetzt wohl gleich sagt, dass Papas Frustrationstoleranz sehr gering ist oder dass Papa immer Angst hat, Leute zu enttäuschen. Sie sagt keins von beidem. Stattdessen lehnt sie sich zurück, fährt sich mit der Hand durchs Haar, schaut an die Decke und sagt: »Wo Tony jetzt wohl wohnt?«

Nach einer Stunde kommt Papa zurück. Er wirkt immer noch ziemlich sauer, sieht Mama gar nicht an und sagt »Antje und ich fahren in die Stadt!« Ich schaue Mama an, die lächelt und sagt »das ist doch eine schöne Idee.« »Ich weiß nicht«, sage ich, »ich fühl mich auch nicht so gut.« Papa sagt »ach was«, fasst mich grob am

Handgelenk und zieht mich zur Tür. Ich werfe Mama ein paar Blicke zu, die »tu was!« heißen sollen, aber Mama versteht offenbar »oh super, ich fahre mit Papa in die Stadt und dass er total außer sich ist, macht mir gar nichts aus!«, denn sie sagt »viel Spaß!« und winkt uns fröhlich hinterher. Als Papa merkt, dass ich auch so mitkomme, lässt er wenigstens mein Handgelenk los. Der Frau an der Rezeption lächelt Papa freundlich zu und sagt, dass er sich jetzt mit seiner Tochter ihre wunderschöne Stadt ansehen und dann lecker essen gehen wird. Die Frau wünscht uns viel Spaß und denkt jetzt sicher, dass ich einen ganz tollen Vater habe, der mit mir nach Amerika fährt und mich zum Essen ausführt. Ich wünschte, sie könnte seinen Gesichtsausdruck sehen, als wir aus dem Wohnheim raus sind. Papa lässt das Lächeln so schnell fallen, wie er es aufgesetzt hat. Wir steigen ins Auto, und Papa fährt los, ohne sich anzuschnallen. Ich schnalle mich an, denn er fährt wie eine gesengte Sau. Zum Glück passen die anderen Leute auf. Keine Ahnung, wohin er will. Er wohl auch nicht. Denn als er gerade wieder mit quietschenden Reifen an einer Ampel gehalten hat, sagt er »wohin möchtest du am allerliebsten?« Ich kann mich gerade noch beherrschen, »raus aus diesem Auto« zu sagen. »Da hin!«, sage ich stattdessen und zeige auf die Shopping Mall, die rechts von uns liegt. Hauptsache, wir kommen erst mal zum Stehen. »Okay«, sagt Papa und biegt rechts ab. Zum Glück bekommen wir gleich einen Parkplatz, so dass Papa nicht sagen kann, dass er nur wegen seiner verwöhnten Tochter hier herumkurven muss und andere Eltern nicht stundenlang einen Parkplatz suchen, nur damit das Fräulein Tochter shoppen gehen kann. Stattdessen parken wir ganz einfach und gehen in die Mall. Ich glaube, Papa beruhigt sich langsam. Wir schauen uns die Geschäfte an, und Papa fragt mich immer, ob ich nicht irgendwo rein will und sagt, dass ich mich von ihm nicht stören lassen soll. Ich will aber nirgends mit Papa rein, schon gar nicht in einen Klamottenladen. Papa wird schon wieder nervös, wahrscheinlich sagt er gleich, wie undankbar es ist, dass ich mich hier nicht ordentlich amüsiere. Dann kommt meine Rettung: Ein Musikgeschäft. »Da will ich rein!«, sage ich zu Papa, und Papa sagt »aber klar doch« und freut sich darüber, was für ein netter Papa er ist, der mit seiner Tochter in ein Musikgeschäft geht. In dem Laden hängen die Wände voll mit Gitarren. Ich laufe daran entlang und schaue und schaue und schaue. So muss Papa sich in einem Antiquariat fühlen. Oder bei *Dunkin' Doughnuts*. Am besten gefällt mir eine helle Westerngitarre, die ganz zierlich aussieht, nicht so wuchtig wie die anderen. Ich schaue sie so lange an, bis ein Verkäufer »ausprobieren?« zu mir sagt, sie von der Wand nimmt, stimmt und mir in die Hand drückt. Für einen Moment stehe ich da und mache und sage nichts und sehe vermutlich ziemlich blöd aus. Dann setze ich mich auf einen der Hocker. Die Saiten von der Gitarre fühlen sich hart an, viel härter als die von meiner Gitarre zu Hause. Ich traue mich gar nicht, sie richtig anzufassen und merke, wie ich rot werde. Das ist mein Problem: Ich kann nicht vor anderen Leuten spielen. Nur vor meinem Gitarrenlehrer. Der findet das total albern und sagt immer, dass man doch Gitarre spielt, damit die Leute einem zuhören. Ich aber nicht. Ich spiele nur für mich. Deswegen kann ich auch nicht in einem Laden eine Gitarre ausprobieren, obwohl ich verdammt gerne mal so eine spielen würde. Als ich es aufgeben, dem Verkäufer die Gitarre zurückgeben und abhauen will, merke ich, dass er gar nicht da ist. Er steht am anderen Ende des Ladens. Ich schaue mich um und kann auch sonst niemanden entdecken. Das ist meine Chance. Ich spiele. Am Anfang treffe ich die Saiten noch nicht so ganz, weil das Griffbrett viel enger ist als bei meiner Konzertgitarre. Aber nach einer Weile klappt es, und ich spiele meine Version von *In the Ghetto*, die mein Gitarrenlehrer völlig unmöglich findet, weil sie angeblich klingt wie ein Protestsong. »Aber das *ist* doch ein Protestsong!«, sage ich ihm immer und denke gleichzeitig, dass er vielleicht doch Recht hat. Aber jetzt, hier, in diesem Laden in dieser Mall in Pittsburgh, bin ich mir ganz sicher, dass meine Version gut und richtig ist. So hat sie noch nie geklungen. Irgendwann merke ich, dass ich nicht alleine singe. Da ist noch eine ganz tiefe Stimme dabei, die unheimlich gut zu meiner Stimme passt. Ich schaue auf und befürchte schon, dass der Verkäufer sich wieder angeschlichen hat. Aber vor mir steht niemand. Ich schaue vorsichtig hinter mich. Da steht Papa. Da steht Papa und singt. Singt mit mir ein

Elvis-Lied. Mit geschlossenen Augen. Ich schaue schnell wieder nach vorne. Papa ist super, er singt nämlich nicht nur mit ganz tiefer Stimme die Strophe, sondern auch mit hoher Stimme den Chor, der im Refrain *in the Ghetto* singt und der mir bisher immer gefehlt hat. Damit wir nicht so schnell aufhören müssen, singe ich nach der letzten Strophe noch mal die erste, was kein Problem ist, weil ja die letzte Strophe damit aufhört, dass wieder ein kleines Baby im Ghetto geboren wird und man also das Lied locker in Endlosschleife singen kann. Als wir dann doch irgendwann aufhören zu singen, gibt es Applaus. Ich schaue von der Gitarre auf und sehe, dass hinten am Klavier inzwischen sieben Leute stehen, die uns alle zugehört haben. Papa räuspert sich, ich drehe mich um und sehe, dass er mindestens so rot im Gesicht ist, wie ich mich fühle. Er nimmt mir die Gitarre aus der Hand, geht zu dem Verkäufer und sagt »packen Sie meiner Tochter mal diese Gitarre ein!« Der Verkäufer sagt »yes Sir« und geht mit der Gitarre zur Kasse. Papa und ich laufen hinterher. Der Verkäufer tippt etwas in die Kasse ein und auf dem Display erscheinen daraufhin drei Zahlen: 5-3-9. Oh Gott. Die Gitarre kostet 539 Dollar. Ich sehe Papa schon fluchtartig den Laden verlassen, aber er zückt seine Kreditkarte und fragt, ob da eine Gitarrenhülle inklusive ist. Der Verkäufer nimmt die Karte und sagt, natürlich ist eine Hülle dabei, eine sehr hochwertige sogar, und weil die junge Dame so begabt ist, legt er auch noch einen Satz Qualitätssaiten und ein Plektron mit drauf. Fünf Minuten später stehe ich mit meiner Traumgitarre auf dem Rücken vor dem Laden und weiß gar nicht, wie mir geschehen ist.

Auf der Fahrt zurück ins Wohnheim reden Papa und ich gar nicht. Ich sitze mit der Gitarre auf dem Schoß neben Papa und bin so glücklich wie schon lange nicht mehr. Vielleicht sogar wie noch nie. Papa summt *In the Ghetto* und findet ohne Probleme das Studentenwohnheim wieder. Erst als wir dort auf den Parkplatz fahren, hört er auf zu summen. Bevor wir aussteigen, bleiben wir noch einen Moment im Auto sitzen. Ich weiß nicht, warum, wir sitzen einfach und schweigen. Dann sagt Papa »auf geht's« und steigt aus. Ich steige auch aus, schultere meine Gitarre und gehe ihm hinterher.

Im Wohnheim lässt Papa mich vorgehen. Ich klopfe kurz an unsere Tür, dann mache ich sie schnell auf und sage »da sind wir wieder!« »Ach, hallo«, sagt Mama. Sie sitzt mit Tony auf einem der Betten. »Hallo«, sagt Tony, steht auf und gibt Papa die Hand »Ich dachte, ich schau mal vorbei und sehe nach, ob bei euch alles okay ist!« »Wie nett von dir«, sagt Papa und schüttelt Tonys Hand. Tonys Gesichtsausdruck nach zu urteilen, drückt er dabei ordentlich zu. Als Tony seine Hand aus Papas befreit hat, streicht er mir damit über die Haare und sagt »hallo hübsche Lady!« Dann sieht er die Gitarre auf meinem Rücken und ruft »Hey, schau an!«

»Was?«, fragt Mama und läuft um mich herum. »Was ist das?« Sie sieht Papa an. »Ich habe meiner Tochter eine Gitarre gekauft«, sagt Papa. »Sie ist ganz, ganz toll«, sage ich zu Mama und hole die Gitarre aus der Hülle. Mama schaut die Gitarre gar nicht an. »Spinnst du?«, sagt sie zu Papa. Papa sagt nichts. Tony nimmt mir die Gitarre ab und setzt sich damit aufs Bett. »Wo bitte«, sagt Mama zu Papa, »sollen wir die im Auto unterbringen? Bis du von allen guten Geistern verlassen? Muss ich denn immer dabei sein, damit ihr keinen Quatsch macht?« Ich warte darauf, dass Papa anfängt, mich anzuschreien, dass ich ein verwöhntes Gör bin, das einem eine überteuerte Gitarre aus den Rippen leiert und nicht genug kriegen kann. Aber Papa sagt gar nichts. Und bevor Mama zu einem neuen Vorwurf ansetzen kann, kommt von dem Bett, auf dem Tony sitzt, Musik. Tony spielt auf meiner Gitarre, und zwar gut, besser als ich und auch besser als mein Gitarrenlehrer. Mama sagt »wow« und setzt sich zu Tony aufs Bett. Papa dreht sich um und geht raus. Eine Weile höre ich Tony zu, dann gehe ich nach Papa schauen. Er sitzt im Aufenthaltsraum und blättert in einem alten Buch. Ich setzte mich zu ihm auf das dunkelgrüne plüschige Sofa. Papa schaut auf, legt seinen Arm um mich und sagt »da haben wir beide was gemacht, hm?« »Ja«, sage ich und schaffe es sogar, meine Schulter nicht unter seinem Arm wegzuziehen.

Abends dürfen wir dann doch zu Fitzmartins kommen, wahrscheinlich, weil Mama und Papa behauptet haben, dass Klara nicht noch mal gekotzt hat. In Fitzmartins riesigem Wohnzimmer setzen wir uns auf eine Couch, wo man sich anstrengen muss, nicht ins Innere reingezogen zu werden. Wir würden der Couch aber schlecht bekommen. Zu viel Fett.

Gerade als wir alle sitzen, klingelt es. Mr. und Mrs. Fitzmartin schauen sich überrascht an. Dann zuckt Mr. Fitzmartin mit den Schultern, steht auf und geht. »Oh!«, hört man nach einem Moment von draußen, »Ach du bist es! Lang nicht gesehen!« Dann kommt Mr. Fitzmartin wieder herein. Hinter ihm betritt Tony das Wohnzimmer. »Tony!«, rufen Mrs. Fitzmartin und Mama gleichzeitig. »So viele hübsche Ladies in einem Raum!«, sagt Tony und umarmt erst Mama und dann Mrs. Fitzmartin. Mir, Klara und Nelly tätschelt er die Köpfe. »Hi Wolfgäng!« »Hi Tony.« Papa steht nicht auf, um Tony die Hand zu geben, sondern nickt ihm nur kurz zu. Tony quetscht sich zwischen Mama und Klara aufs Sofa. Er reibt sich zufrieden die Hände. »Wie schön, euch alle wiederzusehen! Wieso habt ihr mir denn nicht gesagt, dass Monika und Wolfgäng im Land sind?« »Ähm.« Mr. Fitzmartin tritt von einem Fuß auf den anderen und reibt sich mit der Hand das Kinn. »War eine spontane Idee«, sagt Mama. Oh ja, so spontan, dass wir schon vor einem Dreivierteljahr unsere Flugtickets hatten. »Ich schau mal kurz nach dem Essen!« Nellys Mutter steht auf. Als sie draußen ist, setzt

Mr. Fitzmartin sich auf ihren Platz neben Papa und räuspert sich. Keiner sagt was. »Ja …«, sagt Mr. Fitzmartin dann und trommelt mit den Fingern auf dem Tisch. »Wie läuft's mit der Arbeit?«, sagt Tony schließlich und schaut Papa an. »Gut«, sagt Papa, »sogar sehr gut.« Tony nickt. »Du hängst immer noch an dieser Freier-Wille-Idee?« Papa schaut ihn an. »Was heißt hier Idee?« Tony lächelt. »Wolfgäng.« Er wendet sich Klara und mir zu. »Euer Papa denkt immer noch, es gäbe so etwas wie einen freien Willen.« Klara nickt interessiert und schiebt mit dem Zeigefinger ihre Reptilienbrille nach oben. »Gibt es etwa keinen?«, frage ich. Tony lehnt sich zurück und verschränkt die Arme hinter dem Kopf. »Nein. Der freie Wille ist eine Illusion. Wenn ich glaube, etwas zu entscheiden, ist die Entscheidung in Wirklichkeit schon getroffen. Schau mich an: Wenn ich eine schöne Frau sehe«, Tony nickt Mama zu, »denke ich, dass ich sie will, weil sie mir gefällt. Aber in Wahrheit entscheidet die Chemie in meinem Kopf. Mir wird nur noch Bescheid gesagt, nachdem die Neuronen und Stoffe in meinem Gehirn es sich überlegt haben. Natürlich denke ich trotzdem, ich hätte eine Entscheidung getroffen. Das ist unsere menschliche Fiktion.« Papa schaut Klara und mich an. »Man kann natürlich frei entscheiden, ob man einem Impuls folgt oder nicht«, sagt er. »Zum Beispiel kann man eine schöne Frau sehen«, er nickt Mama zu, »und entscheiden, dem Impuls, sie zu …« »Wolfgang!« Mama schaut Papa böse an. »… zu, ähm, einzuladen, nicht zu folgen, zum Beispiel, weil sie verheiratet ist. Das nennt man Impulskontrolle. Das hat natürlich nicht jeder.« »Gilt das auch für Doughnuts?« Papa sieht mich an. Oh mein Gott, habe ich das wirklich gesagt? Tony lacht. Klara und Nelly auch. Irgendwann lachen alle. Außer Papa.

Nachdem alle aufgehört haben zu lachen, sitzen wir wieder schweigend da. Mr. Fitzmartin trommelt mit den Fingern auf dem Tisch und räuspert sich ab und zu. Ich versuche, Papa anzuschauen, aber er weicht meinem Blick aus. Ich Idiot. Bevor mir einfällt, wie ich das wieder gutmachen kann, geht die Wohnzimmertür auf. »Überraschung!« Eine riesige Eistorte betritt den Raum. Hinter der Torte schaut Nellys Mutter hervor. Nelly verteilt Teller und Löffel. Ich versuche, Papa einen Blick zuzuwerfen. Er schaut weg. Mir wird immer schlechter. Das wird durch den Anblick der Eistorte auch nicht besser. Die sieht vielleicht fett aus! Und süß außerdem. Vielleicht ist es doch besser, wenn ich mich von der Couch fressen lasse, anstatt die Torte zu fressen. »Mmmh«, sagt Mama, und stößt mich in die Seite. Ich sage »Mmmmmmmmmmmmmmmmmmmmh«, und Mama stößt mich gleich noch mal an. Ja was, soll ich jetzt »Mmmh« machen oder nicht? Nelly legt mir ein riesiges Stück Torte auf den Teller und sagt »extra für dich, meine Süße!« Na danke. Wie werde ich das jetzt wieder los? Als alle ein Stück Torte auf dem Teller haben, schlägt Nellys Vater leicht mit dem Löffel gegen sein Glas und steht auf. »Wir freuen uns sehr, unsere deutschen Freunde hier zu haben. Und jetzt gibt es noch eine Überraschung für unsere jungen Ladies.« Er schaut erst Nelly und dann mich bedeutungsvoll an. Nelly schaut auf ihre Torte. »Nelly«, sagt Mr. Fitzmartin, »wird euch auf eurer weiteren Reise begleiten!« »Ach«, sagt Mama. Sie sieht fragend zu Papa. Der zuckt mit den Schultern. »Äh, wunderbar!«, ruft er dann. Spinnt der? Das ist alles andere als wunderbar! Nellys Vater schaut zufrieden in die Runde. »Das wird eine wichtige Erfahrung für Nelly«, sagt er, »das eigene Land mit den Augen von Ausländern zu sehen.« »Aber Mum!« Nelly sieht ihre Mutter an. »Du wirst es lieben«, sagt die und tätschelt Nelly den Arm. Nelly zieht ihren Arm weg. »Aber ich hab doch gesagt, dass …« »Du wirst es lieben, Darling«, sagt Nellys Mutter sehr laut. Nelly steht auf und geht raus. »Teenager«, sagt Nellys Mutter und lächelt.

Auf der Fahrt nach Hause streiten Mama und Papa sich darüber, wer von ihnen zugestimmt hat, Nelly mitzunehmen. »Du hast ›wunderbar‹ gesagt!«, sagt Mama zu Papa. »Du hast mir vorher zugenickt!«, sagt Papa zu Mama. Mir ist es scheißegal, wer von den beiden schuld ist an dieser Katastrophe. Wenn wir nach Pittsburgh zurück müssen, um Nelly wieder nach Hause zu bringen, kann ich Graceland vergessen. Das ist in der Zeit nicht zu schaffen. Und Nelly länger als fünf Minuten an der Backe zu haben, ist sowieso schon so ziemlich das Schlimmste, was ich mir vorstellen kann. Vorhin beim Abräumen hat sie mich gefragt, ob ich auf Diät bin, weil bei mir noch das ganze Stück Eistorte auf dem Teller lag. Ich konnte es nicht an Papa verfüttern, weil er schon Klaras ganzes und Mamas halbes Stück essen musste und nicht noch mehr Torte wollte. Oder vielleicht wollte er nur keine Torte von mir. Könnte ich auch verstehen. Ich habe Nelly natürlich gesagt, dass ich keine Diät mache, sondern dass mir schlecht ist. »Antje ist auf Diät!«, hat sie gleich danach zu ihrer Mutter gesagt und ihr meinen Teller in die Hand gedrückt. Nellys Mutter hat »sehr gut!« gesagt und mich ganz lobend angeschaut.

Obwohl Elvis mir *Suspicious Minds* ins Ohr singt, höre ich, dass Mama und Papa immer lauter werden. Jetzt geht es nicht mehr darum, wer uns das mit Nelly eingebrockt, sondern wer die richtige Abzweigung verpasst hat. »Ich fahre, du schaust!«, schreit Papa. Das stimmt allerdings nicht ganz, denn Mama muss beim Fahren nicht nur schauen, sondern auch Papa mit Doughnuts und Butterbroten füttern und Fotos aus dem Fenster machen, wenn Papa sagt »Foto rechts!« und »Ahhhh« sagen, wenn Papa sagt »Naturwunder im Rückspiegel.« Klara und ich müssen auch »Ahhhhhhh« machen, und wenn wir das mal nicht tun oder das »Ahhhhhhh« nicht lang oder laut genug ist, sagt Papa, dass wir so eine Reise nicht machen müssen und dass andere Kinder dankbar wären, so was sehen zu dürfen und nicht Gameboy spielen würden, während am Fenster ein Naturwunder nach dem anderen vorbeizieht. Jetzt sagt Papa allerdings nichts von Naturwundern, sondern dass ein bisschen Unterstützung bei der Navigation von Mama ja wohl nicht zu viel verlangt ist. Mama sagt »Wolfgang!« Ich schaue raus. Wir sind mitten in dem Amish-Gebiet, durch das wir gestern gefahren sind. Es ist unglaublich dunkel, ich glaube, ich habe noch nie so eine schwarze Nacht gesehen. Nur ein paar Glühwürmchen glimmen da draußen vor sich hin. In einem Elvis-Film wäre das jetzt so eine typische Romantik-Situation: Elvis und eine hübsche Frau sind zusammen unterwegs und verfahren sich. Es wird dunkel, sie haben keine Ahnung mehr, wo sie sind, und dann fängt es auch noch an, in Strömen zu regnen. Sie geben sich gegenseitig die Schuld und schreien sich an, und wenn sie am lautesten schreien, schnappt er sich ihren Kopf und stopft ihr mit einem Kuss den Mund. Leider machen Mama und Papa das nicht. Wobei Mama sich Papas Kopf schnappen müsste, weil bei uns immer Papa rumschreit, Mama sagt dazu nur »Wolfgang!« Was mich wundert, ist, dass sie immer noch denkt, so ein »Wolfgang!« würde Papa beruhigen, obwohl ihr doch ungefähr hundert ähnliche Situationen gezeigt haben müssten, dass Papa so ein »Wolfgang!« nur noch mehr in Fahrt bringt. »So ein Scheißdreck!«, brüllt er, und dass er gleich anhält und aussteigt. Soll er machen, dann ist endlich Ruhe. Das Unglaublichste ist, dass Klara bei so was schlafen kann. Wenn's richtig hoch hergeht, hockt sie in ihrem Kindersitz und pennt. Mama sagt nach solchen Situationen immer, dass man Verständnis für Papa haben muss, weil Opa früher Terror gemacht hat, wenn die Familie sich beim Wandern verlaufen hat. Papa hat davon in der Kindheit eine Störung bekommen, sagt Mama, deswegen muss er Terror machen, wenn wir uns verfahren. Er schreit also heute rum, weil er es früher so schlimm fand, dass sein Vater rumgeschrien hat.

3.

»Heute«, sagt Mama nach dem Frühstück, »würden Papa und ich gerne mal was zu zweit unternehmen. Würde es euch was ausmachen, alleine hier zu bleiben?« Nee, warum denn? Alleine mit meiner sechsjährigen Schwester in einem verrotteten Wohnheimzimmer ohne Klimaanlage zu sitzen ist haargenau das, was ich mir unter einem gelungenen Urlaub vorstelle. »Nein«, sage ich. »Super!« Mama strahlt. Papa sieht auch etwas zufriedener aus als gestern Abend. Wir sind noch stundenlang durch diese Maisfelder geirrt, bis Mama an einem Haus geklingelt und nach dem Weg gefragt hat. Das wollte sie eigentlich schon zwei Stunden vorher machen, aber Papa hat sie nicht gelassen. Er will nie irgendwo nach irgendwas fragen, außer er weiß die richtige Antwort schon und kann die Leute auf die Probe stellen. Wie in diesem Witz, wo ein Mann eine Frau auf der Straße fragt »Wissen Sie, wo es hier zum Bahnhof geht?«, und die antwortet »nein.« »Okay«, sagt daraufhin der Mann, »dann erkläre ich es Ihnen: Da gehen sie immer die Hauptstraße lang und dann zweimal rechts!« Wer den Witz erfunden hat, der muss Papa gekannt haben.

Was Mama und Papa wohl vorhaben? Also das Studentenwohnheim können sie nicht suchen wollen, da wohnen wir ja schon drin. Aber vielleicht gibt es hier noch mehr Erinnerungsstellen, wie das McDonald's, wo Papa sich täglich seinen Big Mac gekauft hat.

Als sie weg sind, setzt Klara ihre Reptilienbrille auf und kniet sich hinter den Nachttisch. Oh nein, ich weiß, was jetzt kommt. »Die Nächsten bitte!« Sie blättert in ihrem Bilderbuch. »Die Nächsten bitte, hab ich gesagt!« »Hier sind keine Nächsten.« Klara schaut mich böse an. »Doch. Du und deine Frau, ihr seid die Nächsten!« Meine Frau: das ist Klaras rosa Stoffhund. Wir sind miteinander verheiratet, seit *Paartherapie* Klaras Lieblingsspiel ist. Normale Kinder spielen ja *Vater, Mutter, Kind* oder so. Klara spielt *Paartherapie*. Natürlich ist sie die Therapeutin. Daran ist Mama schuld. Die empfängt ihre Patienten bei uns zu Hause in ihrem Arbeitszimmer, und Klara und ich lauschen immer an der Tür. »Die Nächsten!«, schreit Klara. Ich ergebe mich, schnappe mir den Hund und hocke mich mit ihm vor Klaras Nachttisch. Klara schaut noch etwas in ihr Buch, dann klappt sie es zu und sieht uns an. »Herzlich willkommen. Bevor ich was frage, sag ich Ihnen was: Das Glück ist wie das Licht, es braucht den Schatten des Leides! So. Was ist das Problem?« Sie schaut den Hund an. »Haben Sie Orgasmusprobleme?« Klaras Kindergärtnerin hat mal bei uns angerufen, weil Klara mit ihren Freundinnen im Kindergarten auch Paartherapie spielt und die Kindergärtnerin sich um Klaras Psyche sorgte und außerdem die anderen Eltern entsetzt waren, weil ihre Kinder zu Hause plötzlich von Orgasmusproblemen gesprochen haben. Mama hat der Kindergärtnerin gesagt, dass sie selbst Psychologin ist und es schon merken würde, wenn mit ihrer Tochter was nicht stimmt. »Sagen Sie was!« Klara schiebt ihre Brille hoch und sieht den Hund an. »Oder trauen Sie sie sich nicht, wegen dem da?« Sie zeigt auf mich und wirft mir einen bösen Blick zu. Dann nimmt sie den Hund in die Hand, lässt ihn ein bisschen zittern und sagt mit einer ganz hohen Stimme »Harald macht nichts für meine Bedürfnisse!« »Aha!« Klara setzt den Hund zurück auf seinen Platz und schaut mich an. »Sagen Sie was, Harald!« Wenn ich jetzt nicht mitspiele, heult sie für die nächste halbe Stunde. »Mein Gott«, sage ich, »warum müsst ihr Frauen alles so kompliziert machen? Wozu bin ich überhaupt hier? Ich bin doch nicht plemplem!« »Nein«, Klara fuchtelt mit ihrer Brille herum, »Sie sind nicht plemplem, Harald. Aber sie haben Bezierungs … Beziesungsprobleme. Sie müssen was machen!« Ich sage nichts. »Harald!« Klara schaut mir in die Augen. »Ich frage: Was wollen sie machen?« »Nichts«, sage ich, »ich fühle mich in der Gegenwart meiner Frau immer wie ein Volltrottel. Immer hab ich das Gefühl, nicht auszureichen. Das macht mich ganz krank!« Klara schaut mich für einen Moment an. Dann nimmt sie den Hund in die Hand. »Ach ja?«, ruft er, »das kommt wohl davon, dass du ein Trottel *bist*! Du machst immer nur Quatsch! Und immer schreist du rum!« »Ich schreie nur, weil du mich so unter Druck setzt!«, schreie ich,

»ich kann es dir nie recht machen!« »Ich mag dich nicht mehr!«, heult der Hund. »Dann geh doch!«, brülle ich. Klara sieht mich an. »Ich hab keine Lust mehr.« Sie nimmt die Brille ab und steht auf.

Als Mama und Papa nach zwei Stunden zurückkommen, läuft Klara sofort zu Mama und klammert sich an ihr fest. Mama streichelt sie. »War irgendwas?« Sie sieht mich an. Ich schüttele den Kopf. »Nee, alles wie immer.« »Na super«, sagt Mama. »Dann packen wir jetzt und holen Nelly ab.«

Als wir vor Fitzmartins Haus halten, steht Mrs. Fitzmartin schon in der Tür. Von Nelly ist nichts zu sehen. Mrs. Fitzmartin winkt uns zu. Papa lässt sein Fenster herunter. »Nelly ist oben und holt ihre Sachen!«, sagt Mrs. Fitzmartin. Papa macht den Motor aus. »Antje kann doch hoch gehen und ihr helfen!« Mrs. Fitzmartin lächelt. »Nein, nein. Nelly ist jede Sekunde hier!« Glück gehabt. Die Sekunde dauert allerdings ziemlich lang. Nach fünf Minuten steigt Papa aus und unterhält sich draußen mit Nellys Mutter. Mama trommelt mit den Fingern auf der Ablage. »Wann fahren wir lo-hos?« Klara rutscht in ihrem Kindersitz hin und her. »Wenn die dumme Kuh ihren Arsch ins Auto bewegt hat«, sage ich. »Antje!« Mama dreht sich zu mir um. Ich zucke mit den Schultern. »Du sagst doch immer, man soll Kindern alles erklären!« Mama schüttelt den Kopf und dreht sich wieder nach vorne. Ich mache mein Fenster ganz auf. Es wird immer heißer im Auto. »Vielleicht wäre es wirklich das Beste, wenn du mal nach ihr siehst!« Mama fängt meinen Blick im Rückspiegel ein. »Wieso ich?« »Na, du kennst sie doch am besten!« Durch die Windschutzscheibe sehe ich Papa auf seine Armbanduhr schauen und Mrs. Fitzmartin den Kopf schütteln. »Ich hab 'ne bessere Idee«, sage ich, »wir lassen Nelly einfach hier! Na?« »Antje, es geht hier jetzt nicht um's Witze reißen. Sei eine echte Hilfe und geh hoch. Okay?« »Nein.« Mama macht ihre Tür auf und steigt aus. »Antje will hochgehen und Nelly tragen helfen!« »Sehr schön!« Papa ist begeistert von der Idee. »Das ist lieb von dir, Antje!«, ruft Mrs. Fitzmartin in Richtung Auto. Okay. Mir bleibt nichts anderes übrig. Ich steige aus. »Komm!«, sagt Mrs. Fitzmartin und winkt mir. Ihr Lächeln wirkt genauso gequält wie sich meins anfühlt. Das Haus ist so wunderschön kühl, dass ich mich am liebsten direkt auf die fette Couch setzen und nie mehr aufstehen würde. Aber ich muss Mrs. Fitzmartin hinterherlaufen, und die geht an der Couch vorbei zur Treppe. An der Treppe bleibt sie stehen und zeigt nach oben. »Es ist die zweite Tür links.« Ich gehe hoch, ganz langsam, und genieße jede Sekunde, die ich noch herausschlagen kann. Dann stehe ich in einem Flur mit zwei weißen Türen und kann leider sofort erkennen, welche die zweite ist. Ich klopfe. Nichts passiert. Für einen Moment möchte ich einfach wieder gehen. Ich habe geklopft, und es wurde mir nicht aufgemacht, also bitte, was soll ich da noch tun? Doch gerade, als ich mich umdrehen will, sagt eine Stimme »komm rein«. Ich mache vorsichtig die Tür auf.

Das Zimmer dahinter ist komplett rosa: rosa Wände, rosa Regale, rosa Teppich, auf dem ein rosa Rucksack steht. Auf dem rosa Bett sitzt Nelly und heult. Als sie mich sieht, hört sie damit auf. »Du?«, schreit sie, »DU? Wer hat dich reingelassen? Hau ab!« Sie schleudert mir eins von den rosa Kissen entgegen. Ich ducke mich, und es fliegt an mir vorbei in den Flur. Bevor sie das nächste werfen kann, gehe ich raus und mache die Tür hinter mir zu. Unten an der Treppe lauert Mrs. Fitzmartin mir auf. »Nelly kommt«, sage ich und gehe an ihr vorbei nach draußen.

Als ich wieder im Auto sitze, geschieht das Unfassbare: Nelly kommt tatsächlich mit ihrem rosa Rucksack aus dem Haus. »Gut gemacht«, sagt Mama. Nelly drückt Papa ihren Rucksack in die Hand. Papa steht für einen Moment mit dem Rucksack da, dann geht er zum Auto und macht die Heckklappe auf. Nachdem er ein bisschen in den Kofferraum geschaut hat, macht er die Klappe wieder zu und öffnet meine Tür. »Kommst du mal kurz raus?« Ich steige aus. Papa stellt den Rucksack vor meinem Sitz auf den Boden. Ich schaue den Rucksack an, der da steht, wo vorher meine Füße waren. Papa nickt zufrieden. »Das geht.« »Das geht? Quetsch doch Nelly damit die Füße ein!« Aber Papa kriegt diesen Blick, den er immer hat, kurz bevor er anfängt zu brüllen. Also bin ich lieber still. Im Gegensatz zu Klara. Die fängt an zu heulen, kaum das Nelly sich ins Auto gesetzt hat. »Will nicht!«, verstehe ich, »ich will Antje! Antjeeeeeeeeeeeee!« Papa sieht aus, als würde er gleich mitkreischen. »Was ist jetzt schon wieder?« »Ihr sollt euch nicht von Antje scheiden lassen! Ich will Antjeeeeeeeeeee!« Ich quetsche mich so gut ich kann zurück auf meinen Sitz und streiche der heulenden Klara über den Kopf. »Hier lässt sich keiner von mir scheiden.« »Aber«, schluchzt Klara, »aber sie haben schon 'ne Neue!« Sie zeigt auf Nelly, die teilnahmslos dasitzt. Oje, Klara denkt, dass Mama und Papa sich eine neue Tochter besorgt haben und ich jetzt bei den Fitzmartins bleibe. Wer weiß, vielleicht würde ihnen das gar nicht schlecht gefallen. »Ich bleibe immer hier«, sage ich zu Klara und streichele ihr die Tränen von der Wange. Klara starrt Nelly mit ihren Reptilienaugen an. »Die da«, ich zeige auf Nelly, »kommt nur ein paar Tage mit uns mit. Das ist zwar blöd, aber auch nicht soo schlimm.« Klara schnappt nach Luft und nickt. »Also, können wir dann endlich los?« Papa schnallt sich an. »Ja«, sagt Klara. Papa wendet und fährt aus Fitzmartins Einfahrt raus. Mrs. Fitzmartin winkt. Nelly schaut weg.

Genau so habe ich mir unseren Amerikaurlaub vorgestellt: Klara sitzt mit ihrem Pisseglas in der Hand und ihrer Reptilienbrille auf der Nase im Kindersitz zwischen Nelly und mir. Zu meinen Füßen steht Nellys Rucksack. Auf dem Schoß habe ich meine Gitarre. Wer so nicht klaustrophobisch wird, ist es schon.

Nelly sieht aus dem Fenster. Ich ziehe den Reißverschluss meiner Jacke zu. Hier drin ist es inzwischen fast so kalt wie im Supermarkt. Dreimal hat Nelly genörgelt, wie unerträglich heiß es im Auto ist, und dreimal hat Mama das kleine Rad am Armaturenbrett weiter in Richtung blau gedreht.

Papa sucht meinen Blick im Rückspiegel. »Ist ja ganz schön still dahinten.« »Bin schon zu Eis erstarrt«, sage ich. Papas Blick wird bittend. Oje, jetzt soll ich Konversation machen. Na schön, stellen wir Nelly doch mal eine nette Frage. »Freust du dich schon darauf, wieder nach Hause zu kommen?« Nelly dreht den Kopf in meine Richtung. »Ja«, sagt sie und schaut wieder aus dem Fenster. »Nelly wird nur ganz kurz zu Hause sein«, sagt Papa, »zwei Tage nach unserer Reise ist nämlich ihr Abflug nach Japan geplant.« Was soll ich dazu sagen? Wow, wie toll? Eigentlich tut Nelly mir fast leid. Wenn ich mir vorstelle, ich müsste mit Fitzmartins eine Deutschlandreise machen und zwei Tage danach für einen Monat nach Japan gehen, na vielen Dank. »Du Arme«, sage ich zu Nellys Hinterkopf. Sie schaut weiter aus dem Fenster.

»McDonald's, Wendy's, Kentucky Fried Chicken oder Quizno's?«, fragt Papa etwas später. Vor uns liegt eine von diesen Kreuzungen, bei der sie auf jede der vier Ecken ein Fast-Food-Restaurant gestellt haben. »McDonald's!«, sagt Nelly.

An der Tür zum Restaurant hängt ein Werbeplakat für einen *McLean. Less Fat* steht darauf. Schmeckt bestimmt besser als *No Fat*. Und macht bestimmt satter, als gar nichts essen, was ich seit heute morgen tue. Mir ist schon ganz schwach. Mama, Klara und Nelly texten Papa mit ihren Bestellungen zu und verschwinden an einen Tisch. Ich warte mit Papa an der Kasse, während er vor sich hin murmelt »zweibigmaceinhappymeal-mitchickenmcnuggetsundfantazweimittlerepommes-großecolaeinkaffee.« Klingt fast wie ein Gebet. »Papa«, sage ich, als Papa sein Gebet der Frau an der Kasse vorgetragen hat, »ich probiere heute mal den McLean.« »... und einen McLean, bitte«, hängt Papa an seinen Text dran. Als die Frau weg ist, um unser Zeug zu holen, schaut er mich komisch an. Ich merke, wie mir das Blut in den Kopf schießt. Ist mir egal, ob Papa den Krempel alleine tragen kann. Ich verschwinde lieber schon mal an den Tisch zu Mama und Klara. Und Nelly.

»Frau Antje isst heute einen McDünn«, sagt Papa, als er mit dem beladenen Tablett angekarrt kommt. Klara lacht. Nelly auch. Ob über den McDünn oder Frau Antje weiß ich nicht. Den Frau Antje-Witz macht Papa, seit ich auf der Welt bin. Vielleicht hat er mich so genannt, damit der Witz klappt. Egal, ich hole meinen McLean aus der Styroporpackung und beiße rein. Schmeckt eigentlich nicht anders als der Big Mac, den ich sonst esse. Ganz schön einfach mit dem Abnehmen. Nellys Big Mac schmeckt anscheinend nicht so, wie der Big Mac, den sie sonst isst. Jedenfalls regt sie sich mit einer ganz hohen Stimme ganz doll auf und zeigt abwechselnd auf den Big Mac vor ihr auf dem Tablett und auf das Bild von dem Big Mac auf der Auflage auf dem Tablett. Aha, das Problem ist gar nicht der Geschmack, sondern das Aussehen. Der Big Mac sieht nicht hundertprozentig so aus wie das Bild von dem Big Mac. Das weiß doch wirklich jeder, dass die für die Bilder extra Big Macs und Hamburger und McRibs aus irgendwas modellieren oder die Dinger mit Klarlack bemalen oder was auch immer, damit die nicht so zusammengedrückt und angegammelt aussehen wie in echt. Nelly kann sich ja so einen Big Mac aus Fimo kommen lassen. Jetzt steht Papa doch wirklich auf, schnappt sich den Big Mac und pilgert damit zurück zur Kasse. Ich fass es nicht. Und mich hat er mal gezwungen, ein Schnitzel aufzuessen, das total komisch geschmeckt hat. »Das schmeckt so komisch!«, habe ich gesagt. »Du isst das jetzt!«, hat er gesagt. Danach habe ich dann zwei Tage gekotzt. Leider hat Mama meine Kotzschüsseln rein- und rausgetragen. Den Job hätte ich Papa gegönnt.

Da kommt er auch schon zurück und überreicht Nelly einen Big Mac. »Mit einer herzlichen Entschuldigung des Geschäftsführers!« Also entweder, die spinnen echt in Amerika, oder Papa erzählt Nelly das einfach, damit Ruhe ist. Für die erste Möglichkeit spricht, dass hier vor ein paar Jahren eine alte Frau von McDonald's 640 000 Dollar gekriegt hat, weil sie sich einen heißen Kaffee über die Hose gekippt hat. Da zahlen die wahrscheinlich auch für einen nicht ganz exakt modellierten Big Mac. Vielleicht hat Nelly ja auch auf ein paar hunderttausend Dollar spekuliert. Aber ohne Verbrennungen wird das nichts. Für die zweite Möglichkeit spricht, dass Nellys neuer Big Mac haargenau wie der erste aussieht. Nelly beißt trotzdem ganz zufrieden rein. Schlauer Papa.

Ich genieße meinen McLean wie schon lange nichts mehr. Wenn man mal wirklich nichts isst, wird einem erst richtig klar, was das ist: Essen. Da inhaliert man schon den Duft von so einem Burger, als wäre das ein teures Parfum. Und dann erst der Geschmack und das Gefühl auf der Zunge! Grandios! Jetzt weiß ich, warum Charlie Chaplin in *Goldrausch* einen Schuh verspeisen kann, als wäre der ein fettes Steak.

Leider bin ich ziemlich bald fertig mit dem McLean und das schöne Ess-Gefühl ist vorbei. Deswegen sage ich auch gleich »ich!« als Papa fragt, wer ein Sundae Eis zum Nachtisch möchte. Nach dem McLean kann ich mir das erlauben.

Oder auch nicht. Als wir nach dem Essen im Auto sitzen, fühle ich mich komisch. Das Essen steckt richtig in mir drin, ich kann es in jeder Pore fühlen. Ich fasse unter mein T-Shirt nach den Speckrollen. Bisher habe ich mich nach dem Essen immer nur satt gefühlt oder auch nicht satt, oder mir war schlecht. Dieses Gefühl ist anders. Ich wünschte, ich könnte das Eis wieder aus mir rausbekommen.

Vier Stunden später kommen wir in einer kleinen Stadt an. »Hier«, sagt Papa, »gibt es eine wunderschöne Innenstadt.« »Mit einem wunderschönen Antiquariat.«

Mama sieht zu uns nach hinten und verdreht die Augen. Mit Papa und Büchern gibt es ein Problem: Er liebt sie. Deshalb kauft er mindestens eine Kiste voll im Monat, alle antiquarisch. Die meisten sind Kursbücher, mit denen setzt er sich dann im Wohnzimmer an den Esstisch, mit einem Schinkenbrot in der Hand, und verkündet mit vollem Mund Sachen wie: »1944 fuhr die Stadtbahn von Stuttgart nach Esslingen alle halbe Stunde! Immer um '12 und '42!« Eigentlich nicht unpraktisch, sollte Papa jemals eine Zeitreise machen, hat er für jedes Jahr den passenden Fahrplan.

»Jeder«, sagt Papa im Antiquariat, »darf sich ein Buch aussuchen!« Die Bücher stehen dicht gedrängt in Regalen und scheinen nach keinem System geordnet zu sein. Ich laufe an den Regalen entlang und streiche über die braunen Buchrücken. An einem Buch bleibe ich hängen, weil sein Rücken nicht braun, sondern tiefschwarz glänzend ist. *Elvis – is he alive and coming back?* steht in roter Schrift auf dem Cover. Mein Herz schlägt schneller, als ich das Buch aufblättere. »Was ist das?« Ich spüre, wie Nelly mir über die Schulter sieht. »Ein Roman«, sage ich einfach. Zum Glück kommt in diesem Moment Klara und zieht mich am T-Shirt. »Schau mal.« Nelly sieht Klara gelangweilt an und verzieht sich. Ich schau zu Klara nach unten. Selbst hier drin trägt sie ihre Reptilienbrille. Sie hält mir ein gebundenes Buch mit einem bunten Cover hin. Ich nehme es ihr ab. *Heilsaft Urin* steht Deutsch auf dem Cover. Vorne sind

Fotos von Gläsern mit einer gelben Flüssigkeit drin abgebildet. »Da hast du ja was Tolles gefunden«, sage ich, »geradezu ein Fachbuch für dich!« Klara strahlt. Ich nehme die beiden Bücher in die eine, Klara an die andere Hand und suche Papa. Ich finde ihn in einer dunklen Ecke über einem alten Kursbuch. »Papa«, sage ich, »Klara und ich möchten diese Bücher.« Mit der Rückseite nach vorne schwenke ich sie vor seiner Nase herum. »Okay«, sagt Papa ohne aufzusehen.

Es ist noch enger auf der Rückbank, als wir eine Stunde später losfahren. Zwischen mir und Klaras Kindersitz steckt ein riesiges englisches Kursbuch. Weil Nelly sich geweigert hat, für ein Buch ein Stück von ihrem Platz aufzugeben, muss das norwegische Kursbuch aus dem 19. Jahrhundert zwischen mich und die Autotür. »Sei vorsichtig beim Aussteigen!«, sagt Papa.

Nelly liest in ihrem neuen Buch. »Gefällt es dir?«, fragt Papa, »worum geht es denn?« Nelly sieht kurz auf. *Pleiten und Pannen im Bauplan der Natur*. »Ah, hm«, macht Papa. »Spitzmäuse«, sagt Nelly, »müssen immer eine Körpertemparatur von genau 39 Grad haben, sonst sterben sie. Deshalb tun sie den ganzen Tag nichts als essen. Schlimm, was?« »Interessant.« Papa schaut auf die Straße. »Und Pandas«, sagt Nelly, »sind vom vielen Fressen so faul, dass sie keine Lust mehr auf Sex haben. In Zoos zeigt man ihnen Panda-Pornos, damit sie Nachwuchs zustande bringen.« Mama räuspert sich laut. »Ja, ist schon toll, was die Natur für einen Mist hervorbringt, was?« Nelly sieht mich an. Ich ignoriere sie und streiche Klara über den Kopf, die in ihrem Buch blättert. Mama dreht sich zu uns nach hinten. »Und was habt ihr euch ausgesucht?« »Ein Fachbuch.« Klara schiebt ihre Reptilienbrille hoch, so wie Mama das mit ihrer Brille macht, wenn sie etwas liest. Mama und Papa lachen. »Und worüber?«, fragt Mama. Klara schaut auf die Bilder im Buch. »Ich glaub über Pipi.« »Was? Gib mal her!« Mama dreht sich ganz zu uns um und versucht, Klara das Buch aus der Hand zu nehmen. »Menno, das ist mein Fachbuch!« Klara will nicht loslassen, aber Mama ist stärker. Sie blättert hektisch das Buch durch. »Wolfgang!«, sagt sie dann, »spinnst du jetzt völlig? Demnächst trinkt sie das Zeug noch!« »Ist doch ihr Produkt!«, sage ich. »Ich will mein Buch!«, schreit Klara. »Ich hab gar nicht gesehen, was …« Papa stammelt vor sich hin, was genau, ist schwer zu verstehen, weil Klara inzwischen ihre maximale Lautstärke erreicht hat. Nelly hört interessiert zu und sieht sehr zufrieden aus. »Ich will mein Fachbuch!« »Nein.« Mama packt das Buch in ihre Tasche. »Das ist nichts für dich!« »Das ist mein Fachbuch!«, kreischt Klara, »das hat Antje auch gesagt!« »Antje?« Mama schaut mich im Rückspiegel ganz entsetzt an. »Du hast ihr das angedreht?« »Quatsch«, sage ich schnell, »das hat sie sich irgendwo aus dem Regal gegriffen.« »Antje hat gesagt, das ist ein Fachbuch für mich! Ich will mein Fachbuch! Faaaaaaaaaaaaaaaaaaaaaaaaaachbuuuuuuuuch!« Ich halte mir das rechte Ohr zu, um nicht taub zu werden.

Nelly hält sich das linke Ohr zu, langsam scheint sogar ihr der Spaß an dem Streit zu vergehen. Jetzt tut es mir schon fast leid, dass ich Papa das Buch untergejubelt habe. Gott sei Dank hört Klara allmählich auf zu kreischen und schluchzt nur noch leise vor sich hin. Und dann ruft sie »Dinosaurier!« und zeigt aus dem Fenster. Ich schaue raus: Da steht tatsächlich ein riesiger Tyrannosaurus rex am Straßenrand, und darunter steht was von einem Museum. »Aha! Klara will ins Museum«, sagt Papa und fährt die nächste Ausfahrt raus. Hier gibt es noch viel mehr Schilder mit noch viel mehr Dinosauriern drauf. Wenigstens können wir uns nicht verfahren. Ich habe auf ein Dinosauriermuseum überhaupt keine Lust, aber Klara und Papa hüpfen ganz aufgeregt in ihren Sitzen und können es gar nicht erwarten. Nelly schaut auch nicht gerade begeistert. So sieht sie allerdings immer aus. Auf dem fast leeren Parkplatz vor dem Museum werden wir von einem dicken Typen in einer eigenartigen Uniform umständlich in einen Parkplatz eingewiesen. Er wartet, bis Papa den Motor ausgemacht hat, dann rennt er rüber zum nächsten Auto, wo aber schon eine Familie aussteigt, die einfach alleine auf einen der hundert freien Parkplätze gefahren ist. Ich schaue mir die Leute an. Sie sehen ein bisschen aus wie die Amish auf dem Markt: die Frau und das Mädchen tragen Haarknoten und lange Röcke. »Kommst du?«, ruft Mama. »Ja«, sage ich und laufe den anderen nach.

Das Museum kostet zwanzig Dollar Eintritt pro Person, die Papa ohne mit der Wimper zu zucken bezahlt. Drinnen geht es gleich los mit der Saurier-Hölle. Da ist eine komplette Urlandschaft aufgebaut, mit riesigen Dinosauriern, die sich bewegen und schreckliche Schreie ausstoßen. Ein Tyrannosaurus rex hat irgendwas Blutiges im Maul. Klara amüsiert sich super. Papa auch. Er hebt Klara nah an die Dinosaurier ran und erklärt ihr, wann sie gelebt haben und warum sie ausgestorben sind. Mama sieht eher gelangweilt aus und sagt, dass sie schon mal in die Cafeteria geht. »Ja, ja«, sagt Papa. »Schau mal da!«, schreit Klara und zeigt in eine Ecke. Da sitzen zwei sehr realistisch modellierte Menschen zwischen den Dinosauriern. »Wohnen die mit den Sauriern zusammen?«, fragt Klara. »Äh, nein«, sagt Papa, »als die Dinosaurier gelebt haben, gab es noch gar keine Menschen!« »Oh doch!«, sagt Nelly und zeigt auf eine Informationstafel an der Wand. *Warum die Bibel Recht hat* steht da, und dann wird erklärt, dass die Erde erst einige tausend Jahre alt ist und nicht ein paar Milliarden und dass man wissenschaftlich beweisen kann, dass es keine Evolution gab, sondern Gott die Welt erschaffen hat. Papa wird blass. Nelly fängt an, Klara den Text zu übersetzen. Papa sagt »schscht« zu Nelly, aber Nelly hört nicht auf. Papa hält Klara die Ohren zu, Klara fängt an zu heulen. Papa nimmt die Hände von Klaras Ohren und sagt »du willst doch sicher noch mehr Dinosaurier sehen, oder?« »Ja!«, ruft Klara. Im nächsten Raum sehe ich sofort, dass das ein

Fehler war. Hier gibt es keine Dinosaurier mehr, sondern Adam und Eva total nackt im Paradies und eine ziemlich unheimliche, elektrisch betriebene Schlange. Nelly sagt zu Klara, dass die Schlange der Teufel ist, und Klara fängt an zu heulen, und Papa sagt wieder »schscht« zu Nelly, aber Nelly raunt immer wieder »devil, huh, huh, Teufel!«, und Klara heult noch mehr, und schließlich nimmt Papa Klara an die Hand und geht mit ihr raus. Ich schaue Nelly an. »Glaubst du das etwa wirklich?« Nelly lacht und schüttelt den Kopf. »Aber ich weiß, dass es ihn wahnsinnig macht!« Ich lasse Nelly stehen und gehe in den nächsten Raum. An einer Tafel bleibe ich stehen. Wir müssen nur auf Gott vertrauen, lese ich, dann wird er uns schon den richtigen Weg zeigen. Das muss der Weg nach Graceland sein.

In der Cafeteria kann ich weder Mama noch Papa und Klara oder Nelly finden. Ich gehe nach draußen. Da stehen sie am Auto, und wenn ich das richtig sehe, schimpft Mama mit Papa.

Ich liege richtig. Als ich am Auto ankomme, sagt Mama gerade zu Papa, dass er seine Meinung ja auch einmal im Leben für sich behalten könnte, und Papa sagt zu Mama, dass sie nie hinter ihm steht, selbst wenn er ausspricht, was sie auch denkt. Als er mich sieht, sagt er »einsteigen, alle!«

Nachdem wir eine Weile schweigend gefahren sind, fängt Mama an zu lachen. »Super, wie du denen die Meinung gesagt hast!« Papa lacht mit. »Aber dass sie uns deswegen gleich rausschmeißen!« »Dabei hast du ganz Recht: Das ist ein Gehirnwäschemuseum!«, sagt Mama. Und dann erzählen uns Mama und Papa zum hundertsten Mal die Geschichte, wie sie in Bad Cannstatt bei Oma und Opa zu Besuch waren und dort in der Kirche die Zahlen, mit denen die Seiten aus dem Gesangbuch angezeigt werden, vertauscht haben, so dass *Siebenundvierzigelf* und *Nullachtfünfzehn* dastand. Normalerweise langweilt die Geschichte mich zu Tode. Aber heute gefällt sie mir irgendwie.

4.

Am nächsten Tag hocken wir schon wieder im Auto. Bestimmt bekomme ich eine Thrombose, so wie die Omas, denen auf Butterfahrten die Beine platzen. Außerdem bin ich todmüde, weil die letzte Nacht reichlich eigenartig war. Immerhin hatte ich ein eigenes Zimmer. Nelly wollte partout nicht mit mir in einem Zimmer schlafen, worauf Papa ihr sofort ein eigenes Zimmer gebucht hat. »Aha, Nelly kriegt also ein eigenes Zimmer!«, habe ich gesagt, und weil Papa müde war von der Fahrt und außerdem schnell aufs Zimmer wollte, um seine neuen Kursbücher zu lesen, habe ich auch eins bekommen. So einfach ist das.

Ganz alleine in meinem Zimmer habe ich mich nackt ausgezogen und vor die große verspiegelte Schranktür gestellt. Wie ich meine Oberschenkel und meinen Hintern gesehen habe, konnte ich es gar nicht fassen. Wann sind sie bloß so schrumplig geworden? Sieht aus wie bei einer alten Frau! Der Bauch hängt schlapp runter, wenn ich stehe, aber immerhin ist die Haut da noch ganz glatt. Wenigstens haben mir meine Brüste gefallen. Wie das klingt: Brüste. So was hatte früher immer nur Mama oder irgendwelche Frauen im Fernsehen. Das blöde bei meinen Brüsten ist nur, dass man sie so schlecht von den

Speckrollen unterscheiden kann, aus denen der Bauch besteht. Als ich gestern die Speckrollen im Spiegel gesehen und an das Sundae Eis gedacht habe, ist eine Wut in mir hochgekommen wie noch nie. »Warum hast du das gemacht?«, habe ich mein Spiegelbild angeschrien, »du fetter, hässlicher Idiot!« Meine Zähne haben sich so fest aufeinander gepresst, dass es wehgetan hat. Und dann habe ich mir auf den Bauch gehauen, dass mir die Luft weggeblieben ist. Dabei habe ich weiter geschrieen. »Ich hasse dich«, habe ich geschrien. Dann habe ich einen Kugelschreiber genommen und auf meinen Oberschenkel eingestochen, bis ganz viele kleine, rot-blau umrandete Löcher drin waren. Als ich dann auf dem Bett saß und nicht mehr konnte und keine Kraft mehr hatte, mich zu schlagen und zu stechen und zu schreien und zu weinen, da ist mir ein Buch eingefallen, das ich mir mal aus Mamas Bücherregal genommen habe. Darin geht es um Essstörungen. Eine der Essstörungen heißt *Bulimie* und besteht darin, dass man alles, was man gegessen hat, wieder auskotzt. Also bin ins Bad gegangen und habe mir die Zahnbürste umgekehrt in den Hals gesteckt. Ich habe auch sofort einen Würgereiz bekommen, der war so stark und hat sich so eklig angefühlt, dass ich die Zahnbürste gleich wieder rausgenommen habe. Dann habe sie wieder reingesteckt, wieder raus, wieder rein … ich hab's einfach nicht geschafft, sie lang genug drin zu lassen. Ich bin sogar zu blöd zum Kotzen.

Also habe ich mir die Zahnbürste richtig rum in den

Mund geschoben und mir die Zähne geputzt. Das Zähneputzen hat mich beruhigt, und als ich fertig war, habe ich mich vor den Spiegel gestellt und mit dem Kugelschreiber auf meinem Körper markiert, was alles weg muss. Die Stellen, wo es ausreicht abzusaugen, habe ich umrandet, da, wo auch eine Hautstraffung nötig ist, schraffiert. Dafür habe ich mit einer Hand die Haut glatt gezogen so gut es ging und mit der anderen gemalt. Immer wenn ich dachte, ich bin fertig, ist mir noch etwas aufgefallen, und als ich mich schließlich aufs Bett gesetzt habe, hatte ich fast überall blaue Kreise und Striche. Dann habe ich eine Liste gemacht, was außer Fettabsaugen alles geändert werden muss: Meine Zähne sind zu schief und meine Nase zu gerade. Meine Stirn ist zu hoch, aber ich glaube nicht, dass man operativ den Haaransatz nach unten verschieben kann. Mit der Haarfarbe ließe sich auch noch was machen. Vielleicht rot? Aber bei meinen strohblonden Harren würde höchstens orange rauskommen. Das hat jedenfalls die Friseurin gesagt, als ich mir vor zwei Jahren die Haare rot färben lassen wollte. »Du wirst aussehen wie eine Rübe!«, hat sie gerufen, »willst du mit Pippi Langstrumpf verwechselt werden?« Ich wollte aber gar nicht Pippi Langstrumpf ähnlich sehen, sondern Mama. Die hat tiefrote Haare. Klara auch. Mama hat ihr immer über die Haare gestrichen und gesagt »genau so sah ich als Kind aus, genau so!« Ich habe blond daneben gesessen und mein Taschengeld für den Friseur gespart. Und dann sagt die blöde Friseurin einfach, rot geht nicht.

Dieses *geht nicht*, das habe ich auf dem Weg vom Friseur nach Hause immer wieder gehört. Geht nicht, geht nicht, geht nicht.

Auf dem Bett in meinem Einzelzimmer habe ich gedacht, vielleicht geht es ja jetzt. Die Wissenschaft macht schließlich ständig Fortschritte und das Keralogie-Labor forscht für schönes Haar.

Als ich eingeschlafen bin, habe ich mir vorgestellt, wie mein neues dünnes, rothaariges Leben wird. Ganz groß.

»So, da sind wir!«, sagt Papa drei Stunden später, »das ist der Erie State Park!« Überall stehen dichte grüne Bäume, dazwischen kleine braune Holzhütten. Vor einem großen Holzhaus parkt Papa den Wagen. »Dann wollen wir uns mal eine Hütte besorgen«, sagt er und steigt aus. Ich muss unbedingt ausprobieren, ob meine Beine schon explodiert sind. Also ziehe ich das norwegische Kursbuch neben der Tür hervor, lege es auf die Hutablage und gehe Papa hinterher. In der großen Holzhütte steht ein junger Typ hinter einer Theke. Er trägt ein olivgrünes Hemd und einen Hut. »Das ist ein Ranger«, sagt Papa. »Aha!«, rufe ich. Hätte ich ohne Papa nie erkannt. Der Ranger lächelt Papa und mich an. »Wie kann ich Ihnen und der jungen Lady helfen?« Nett. Papa sagt ihm, dass wir eine Hütte für fünf Personen brauchen. »Kein Problem«, sagt der Ranger, nimmt einen Schlüssel von der Wand hinter sich und kommt hinter der Theke hervor. »Ich zeige Ihnen den Weg.«

Als wir mit dem Ranger aus der Hütte kommen, schaut Nelly aus ihrem Buch auf. Mama kurbelt das Fenster herunter. »Er zeigt uns eben den Weg«, sagt Papa, »ich komme dann gleich den Wagen und euch holen.« Nelly steigt aus. »Ich komme mit.« Sie lächelt den Ranger an. Er lächelt zurück. Auf dem gesamten Weg zur Hütte quatscht Nelly den Ranger voll. Was für Tiere es hier gäbe, fragt sie ihn, und ob Ranger sein Traumberuf ist. Der Ranger antwortet sehr freundlich und scheint sich wirklich gerne mit Nelly zu unterhalten. Warum merkt er nicht, wie bescheuert sie ist?

Unsere Hütte hat zwei Zimmer mit je zwei Doppelstockbetten und eine Veranda mit einer Holzbank darauf. »Romantisch!«, flötet Nelly. »Genießen Sie Ihren Aufenthalt«, sagt der Ranger. »Das werden wir bestimmt.« Nelly schmachtet ihm hinterher.

Während Papa Mama und Klara holt, setzen Nelly und ich uns auf die Bank vor dem Haus. »Süß, was?«, sagt Nelly und streckt sich. »Er hat mich zu seinem Vortrag über Waldtiere heute Abend eingeladen. Vielleicht gibt er mir danach noch eine kleine Privatführung durch den Wald ...« Ich sage nichts.

»Wunderschön!« Mama steigt aus dem Wagen, hilft Klara aus ihrem Kindersitz und geht in die Hütte. »Wie wär's, wenn ihr euch ein Zimmer teilt?«, fragt sie Nelly und mich, als sie mit Klara an der Hand zurück auf die Veranda kommt. »Gern!«, ruft Nelly. Keine Ahnung, was in sie gefahren ist. »Dann ist ja alles klar«, sagt Mama und schaut erleichtert. Nelly und ich holen unser

Gepäck aus dem Auto und gehen in das kleinere Zimmer. Ich nehme das untere Bett links, sie das obere rechts.

Auf der Matratze breite ich meinen Schlafsack aus, lege mich auf den Bauch und blättere in meinem neuen Buch. Ich lese, dass Elvis Anhänger der Numerologie war und seinen Namen auf dem Grabstein nicht als Zeichen falsch geschrieben hat, sondern weil *Aaron* mit zwei *a* einen günstigeren numerologischen Wert ergibt. Bei *Aaron* kommt nämlich eine Sieben heraus, und Sieben ist eine göttliche Zahl. Nur einige Stunden nach Elvis' Tod waren die Numerologiebücher von seinem Nachttisch verschwunden … ich blättere weiter und sehe, dass ganz vorne im Buch jemand was mit Kugelschreiber reingeschrieben hat. *Lou Bard* steht da in einer ziemlich krakeligen Schrift, *16501 Erie, Beverly Drive 39*. Lou Bard. Ich lege mich auf den Rücken, schaue an die Decke und versuche, mir Lou Bard vorzustellen. Er ist so um die zwanzig, glaube ich, und hat dunkle Haare und grüne Augen. Und er weiß, dass Elvis lebt, denn er hat das Buch gelesen. Nur warum er es an das Antiquariat verkauft hat, verstehe ich nicht. »Ich wollte, dass noch mehr Leute es lesen und Bescheid wissen«, sagt Lou Bard zu mir. Ich nicke.

»Nur Idioten glauben, dass Elvis noch lebt.« Das ist Nellys Stimme. Lou Bard verschwindet.

Ich sage nichts, liege nur da und versuche, Lou Bard zurückzubekommen.

»Wenn du dich verarschen lassen willst, bitte. Aber ich sage dir, es ist Quatsch.«

Lou Bard kommt nicht zurück. Ich schaue zu Nelly hoch. »Ich weiß genau, dass Elvis noch lebt, auch ohne das Buch!«

»Ja, du brauchst kein idiotisches Buch, um ein Idiot zu sein, ich weiß!«

»Ich bin kein Idiot!«

Warum fallen mir Nelly gegenüber immer nur solche Kindergarten-Erwiderungen ein?

»Du bist ein fetter Idiot, genau wie Elvis.«

»Elvis ist nicht fett! Und er wartet in Graceland auf mich, nur damit du's weißt!«

»Ja, ihr wärt ein tolles Paar: *Elvis the Pelvis* und *Antje the Panntje*!«

Panntje. So haben mich die anderen in der zweiten Klasse genannt. »Panne Antje – Antje – Panntje!«, haben sie mir hinterhergerufen. Und ich habe damals gedacht, Nelly würde das nicht verstehen. Ich spüre, wie ich rot werde. Mit einem Ruck springe ich vom Bett und haue mit dem Kopf an die obere Etage. »Du bist sogar zu blöd, um aus dem Bett zu steigen!« Ich knalle die Tür hinter mir zu. Auf der Veranda sitzt Mama mit Klara auf dem Schoß. »Alles in Ordnung?« »Ja«, sage ich, »hab mir nur den Kopf gestoßen.« »Lass mal sehen.« Mama fasst mir an die Stirn, an die Stelle, die mittlerweile heiß pocht. »Ach Schatz, das wird ja ein richtiges Horn!« »Ja!« Wie Mama mich so bemitleidet, kommen mir die Tränen. Mama klopft auf den Platz neben sich. Ich kuschele mich an sie. Klara streicht mir über den Kopf. »Arme Antje.« Mir kommen noch mehr Tränen. Wie Recht sie hat! Arme, arme, arme Antje.

Nachdem wir eine Weile so gesessen und geschwiegen haben, kommt Nelly aus der Hütte. Ich rücke etwas von Mama weg. »Ich geh spazieren«, sagt Nelly. Die hat ihr Rangerdate. »Geh nicht zu weit.« Mama schaut besorgt. Wenn sie wüsste! Von wegen Spaziergang! Ich warte zehn Minuten, dann stehe ich auf. »Ich schau mal, wo sie hin ist«, sage ich zu Mama. »Okay, aber bleib auf den Wegen.«

Nelly ist in Richtung der großen Blockhütte gegangen. Nach einer Weile komme ich auf dem Weg an einem Schild vorbei. Darauf steht was von einem Vortrag über Waldtiere. Tatsächlich stehen ein paar Meter weiter auf einer Lichtung mehrere Bänke und ein Pult. Am Pult steht der Ranger. Er zeigt mit einem Stock auf eine Leinwand, auf die gerade das Bild eines Eichhörnchens projiziert wird. »Das«, sagt der Ranger, »ist mein Kollege Sergeant Squirrel!« Nelly sitzt auf einer Bank ganz vorne. Sie schaut statt der Leinwand den Ranger an und hat ihren Schmachtblick drauf. Ganz hinten steht eine freie Bank, da kann Nelly mich nicht sehen, auch falls sie sich umdrehen sollte. Ich setze mich auf den äußersten Rand und spüre, wie die Bank unter mit nachgibt. Auf der anderen Seite hebt sie sich leicht hoch. Oh Gott! Wie peinlich! Ich stehe auf, mit einem »plopp« landet die Bank wieder auf der Erde. Ein paar Leute drehen sich zu mir um. Ich starre nach vorne. Zum Glück hat Nelly nichts mitbekommen. Ich setze mich in die Mitte der Bank, da kann sie höchstens unter mir zusammenbrechen. Keine Ahnung, warum immer mir so was passiert. Das muss genetisch sein. Ich sehe die Bank, und das Blamage-Gen in mir ruft: Setz dich da hin, da kannst du dich hervorragend zum Affen machen! Und ich gehorche. Tony hat recht, es gibt einfach keinen freien Willen.

Von dem Vortrag bekomme ich kaum was mit. Ich sehe den Ranger an. Wenn er nachher zu mir kommen und mir etwas über Sergeant Squirrel erzählen würde! Dann könnten alle sehen, dass er mich besonders mag.

Nach dem Vortrag geht der Ranger zu niemandem. Dafür steht Nelly auf und stellt sich zu ihm. Sie textet ihn voll, er sagt nichts und schüttelt nur den Kopf. Dann dreht Nelly sich um und geht. Mist, sie kommt genau auf mich zu! Ich springe auf und sprinte zurück zu unserer Hütte. Das sollte Herr Bartel mal sehen, dann hätte ich keine Fünf mehr in Sport. Ich finde, man kann sowieso viel besser rennen, wenn man einen Grund dafür hat: eine Straßenbahn, die gleich abfährt, einen Laden, der gleich zu macht oder eben eine Nelly, die hinter einem her ist.

Als Nelly in unser Zimmer kommt, liege ich schon in meinem Schlafsack. Nelly schweigt und klettert auf ihr Bett. »Na, wie war die Privatführung?«, frage ich sie, als mein Atem sich einigermaßen beruhigt hat. »Nett«, sagt Nelly.

Beim Einschlafen versuche ich, an den Ranger zu denken und wie es wäre, wenn er morgen einen Waldspaziergang mit mir machen würde.

Im Traum sehe ich Papa und mich, wie wir auf der letzten Bank beim Vortrag des Rangers sitzen. Der Vortrag findet aber nicht im State Park, sondern auf dem Hof meiner Schule statt. Papa sitzt auf dem einen Ende der Bank, ich auf dem anderen. Zwischen uns sitzt niemand. Der Ranger vorne stellt Sergeant Squirrel vor, der hinter der Leinwand hervorspringt und sich neben den Ranger stellt. Sergeant Squirrel ist nur einen Kopf kleiner als der Ranger. Als ich genauer hinsehe merke ich, dass es Nelly ist, die Körper, Ohren und den buschigen Schwanz eines Eichhörnchens hat. Sie schmachtet den Ranger an. Die schleppt ihn ab, wenn ich nichts unternehme! »Ranger!«, flüstere ich, doch der Ranger hört mich nicht. »Ranger!«, rufe ich. Alle Leute drehen sich zu mir um, nur der Ranger steht vorne mit dem Nellyhörnchen und reagiert nicht. »Ranger!«, schreie ich, »bitte zeig mir den Wald und nicht Nelly!« Die anderen Leute machten »psssssst« und murmeln ärgerlich. Es hilft nichts, denke ich, ich muss zu ihm nach vorne, sonst haut Nelly mit ihm ab. Vorsichtig stehe ich auf. Da hebt sich mein Ende der Bank nach oben, Papa am anderen Ende schreit erschrocken auf. Schnell setze ich mich wieder hin. »Papa«, flüstere ich Papa zu, »rück bitte in die Mitte.« Papa hört mich nicht. Vorne rückt das Nellyhörnchen immer näher an den Ranger heran. Ich weiß nicht, was ich tun soll: Papa blamieren oder da bleiben und den Ranger Nelly überlassen? Eine Ewigkeit überlege ich hin und her. Dann stehe ich auf. Papa fällt mit einem lauten Krachen mit der Bank um, alle Leute drehen sich zu uns um. Ich renne weg.

5.

»Stimmt nicht«, sagt Mama. Sie sitzt neben Papa im Auto und hält sich den Straßenatlas vors Gesicht. »Die Niagarafälle liegen links von uns, nicht rechts.« Papa seufzt und wendet. Etwas später kommt durch mein geöffnetes Fenster Luft herein, die aus tausend kleinen Wassertropfen besteht. »Da sind wir«, sagt Papa. Eine Frau in einer orangefarbenen Weste winkt uns auf einen riesigen Parkplatz, auf dem schon jede Menge andere Autos stehen. *Parking Flatrate 10 $* steht auf einem Schild. Papa stöhnt, gibt der Frau zehn Dollar und parkt. Wir steigen aus. Aus einem Lautsprecher kommt Musik. *The Age of Aquarius.* Mir schwant nichts Gutes. Tatsächlich fangen Mama und Papa an zu tanzen. Sie gehen dabei tief in die Hocke und wackeln mit dem Arsch, und Papa schnippt sogar mit den Fingern. Klara macht begeistert mit. Es ist mir schon peinlich, wenn Mama und Papa bei uns zu Hause im Wohnzimmer tanzen, aber auf einem Parkplatz, das übertrifft alles. Nelly lacht, wackelt noch wilder als Mama und Papa mit dem Arsch, schnippt mit den Fingern und schreit dabei, »yeah, yeah«. Ich würde am liebsten tot umfallen.

Die Niagarafälle sind sehr groß und laut, und es gibt einen Softeisstand. »Wie sieht's aus?«, sagt Papa, »leisten wir uns ein Eis oder einen Regenmantel?« Ich sehe die Leute in den blauen Regenmänteln an, die in kleinen Booten auf den tosenden Wasserfall zufahren. Vor Wasser habe ich ziemlich Angst, weil mir schon bei meiner ersten Wattwanderung erzählt wurde, wie gefährlich das Meer ist und dass man nicht bei Ebbe zu weit raus laufen soll. Sonst holt einen die Flut. Andererseits will ich auch kein Eis, ich hab keine Lust, mich wieder so wie nach dem Sundae Eis von McDonald's zu fühlen. Ich muss aber unbedingt eins bestellen, sonst fängt Nelly wieder mit ihrem »Antje macht Diät« an. Aber ein Eis kann man ja auch verschwinden lassen. »Eis«, sage ich. »Ich will Schifffahren!«, schreit Klara. »Na gut«, sagt Mama, »ich fahre eine Runde mit ihr. Und ihr beiden esst Eis.« »Du willst sicher mit dem Schiff fahren, was?«, fragt Papa Nelly. »Hab ich schon zweimal gemacht.« Nelly schaut gelangweilt. »Schade«, sagt Papa. Mama geht mit Klara Karten fürs Schiff kaufen.

Das Eis gibt es in *tall, large* und *grand.* Ich nehme *tall*, dann ist die Verschwendung nicht so groß. Nelly bestellt *grand.* Die Verkäuferin reicht mir mein Eis. Ich gehe ein paar Schritte vom Stand weg, vielleicht finde ich einen etwas abgelegenen Mülleimer. Dieser Wasserfall ist schon nicht schlecht. Vielleicht sollte ich Papa bitten, ein Foto von mir zu machen. Da lasse ich dann *Peace to the world von Antje* drauf drucken. »Hey, kann man sich hier mit dir fotografieren lassen?« Ich drehe mich um. Nelly steht hinter mir und grinst. Habe ich das mit dem Foto aus Versehen laut gesagt? Nelly zeigt auf das Schild, neben dem ich stehe und fängt an, laut zu lachen. *Lasst euch mit der Tonne fotografieren!* steht auf dem Schild. Ich starre darauf und merke, wie mir die Tränen in die Augen steigen. Jetzt bloß nicht heulen! Ich schlucke die Tränen runter, so dass mein Hals sich ganz eng anfühlt und weh tut. Nelly lacht immer noch, sie kriegt sich gar nicht wieder ein. Ein paar Meter hinter dem Schild steht tatsächlich eine Tonne aus braunen Brettern, mit der man sich wohl fotografieren lassen soll, um dann zu behaupten, man wäre mit einer Tonne die Niagarafälle runtergefahren. Was stelle ich mich auch neben so ein Schild?

»Nelly!« Ich drehe mich um. Papa winkt uns vom Softeisstand zu. Er hält ein Eis in der Hand, das ungefähr einen halben Meter hoch ist. Gott sei Dank, Nelly geht zu ihm und nimmt ihm das Eis ab. Papa und Nelly setzen sich auf eine Bank neben dem Stand. Papa klopft auf den freien Platz neben sich und ruft »Antje!« Ich bin doch kein Hund! Aber bevor er noch mit so was wie »mein rechter, rechter Platz ist frei, ich wünsche mir die Antje herbei!« anfängt, setze ich mich lieber schnell dazu. Nelly leckt gegen die weiße Eismasse an. Neben ihr sitzt eine sehr dünne alte Frau, die mindestens so interessiert wie ich zusieht, wie Nelly mit ihrem Eis kämpft. »Du magst gern Eis, was?«, fragt sie Nelly nach einer Weile. Gut beobachtet! Nelly antwortet nicht und leckt. »Sie ist die Tochter eines Kollegen«, sagt Papa, »wir sind aus Deutschland.« »Oh!«, schreit die alte Frau, »die Cousine meiner Ur-urgroßmutter ist auch aus Deutschland!« »Oh!« schreit Papa, als wäre das das Tollste, was er je gehört hat. Dann bricht Nellys Eiscremeturm zusammen und klatscht vor der alten Frau auf den Tisch. »Oh!«, schreit sie, aber es klingt nicht mehr wirklich begeistert. »Sorry!«, sagt Papa und wischt mit seinem Stofftaschentuch an der alten Dame herum. Nelly steht auf und rennt davon. »Was hat sie denn jetzt?«, fragt Papa.

Eigentlich ganz schön geschickt, wie Nelly ihr Eis losgeworden ist. Vielleicht hätte ich meins auch der alten Frau vor den Latz knallen sollen. Obwohl, bei meinem Glück hätte die Oma nicht »oh!« gerufen, sondern gefragt, ob ich auf Diät bin. Außerdem kann ich mein Eis jetzt einfach in den Mülleimer neben der Bank schmeißen, weil Papa sowieso nichts mehr mitkriegt. Der starrt abwechselnd in die Richtung, in die Nelly abgehauen ist, und auf den See. »Bald kommt Mamas und Klaras Schiff zurück, und wir stehen ohne Nelly da.« »Du«, sage ich. Während Papa herumrennt und Nelly sucht, versuche ich, Mama und Klara auf einem der Schiffe zu entdecken. Es sieht komisch aus, wie die Leute in den blauen Regenmänteln in langen Schlangen an der Bootsanlegestelle stehen und dann auf die Schiffe steigen. Wie blaue Lemminge, die sich gleich den Wasserfall runterstürzen und sich vorher auch noch brav dafür anstellen. Früher haben die Indianer hier wirklich

Leute heruntergestürzt, junge Mädchen, als Opfer für irgendwelche Götter. Ein Irokesenhäuptling soll mal seiner Tochter hinterhergesprungen sein, weil er es nicht ohne sie aushalten konnte. Würde Papa nie machen. Der würde mir noch einen Moment hinterherschauen und dann beschließen, dass ich vermutlich nicht wiederkomme und er mit gutem Gewissen mein Softeis aufessen kann.

»Uns so lange allein zu lassen! Für nichts kannst du Verantwortung tragen!«, schreit Papa Mama entgegen, als sie mit Klara vom Steg kommt. Das ist bei Papa so: Wenn er denkt, dass er was versaut hat, schreit er erst mal alle anderen an. »Er hat panische Angst, andere zu enttäuschen, und wird deshalb aggressiv«, hat Mama mir mal erklärt. Andere anzubrüllen, anstatt selbst Ärger zu kriegen, ist ja auch gar keine so dumme Strategie. »Wo ist Nelly?«, fragt Mama jetzt. Sie hat zielsicher das Problem erkannt. »Weg!«, sage ich und muss ein bisschen grinsen. »Weg?«, Mama grinst gar nicht. »Ich suche sie schon die ganze Zeit, vielleicht könntet ihr jetzt auch mal was tun!«, sagt Papa, und Mama sagt »Wolfgang!« Neben uns fährt der Trolley vorbei, mit dem man Rundfahrten über das Gelände machen kann. Ein paar Leute schauen aus den offenen Fenstern zu uns rüber und starren Papa an. Wahrscheinlich fotografieren sie ihn gleich. Ich lächele und hoffe, dass sie denken, in Deutschland redet man eben ein bisschen lauter und hat eine etwas rötere Gesichtsfarbe. Beim Anblick des wegfahrenden Trolleys kommt mir eine Idee. »Wir könnten Nelly doch mit dem Trolley suchen«, sage ich zu Mama. »Das ist eine gute Idee!«, sagt Mama. »Du und Papa, ihr nehmt den Trolley, und Klara und ich warten hier, falls Nelly zurückkommt.« Hätte ich mal meinen Mund gehalten. Jetzt muss ich mit dem schreienden Papa Trolley fahren. Mama kauft uns jedem eine Fahrkarte für zwei Dollar, und Papa und ich stellen uns an der Warteschlange an. Papa ist plötzlich wieder ganz guter Dinge und lobt mich für meine Idee und sagt, dass wir Nelly auf diese Weise sicher bald finden. Als der Trolley kommt, sorge ich trotzdem dafür, dass wir uns in den hinteren Wagen setzen. Da sind weniger Leute drin, falls er doch wieder einen Anfall bekommt. Außerdem hat der hintere Wagen keine Fensterscheiben, da kann man sich besser rauslehnen und nach Nelly schauen. Papa schaut rechts raus, ich links. Wir sehen die Wasserfälle von allen Seiten, aber keine Nelly. Als Papa wieder nervöser wird, schlage ich vor, die Leute nach Nelly zu fragen. Einen Moment später bereue ich das schon. Ich muss für eine Sekunde vergessen haben, dass Papa nie, nie, niemals irgendjemanden nach irgendetwas fragt. Und weil außer Papa nur ich hier bin, muss ich ran. Ich muss mich aus dem Fenster vom Trolley lehnen und »Excuse me! Have you seen a sixteen year old dark haired girl?« schreien. Der Satz kommt mir ziemlich komisch vor, aber Papa besteht drauf, dass ich ihn genau so sage. Und zwar so oft, dass ich schon ganz durcheinander komme: »Excuse me, have you seen a sixteen hair old girl?« und »Excuse me, have you haired a sixteen year old girl?« Die Leute schreien »Pardon?« zurück, und ich schreie »Have you yeard a sixteen girl old hair?«, und die Leute schütteln den Kopf und schauen uns an, als würden sie uns gerne einen Vogel zeigen und es nur lassen, weil man in Amerika nie weiß, ob die Verrückten nicht vielleicht Schusswaffen dabei haben. Die Leute im Trolley sind auch sauer auf uns und machen »schschschscht«, weil sie wegen meinem Geschrei die Ansagen von dem Ranger, der den Trolley fährt, nicht verstehen können. Ich will schon aufhören, aber Papa stößt mich ständig in die Seite und zeigt auf Leute und sagt »frag die noch!« Irgendwann sagt die Stimme aus dem Lautsprecher »an das blonde Mädchen im hinteren Waggon: Hör bitte sofort auf, Leute anzuschreien.« Ich merke, wie ich so rot werde wie noch nie in meinem Leben. »Siehst du!«, zische ich Papa zu. Papa dreht sich zu den Leuten hinter uns um, sagt »meine Tochter hat ihre Freundin verloren« und zuckt entschuldigend mit den Schultern. Ich drehe mich auch zu ihnen um und sage »sie ist nicht meine Freundin!« Daraufhin dreht Papa sich wieder zu den Leuten um und sagt, dass sie aber meine Freundin hätte sein sollen, nur dass ich eben eigenbrötlerisch wäre und soziophob und dass Nelly sicher deswegen abgehauen ist. Nachdem ich den Leuten gesagt habe, dass, wenn irgendwer hier soziophob ist, dann Papa, und die Leute gesagt haben, dass sie nicht den Eindruck haben, dass gerade eine Soziophobie unser Problem ist, kommt der Trolley wieder da an, wo wir losgefahren sind und wo Klara und Mama warten und uns zuwinken.

Nachdem wir Nelly drei Stunden lang gesucht haben, geben wir es auf und gehen zum Auto. Als ich auf meinem Platz sitze, fällt mir auf, wie bequem es hier hinten ohne Nelly ist. Ich strecke die Beine aus. Und dann wird mir klar, warum das geht: Nellys Rucksack ist nicht mehr da.

Wir nehmen ein Motelzimmer in der Nähe. Irgendwie bin ich schon erstaunt, dass Nelly nicht wieder aufgetaucht ist. Ich dachte, die lässt uns ein bisschen schmoren und kommt dann wieder, als wäre nichts gewesen. Aber anscheinend will sie das wirklich durchziehen.

»Wir müssen systematisch vorgehen.« Papa sitzt auf einem der zwei breiten Doppelbetten. »Punkt eins: Nelly ist weg. Punkt zwei: Wir müssen sie in genau fünf Tagen den Fitzmartins zurückgeben. Punkt drei: Daraus folgt: Wir müssen sie suchen.« »Gut beobachtet.« Mama liegt auf dem anderen Doppelbett. »Danke«, sagt Papa. »Am besten«, sagt Mama, »wir fangen morgen in der Nähe der Niagarafälle an.« »Falsch.« Papa beißt ein Stück von seinem Doughnut ab. »Ganz falsch. Ich bin mir sicher, dass Nelly versuchen wird, sich so schnell wie möglich von hier zu entfernen.« Mama wickelt sich die Bettdecke um die Füße. »Am besten wird sein, wir trennen uns.« »Trennen?« Papa sieht sie an. »Ja. Du suchst mit Antje dort, wo Nelly sich hin entfernt haben könnte, und ich suche mit Klara hier.« »In Ordnung.« Papa nickt. Ob ich das in Ordnung finde, fragt keiner. Aus seiner Tasche zieht Papa den Amerika-Reiseführer und klappt die Karte auf. »Schau mal Antje, was meinst du, wo wir anfangen sollen zu suchen?« Ich sehe auf die Karte. Nelly könnte zurück in Richtung State Park gefahren sein oder über die Grenze nach Kanada. Aber ein Grenzübergang ist als verschwundenes Kind zu riskant. »Vielleicht ist sie zurück in den State Park.« Ich ziehe mit dem Zeigefinger eine Linie von den Niagarafällen zum State Park. »Das«, sagt Papa, »glaube ich nicht.« »Warum?« »Weil sie den State Park schrecklich langweilig fand, hat sie selbst gesagt.« »Laaaangweilig«, ruft Mama vom anderen Bett herüber und klingt dabei fast wie Nelly. Für einen Moment müssen wir lachen. »Und jetzt ist sie weg«, sagt Papa dann und reibt sich die Schläfen. »Wie soll ich das Fitzmartins nur erklären?« »Wir finden sie schon, sie ist bestimmt im State Park!«, sage ich. Papa richtet sich auf. »Quatsch. Das ist ihr doch alleine viel zu unheimlich.« Ich traue mich nicht, Mama und Papa zu sagen, dass Nellys Rucksack weg ist, und ich weiß auch nicht, wie ich ihnen von dem Ranger erzählen soll. Vielleicht ist es ja auch wirklich Quatsch, und Nelly ist nicht im State Park. »Sicher ist sie einfach nach Hause gefahren«, sagt Papa. »Ruf doch an und frag«, schlägt Mama vor. Papa stöhnt. »Dann muss ich ja zugeben, dass wir sie verloren haben! Nein, nein, wir müssen ganz unauffällig nachschauen, ob sie da ist.« »Okay«, sagt Mama, »dann fährst du morgen mit Antje nach Pittsburgh.« »Gut«, Papa nickt. »Antje und ich deichseln das schon.« Er legt den Arm um mich. »Ja«, sage ich und nehme Papas Arm von meiner Schulter runter. Er ist ganz schön schwer.

6.

Als Papa und ich uns am nächsten Morgen von Mama und Klara verabschieden, gebe ich mir große Mühe, nicht zu heulen. »Werd nicht wieder krank«, sage ich zu Klara und umarme Mama. Klara zieht mich am T-Shirt. »Hier, deine Ehefrau will mit!« Sie hält mir ihren rosa Stoffhund hin. Ich nehme den Hund und streiche Klara über den Kopf. »Danke.« »Bringt Nelly zurück«, sagt Mama.

Mit dem Mietwagen fahren Papa und ich in Richtung Pittsburgh. Als wir in die Nähe von Fitzmartins Haus kommen, fährt Papa rechts ran. »Also«, sagt er, »hier ist der Plan: Du gehst rein und sagst, dass du irgendwas vergessen hast, das du ganz dringend brauchst. Ein Stofftier oder so.« Oh nein. Das muss ich um jeden Preis verhindern. »Eine Frage«, sage ich, »wie alt bin ich?« Papa überlegt. »Fünfzehn?« »Genau. Wie glaubhaft ist es, dass ich mit fünfzehn so dringend ein Stofftier brauche, dass wir von den Niagarafällen nach Pittsburgh fahren, um es zu holen?« Papa schaut den rosa Stoffhund an, den ich in der Hand halte. Ich werfe ihn nach hinten auf den Rücksitz. »Nicht sehr?« Papa klingt enttäuscht. Dann lächelt er. »Dann sag, du hast irgendein Teil von deiner Zahnspange verloren.« Das ginge sogar. Mist. »Okay«, sage ich, »aber du kommst mit.« Papa seufzt. »In Ordnung.«

Bei Fitzmartins öffnet uns Nellys Mutter. Als sie uns sieht, ist sie ziemlich überrascht. »Hallo! Ist mit Nelly alles in Ordnung?« Okay, das war die Info, die wir brauchten. Leider muss ich jetzt trotzdem noch nach irgendeinem nicht existenten Teil von meiner Zahnspange suchen. »Ja, ja, alles okay«, sagt Papa und dass ich was von meiner Zahnspange verloren habe und ob wir mal im Wohnzimmer nachschauen können, weil sonst meine Zahnstellung ernsthaft gefährdet ist. Das versteht Nellys Mutter natürlich, und ich krieche im Wohnzimmer in die Couch rein, finde dort tatsächlich eine verbogene Büroklammer, tauche wieder auf, schreie »ich hab es!« und stecke die Büroklammer schnell in die Hosentasche. Papa entschuldigt sich bei Nellys Mutter für die Störung und sagt zu mir, dass ich demnächst besser aufpassen soll. Wenn wir gleich wieder draußen sind, hau ich ihm eine rein.

Mache ich natürlich nicht. Aber ich bin ziemlich sauer. Papa merkt, dass ich Grund hätte, auf ihn sauer zu sein und ist deshalb rein prophylaktisch selbst sauer, weshalb er viel zu schnell fährt und sagt, dass ich ruhig auch mal was für die Familie tun kann, ohne eine große Sache draus zu machen, und dass ich überhaupt eine Zuckerpuppe bin, die sich ewig anstellt. Das mit der Zuckerpuppe ist zu viel, ich fange an zu heulen und kann gar nicht mehr aufhören. Das regt Papa noch mehr auf, und er sagt, dass es genau das ist, was er meint, dass ich heule, nur weil er seine Meinung sagt, und dass ich schlicht undankbar bin. Und dann sagt er »Doughnut, bitte.« Am liebsten würde ich ihm das Ding als Ganzes in die Fresse schmieren. Ich gebe ihm extra große Stücke, damit ich bloß nicht mit den Fingern an seinen Mund komme. Nach dem zweiten Doughnut sagt Papa »wollen wir uns wieder vertragen?«, und ich sage »ja«, weil mir nichts anderes übrig bleibt. »Mir ist noch was eingefallen«, sagt Papa betont fröhlich, so als hätte es nie eine Zuckerpuppe gegeben und als hätte ich nie geheult. »Da ist doch noch diese Tante, die hier irgendwo in der Nähe wohnt.« Stimmt. Aber von der Tante hat Nelly immer nur erzählt, um was zu lachen zu haben. »Sie ist soooooooo dick«, hat sie gesagt, und mit den Händen einen weiten Kreis um ihre Taille gemacht, »und wohnt mit einer anderen Frau zusammen, die ist sogar sooooooooooooooooo dick!« An dieser Stelle streckte sie ihre gekrümmten Arme immer so weit von sich wie es ging und blies die Backen auf. Ich habe mich den beiden dicken Tanten verbunden gefühlt. Vielleicht, weil ich in Nellys Augen auch sooooooo dick bin oder weil es mir lieber ist, wenn Nelly sich über die Tanten lustig macht statt über mich.

Wir finden tatsächlich das Stadtviertel, in dem Nellys Tante wohnt, aber Papa sagt, dass es zu spät ist, um zu klingeln. Er hält vor einem Motel, das *Bavaria Inn* heißt und aussieht wie ein bayerisches Holzhaus, mit Schnitzereien am Dach und an den Fenstern und ganz spitzen Giebeln. Ich wundere mich über Papa, denn normalerweise kann man ihn mit bayerischen Sachen jagen, weil Bayern und Schwaben sich nicht leiden können. Warum weiß ich nicht, mir kommen beide gleichermaßen seltsam vor. Aber in Amerika sieht Papa das wohl nicht so eng. »Doppel oder Einzel?«, fragt uns die Frau an der Rezeption. »Doppel!«, sagt Papa, ohne mich zu fragen. Nicht, dass die Frau denkt, ich wäre Papas Freundin oder Geliebte! Ehrlich, so'n alter fetter Kerl wie Papa müsste schon ganz schön viel Geld haben, damit ich mit ihm ins Hotel gehe. Das Zimmer ist winzig, das Bett leider auch. Sicher erdrückt Papa mich heute Nacht.

Vorher gehen wir allerdings noch abendessen. Das Restaurant sieht aus wie eine altdeutsche Wirtsstube. Auf der Karte gibt es Schnitzel, Pommes, Rahmgeschnetzeltes und so weiter. Ich merke, wie perverse Gelüste auf fettes Zeug in mir aufkommen. Und ich gebe ihnen nach. Welcher Mensch auf dieser Welt kann Rahmgeschnetzeltem widerstehen? Und dann auch noch mit Pommes! Papa jedenfalls nicht, und ich auch nicht. Beim Essen versucht Papa, mich über Nelly auszufragen. »Hat es ihr mit uns denn nicht gefallen?«, fragt er, und »was haben wir denn falsch gemacht?« Was soll ich dazu sagen? »Hat es dir denn mit ihr gefallen?«, frage ich. »Na ja.« Papa schaut mich an. »Also nicht.« »Darum geht's doch jetzt nicht!« Papa stopft sich ein paar Pommes in den Mund. Nach einer Weile sagt er »weißt du, es gibt eben kulturelle Unterschiede, die machen das Zusammenleben nicht gerade leichter!« Wenn ich mir jetzt einen Multikultivortrag anhören muss, drehe ich durch. »Es gibt aber auch Persönlichkeitsunterschiede«, sage ich, »die haben mit Kultur überhaupt nichts zu tun!« »Stimmt.« Papa seufzt. Keine Ahnung, wie das jetzt zu verstehen ist. Wahrscheinlich beseufzt er den Persönlichkeitsunterschied zwischen Nelly und mir, der für ihn der Unterschied zwischen »gebildet, aktiv und hübsch« und »uninteressiert, faul und fett« ist. »Sie ist mir ganz schön auf die Nerven gegangen!« Habe ich gerade richtig gehört? »Nöllö möcht fröwöllögö sözölö Örböt!«, sagt Papa jetzt mit einem ganz spitzen Mund. »Önd Rössösch lörnt sö öch!«, sage ich. »Bin schon zweimal Schiff gefahren! Laaaangweilig!«, sagt Papa. Klingt echt fast wie Nelly. Ich spieße ein paar Pommes auf und sage »Pommes! Laaaangweilig!« »Schnitzel! Laaaangweilig!«, sagt Papa. »Cola! Laaaangweilig! Ketchup! Laaaangweilig! Rahmgeschnetzeltes! Laaaangweilig!« Wir können gar nicht mehr aufhören.

Nach dem Essen rufen wir Mama und Klara an. »Nein«, sagt Papa in den Hörer, »wir haben sie noch nicht gefunden. Aber wir arbeiten dran.« Wahrscheinlich fragt Mama so was wie »kommt ihr denn zurecht?«, Papa sagt nämlich »Na klar, wir sind ein super Team!« Als ich Mamas Stimme höre, wird mir ganz komisch zu Mute.

Ich fühle mich plötzlich ganz verloren. »Du fehlst uns!«, sagt Mama. »Ihr mir nicht!«, sage ich.

Kaum habe ich den Hörer aufgelegt, sagt Papa »so jetzt ab ins Bett!« und fängt an, sich auszuziehen. Bei dem Gedanken, Papa jetzt gleich halbnackt zu sehen, kriege ich Panik und fliehe ins Bad. Dort setzte ich mich auf die Toilette und stelle mir vor, wie ich mit Papa in einem Bett liegen werde. Als ich klein war, habe ich immer bei Mama geschlafen. Papa hatte sein eigenes Schlafzimmer, weil er damals schon so stark geschnarcht hat. Keine Ahnung, wie die beiden Klara zustande bekommen haben. Einmal habe ich mich furchtbar mit Mama gestritten, wahrscheinlich wollte ich nicht aufräumen oder so. Jedenfalls war ich so böse auf sie, dass ich mich zu Papa ins Arbeitszimmer verkrochen habe, um da Musik zu hören und auf seinem Sofa zu hüpfen. Als es Zeit wurde, ins Bett zu gehen, ist Mama nicht gekommen, um mich zu holen. Phhh, habe ich gedacht, dann schlafe ich eben bei Papa. Habe ich dann auch gemacht. Es war schrecklich. Papa hat so sehr geschnarcht, dass ich überhaupt nicht einschlafen konnte. Außerdem hat er nicht so gut gerochen wie Mama und stachelig an den Beinen und im Gesicht war er auch. Ich habe mich fast ein bisschen vor ihm geekelt.

Jetzt ekele ich mich nicht nur vor Papa, sondern auch vor dem Rahmgeschnetzelten in meinem Magen. Wie konnte ich das nur essen? Ich fühle richtig, wie mein Bauch wächst. Das muss raus, sofort. Ich stopfe mir die Zahnbürste in den Rachen und fange an zu würgen.

Aber kaum habe ich das Gefühl, dass wirklich was rauskommt, nehme ich sie ganz schnell weg und schlucke alles runter. Ich versuche es eine Weile, dann gebe ich auf. Im Spiegel sehe ich mein fettes Gesicht. Antje Schröder, zu blöd zum Kotzen. Während ich mir die Zähne putze, heule ich. Dann ziehe ich mich um und wasche mir das Gesicht, damit Papa nichts merkt.

Er liegt schon im Bett und schnurpselt vor sich hin, was die Vorstufe zum richtigen Schnarchen ist. Ich gehe auf die andere Seite vom Bett und will mich unter meine Decke legen. Die besteht wieder nur aus einer Wolldecke mit einem Laken drunter, weil in Amerika leider das Deckbett noch nicht erfunden wurde. Wie immer ist die Decke so fest unter die Matratze geklemmt, dass ich erst mal daran zerren muss, damit ich drunter passe. Als ich ziehe, kommt aus Papas Richtung ein »hmpf« und ein »grrr«, und dann merke ich, dass Papa und ich nur eine einzige große Decke haben, von der Papa mir höchstens ein Viertel übrig gelassen hat. Ich ziehe das Ende der Decke auf meiner Seite unter der Matratze hervor, lege mich auf die alleräußerste Kante vom Bett und decke mich zu, so gut es geht. Es ist eiskalt im Zimmer. Ich spanne jeden Muskel in meinem Körper an, so dass ich das Gefühl habe, die Matratze kaum noch zu berühren. Dann versuche ich, abwechselnd entweder Papa oder mich selbst wegzudenken. Keins von beidem klappt.

7.

Das Frühstück ist nicht so lustig wie das Abendessen. Papa ist ganz nervös und wild entschlossen, heute zu der Tante fahren. »Da wird sie sein, wir sammeln sie ein und sind heute Abend wieder zurück!«, sagt er und schmiert sich noch mehr Ahornsirup auf seinen Pancake. Schade, gereimt hätte sich »und sind heute Abend wieder daheim!« Das wäre doch ein guter Slogan für Cheerleader, die Papa und mich bei unserer Suche anfeuern: »Da wird Nelly sein, sammelt sie ein, ihr seid heute Abend wieder daheim!« Und dann schön mit den Bommeln winken. Ich esse nichts, das habe ich mir letzte Nacht fest vorgenommen.

Papa fährt zuerst zur Post, wo natürlich ich nach einem Telefonbuch fragen muss. Wenn man sich überlegt, dass ich fünfzehn bin und Papa fünfundvierzig, kann es einem schon komisch vorkommen, dass ich alles machen muss. Trotzdem sage ich brav, »do you have a telephone book?« Die Frau hinter dem Schalter schaut mich an, als hätte ich gerade nach einem frittierten Katzenkopf gefragt. »Pardon?« »A telephone book!«, sage ich noch mal. Was stellt die sich so blöd? »Wofür?«, fragt sie jetzt. Soll ich ihr jetzt die ganze Geschichte erzählen, dass wir Nelly erst auf dem Hals hatten und dann verloren haben, und dass wir sie deshalb suchen, Papa und ich hier und Mama und Klara an den Niagara Fällen, und dass ich sicher bin, dass Nelly im State Park ist, mir aber keiner glaubt und die Zeit immer knapper wird und wir es bestimmt nicht mehr nach Graceland schaffen, wo ich aber unbedingt hin muss, und dass Papa heute morgen zehn Pancakes gegessen hat und reichlich nervös ist, und ich deshalb ganz schnell ein Telefonbuch brauche, um die Adresse der Tante herauszufinden, wo Nelly ganz bestimmt nicht ist. »Ich brauche eine Adresse«, sage ich zu der Frau. »Wessen Adresse?« Die Frau ist wirklich neugierig. »Margaret Fitzmartin, das ist die Tante einer Freundin von mir.« Habe ich das gerade wirklich gesagt: *Freundin*? »Margaret!« Die Frau ist genauso begeistert wie die alte Dame an den Niagarafällen, bevor sie Nellys Eis abgekriegt hat. »Ich kenne Margaret!« Die Frau schreibt etwas auf einen Zettel und reicht ihn mir. »Margarets Adresse«, sagt sie dazu und lächelt. Schöne Grüße soll ich ihr sagen, von Ann vom Post Office.

Papa lauert hinter der Paketausgabe und reißt mir den Zettel aus der Hand. »Das hat aber gedauert!« »Na ja, die hatten gar kein Telefonbuch. Aber dafür kannte Ann Margaret.« Papa schaut mich verwirrt an, dann haut er sich mit der Hand auf die Stirn. »Stimmt, Telefonbücher bei der Post, das gibt's ja nur in Deutschland! Hier hat die Post mit dem Telefon gar nichts zu tun!« Er lacht, als wäre das das Komischste, was er je gehört hat. Ich musste mich ja blamieren, nicht er. Jetzt weiß ich, warum er nie nach etwas fragen will. Weil es besser ist, wenn andere sich zum Deppen machen.

Leider hält Papas Lachkrampf nicht lange an. Sobald wir im Auto sitzen, ist er wieder nervös und angespannt. Jetzt weiß ich, wie Mama sich fühlt, wenn sie mit der Karte auf dem Schoß neben Papa sitzt und immer »rechts«, »links« und »äh, nein, doch noch geradeaus« sagen muss. Papa will schon Stunden vor jeder Kreuzung wissen, in welche Richtung er gleich abbiegen soll, dabei weiß man das eigentlich erst, wenn die Straßennamen an der Kreuzung zu sehen sind. Dann ist es aber schon zu spät. Seit einer Stunde suchen wir jetzt das Haus von dieser blöden Tante. »Schau halt richtig hin!«, raunzt Papa mich an und fragt, ob man heutzutage in der Schule nicht mehr Karten lesen lernt. »Musstet ihr in der Schule denn auch mit einem *Dunkin' Doughnuts*-Stadtplan üben?«, frage ich Papa. Den Stadtplan hat Papa bei seinem letzten Doughnut-Einkauf mitgenommen, den gab's umsonst. Es sind alle *Dunkin' Doughnuts* der Stadt darauf verzeichnet. Dafür haben sie, wahrscheinlich um alles drauf zu kriegen oder weil sie für echte Doughnut-Fans einfach unwichtig sind, die Straßen weggelassen, an denen kein *Dunkin' Doughnuts* ist. »Wir mussten uns bei den Pfadfindern sogar ganz ohne Karte zurechtfinden!«, verkündet Papa jetzt. Wenn er das damals so toll konnte, warum findet er sich denn jetzt nicht ohne Karte zurecht?

Oh Scheiße, wir sind schon wieder in der falschen Richtung unterwegs. Mir wird ganz schlecht. Keine Ahnung, wie ich ihm das jetzt mitteilen soll. Er ist kaum noch zu halten. »Mir reicht's gleich!«, brüllt er, und »ich halte an und steige aus! Das mache ich wirklich!« Aussteigen ist keine üble Idee. Zumal wir gerade an einer roten Ampel stehen. Mein Rucksack liegt zu meinen Füßen, da ist alles drin, was ich brauche. *It's now or never*, wie Elvis schon sagt. Ich reiße die Autotür auf und springe raus. Als ich sie wieder zuknalle, sehe ich ganz kurz Papas Gesicht. Er schaut reichlich blöd. Dann sprinte ich los, in eine Fußgängerzone, da kommt er mit dem Auto nicht hinterher.

Ich renne, renne, renne, bis ich fast zusammenbreche. Als Kind hatte ich ein Bilderbuch, in dem ein entlaufenes Schwein in einem Kaufhaus alles Mögliche klaut. Jeder Vers endete mit der Strophe »Die Sau, die saust und eilt sich sehr, und die Verkäufer hinterher.« Genauso muss das jetzt aussehen: »Die Antje saust und eilt sich sehr, und der Papa hinterher.« Da lerne ich doch mal wieder was Praktisches für den Sportunterricht: Am schnellsten ist man nicht, wenn eine Nelly hinter einem her ist, sondern wenn man denkt, dass man von einem Papa verfolgt wird. Wird man unter Umständen aber gar nicht. Als ich mich umdrehe, ist von Papa jedenfalls nichts zu sehen. Entweder, ich habe ihn abgehängt, oder er ist ganz froh, mich los zu sein. Den Stadtplan halte ich auch noch in der Hand, er kann jetzt also hervorragend seine Ohne-Karte-Orientierungsfähigkeit unter Beweis stellen.

Bei dem Gedanken muss ich lachen. Ich lache und lache und lache so sehr wie Nelly über ihren blöden Tonnenwitz. Das wäre ein Foto: Antje, die Tonne, steht allein in Amerika und lacht. Genauer gesagt: Antje, die Tonne, steht vor *Dunkin' Doughnuts* und lacht. Keine Ahnung, warum ich ausgerechnet hierher gerannt bin. Muss wohl Intuition sein. Ich drehe mich um, drücke die Klinke der Eingangstür runter und gehe rein. Drinnen hole ich mir einen Kaffee und setze mich an den langen Tresen am Fenster. Ich trinke einen Schluck von meinem Kaffee. Ganz schön bitter. Aber Zucker kommt da nicht rein. Ich werde dünn werden, das nehme ich mir jetzt ganz fest vor. Damit er einigermaßen trinkbar wird, kippe ich in den Kaffee ordentlich Milch, obwohl nur schwarzer Kaffee schön macht. Sagt jedenfalls Oma. »Brauchst du mehr?«, fragt jetzt der Typ neben mir und schiebt mir ein zweites Milchkännchen hin. »Nein!«, sage ich. Der Typ zieht das Kännchen zurück auf seinen Teil des Tresens. »Bist du öfter hier?« »Nein«, will ich schon wieder sagen, dann überlege ich es mir noch mal und sage stattdessen »Ja, hier kann ich so schön für mich sein.« »Ich auch«, sagt er, und ich frage mich, warum er mich dann anquatscht. Er sieht ziemlich alt aus, über vierzig ist der bestimmt. Auf dem Kopf hat er kaum noch Haare. »Wie alt bist du?«, fragt er dann und schaut mich komisch an. Das Ganze wird mir unheimlich. Sicher will er wissen, wie alt ich bin, um abschätzen zu können, ob das noch Kindesmissbrauch ist, wenn er mich abschleppt. »Woher kommst du?« Oh

Mann, das hört ja gar nicht auf! Gleich wird er mich noch fragen, welche Farbe meine Unterhose hat. Ich muss hier irgendwie wegkommen. Er schaut schon ganz beleidigt, weil ich nicht antworte. »Sorry, ich versteh nicht«, sage ich und schaue ein bisschen verzweifelt. Fällt mir gar nicht schwer. »Kein Problem«, sagt er und grinst. Na klar, vergewaltigen kann er mich auch ohne Worte. »Entschuldigen Sie mich«, sage ich und schnappe mir meinen Rucksack. Dann reiße ich die Tür auf und pese heute zum zweiten Mal wie die Sau durch die Stadt.

Bevor ich darüber lachen kann, muss ich erst mal heulen. Alleine in Amerika, mit nicht wirklich viel Geld in der Tasche, ist ganz schön unheimlich. So muss Nelly sich seit zwei Tagen fühlen. Vielleicht wurde sie auch schon von so einem Glatzkopf belästigt. Sie tut mir fast leid. Und jetzt hab ich Papa sitzen lassen. Und nach Graceland komme ich so auch nicht mehr. Als ich heulend auf der Bordsteinkante sitze, kommt mir eine Idee, wie ich mir und allen helfen kann: Ich werde Nelly finden. Ganz allein. Ich werde mit einem Bus oder einem Zug oder zur Not per Anhalter in diesen State Park fahren, Nelly einsacken und sie bei Mama abliefern. Antje, die Mädchenretterin! Die Heldin!

Antje, die Idiotin, findet erst mal trotz Stadtplan den Busbahnhof nicht. Papa hat ganz Recht von wegen Karten lesen. Dafür kann ich ganz hervorragend Leute auf der Straße ansprechen und nach dem Weg fragen. Habe ich in den letzten Tagen ausreichend üben dürfen. Tatsächlich finde ich mit der Auskunft von einer Oma und einem Pärchen den Busbahnhof. Ja, so was nennt man Soft Skills! Emotionale Intelligenz! Kommt man viel weiter mit, als mit so einem altmodischen Talent wie Karten lesen.

Mit meiner geballten emotionalen Intelligenz frage ich den Mann im Tickethäuschen am Busbahnhof, wie ich von hier in den State Park komme und verstehe erst mal gar nichts. Für mich klingt das, als würde er immer fragen, wie alt ich bin. Nachdem ich dreimal nachgefragt habe, sage ich es ihm: 15. Mit wem ich verreise, will er wissen. Irgendwie habe ich das Gefühl, es ist besser, wenn ich nicht zugebe, dass ich alleine unterwegs bin. »Mit meinem Vater«, sage ich also. Danach geht plötzlich alles ganz einfach, das wollte er wohl hören. Na bitte. Er druckt mir die Verbindung aus und sagt »twentynine.« »Pardon?«, sage ich und versuche dabei so zu klingen wie Ann vom Post Office. Neunundzwanzig Dollar? Das kann doch nicht sein! »Twentynine«, sagt er, dieses Mal ganz langsam. Halsabschneider! Ich reiche ihm dreißig Dollar rüber und kriege einen zurück. Jetzt habe ich noch fünfzehn Dollar in der Tasche.

In der Abfahrtshalle im Busbahnhof sitzen Leute auf Bänken und warten. Über den Ausgängen hängen elektronische Tafeln, auf denen *Now boarding: New Orleans* und *Now boarding: Nashville* steht. Bin ich aus

Versehen zum Flughafen gegangen? Ich sehe bei *Now boarding: New Orleans* an den Schlange stehenden Leuten vorbei nach draußen. Nein, da steht definitiv ein Bus. Ich setze mich auf eine Bank und schaue mir meine Verbindung an. Mein Bus fährt erst in über zwei Stunden, genug Zeit, den Ort anzusehen. Ich mache mir auf meinem Stadtplan ein Kreuz, wo der Busbahnhof ist, und gehe los. Kaum bin ich zwei Minuten gelaufen, stehe ich schon wieder vor dem nächsten *Dunkin' Doughnuts*. Unglaublich, wie viel es hier davon gibt. Ich will gerade darüber lachen, als ich unseren Mietwagen auf dem Parkplatz davor stehen sehe. Mir wird schlecht. Wo soll ich jetzt in Deckung gehen? Aber Papa scheint nicht im Auto zu sitzen, der Wagen sieht leer aus. Ich wechsele erst mal die Straßenseite und versuche von dort, unauffällig in das *Dunkin' Doughnuts* reinzuschauen. Da sitzt Papa am Fenster, ich bin mir ziemlich sicher, dass er es ist. Ein Mann mit dunklen Haaren, Bart und Doughnut. Mir wird plötzlich ganz warm ums Herz. Nein, das geht nicht, das ist das falsche Gefühl, ich müsste doch jetzt Panik kriegen, dass er mich sieht, anstatt zu hoffen, dass er mal rüberschaut und mich entdeckt und ganz glücklich winkt und rauskommt und auf mich zuläuft und mich umarmt und »Antje, Antje, Antje!« ruft. Papa schaut aber gar nicht hoch. Ich gehe über die Straße und ducke mich unter das Fenster. Dann hebe ich langsam den Kopf, so dass ich gerade Papa anschauen kann, von mir aber hoffentlich nur ein paar blonde Haare zu sehen sind. Er sitzt über ein Buch gebeugt, dreht mit der einen Hand in seinen Haaren herum und hält mit der anderen Hand einen Doughnut. Eigentlich sollte ich sauer sein, dass er nicht weinend nach mir sucht, sondern gemütlich liest und Doughnuts frisst. Aber das komische warme Gefühl, das ich im Magen bekomme, ist nicht Wut, sondern was anderes. Er tut mir leid. Früher dachte ich immer, Papa wäre traurig, weil er so dick ist. Weil Opa ihn so damit genervt hat, der ist Arzt und kann deswegen dicke Leute nicht ertragen. »Wolfgang!«, hat er immer zu Papa gesagt, »unternimmst du inzwischen eigentlich etwas wegen deines Gewichts?« Papa hat bloß geschnauft und sich noch ein Stück Kuchen genommen. Ich hatte bei jedem Besuch Angst vor der Gewichtsfrage. Irgendwann wurde es Papa dann auch zu dumm, und er wollte nicht mehr zu Oma und Opa mitkommen. Mama hat aber drauf bestanden und gesagt, dass sie auch immer zu seinen Eltern mitkommt und das fette Gulasch von seiner Mutter isst und Gallenkoliken bekommt. Erst, als Papa einmal, als wir schon bei Oma und Opa vor dem Haus waren und Oma und Opa winkend im Garten standen, ganz laut »nein!« geschrieen und gewendet hat, hat Mama kapiert, dass Papa wirklich nicht mehr mitkommen will. Sie hat Papa am nächsten Bahnhof abgesetzt und ist mit uns zurück zu Oma und Opa gefahren. Die haben gar nicht gefragt, warum Papa jetzt plötzlich nicht mehr dabei ist. Jedenfalls hatte ich wegen der Opa-Fragen immer Angst, dass Papa traurig ist wegen seinem Übergewicht. Aber so, wie ich ihn da jetzt sitzen und mampfen sehe, kommt es mir vor, als wäre er gar nicht traurig. Höchstens, wenn die Doughnuts irgendwann alle sind. Was sie jetzt sind. Papa steht auf, und ich ducke mich schnell noch etwas tiefer unter das Fenster. Als ich wieder schaue, steht Papa an der Theke und holt Nachschub. Ich watschele in der Hocke unter dem Fenster entlang.

Am Parkplatz traue ich mich endlich, aufrecht zu gehen. Ich laufe an unserem Auto vorbei und denke für einen Moment, dass ich Papa vielleicht einen Zettel dranmachen sollte, wo draufsteht, dass alles okay ist und dass ich Nelly hole und dann wieder komme. Als ich noch darüber nachdenke, was ich genau schreiben soll, sehe ich, dass die Hintertür vom Auto nicht richtig zu ist. Das geht ja so nicht, denke ich, da liegt meine Gitarre, hinterher wird sie geklaut. Ich mache die Tür auf und drücke den Knopf richtig runter. Und dann fällt mir plötzlich auf, dass wenn jeder die Gitarre klauen könnte, auch ich die Gitarre klauen kann. Ich ziehe den Knopf wieder raus, schnappe mir die Gitarre, schlage die Tür zu und laufe los.

Als ich am Busbahnhof ankomme, bin ich total außer Atem und setze mich erst mal mit meiner Beute auf eine der Bänke. Obwohl mir die Gitarre gehört, habe ich das Gefühl, etwas gestohlen zu haben. Wenn ich mir vorstelle, wie Papa aus *Dunkin' Doughnuts* rauskommt und merkt, dass er die Tür aufgelassen hat und die Gitarre weg ist, das tut mir schon leid. Obwohl er es vielleicht gar nicht mitbekommt. Ich sehe ihn vor mir, wie er bei *Dunkin' Doughnuts* gehockt hat. Was ich nicht verstehe ist, wieso mich das immer so traurig macht, ihn so zu sehen, obwohl er selbst eigentlich ganz zufrieden aussieht. Ist doch bescheuert, dass ich besser als er selbst wissen will, wie es ihm geht. Manchmal würde ich am liebsten sagen: Papa, du bist traurig, so traurig, dass ich auch traurig werde, du merkst es nur nicht, weil du so viel Doughnuts und Bücher verschlingst, dass du gar nichts mehr mitkriegst. Während ich mir vorstelle, wie Papa dazu »mhmh« sagt, in einen Doughnut beißt und weiter in sein Buch schaut, sagt eine Stimme »now boarding: Erie«, und ich springe ganz schnell von meiner Bank auf, um rechtzeitig in den richtigen Bus zu steigen. Ich stelle mich in die Schlange vor dem Schalter. Die Gitarre halte ich mit beiden Armen fest, ich kann mein Herz gegen ihren Hals schlagen spüren. Hoffentlich merkt niemand, wie aufgeregt ich bin.

Als ich an die Reihe komme, lehne ich die Gitarre an den Schalter und wühle im Rucksack nach dem Ticket. Wieso hab ich Idiot das nicht vorher rausgenommen? »Your ticket please«, sagt die Frau am Schalter jetzt zum dritten Mal, so als würde ich nicht seit zwei Minuten direkt vor ihrer Nase meinen Rucksack durchwühlen. Und dann finde ich endlich das Ding, ganz kurz vor ihrem vierten »your ticket please« knalle ich es der Frau auf den Tresen. Der Tresen, der eigentlich ein wackeliger Sperrholztisch ist, zittert unter der Wucht des Aufpralls, gibt die Wellen an die Gitarre weiter, und die kippt um. Ich lasse den Rucksack fallen, will die

Gitarre fassen, bevor sie den Boden berührt und schaffe es auch fast. Leider haut mir, kurz bevor ich sie habe, etwas unglaublich Hartes gegen den Kopf. Für einen Moment bin ich völlig desorientiert und kriege außer Schmerz nichts mehr mit. Dann höre ich, wie jemand »bist du okay?« sagt und spüre, wie ich an der Schulter berührt werde. »Ja«, sage ich und richte mich auf. Zur gleichen Zeit fließt mir ein gefühlter halber Liter Blut aus der Nase. Jemand reicht mir ein Taschentuch, und nachdem ich eine Minute mit dem Kopf im Nacken und dem Taschentuch auf der Nase dagestanden habe, hört es auf zu bluten, und ich kann nach vorne schauen. Da steht ein Junge, ungefähr so alt wie ich, mit rundem Gesicht und braunen Locken. »Bist du okay?«, sagt er und reicht mir noch ein Taschentuch. »Your ticket, please«, sagt die Frau vom Schalter und hält mir meine Fahrkarte hin. Der Junge nimmt die Fahrkarte und meine Gitarre und meinen Rucksack und sagt »komm mit«. Ich latsche ihm mit dem Taschentuch vor der Nase hinterher. Er steigt in den Bus und schafft es tatsächlich mit dem ganzen Krempel durch die Tür. Ich laufe hinterher. Er bleibt an einer Sitzreihe stehen, wo auf dem Fensterplatz eine Gitarre steht. Meine Gitarre stellt er auf den Platz daneben, dann schmeißt er meinen Rucksack nach oben in die Gepäckablage. »Die ist zu schmal für Gitarren«, sagt er. »Willst du den Fensterplatz?« Ich nicke. Er nimmt seine Gitarre vom Fensterplatz. Ich rücke rein und nehme meine auf den Schoß. Er setzt sich neben mich.

Da sitzen wir jetzt wie zwei Mamis mit ihren Babys. Eine Weile schweigen wir. »Ich heiße Jason. Darf ich sie anschauen?«, sagt er dann und zeigt auf meine Gitarre. Weil das gar nicht wie eine Frage klingt oder weil ich noch total benommen bin oder weil ich einfach gerne mit meiner neuen Gitarre angebe, sage ich »sicher« und packe sie aus. »Wow«, sagt er, und noch mal »wow«, und noch mal und noch mal, und dazu streicht er mit den Fingern über die Decke. »Ist ein Geschenk von meinem Vater«, sage ich, und dann breche ich in Tränen aus. Er schaut mich erschrocken an, gibt mir noch ein Taschentuch und sagt, dass es ihm schrecklich leid tut, dass wir zusammengestoßen sind und dass er die Gitarre hat fallen sehen und dass das wie ein Reflex war und dass er einen sehr harten Kopf hat, wie ihm schon viele Leute bestätigt haben, die mit ihm zusammengestoßen sind. Ich heule weiter und atme ganz laut, so laut, dass mein Atem im Klangloch von meiner Gitarre widerhallt und noch trauriger klingt. Jason gibt mir immer noch mehr Taschentücher, ich kann gar nicht glauben, wie viele er dabei hat. Irgendwie spornen mich die Taschentücher noch mehr zum Heulen an. Deswegen sage ich »nein«, als er mir das nächste geben will. Er tut das Taschentuch zurück in die Packung und sieht jetzt ganz hilflos aus. Gerade als ich ihn doch um das Taschentuch bitten will, sagt eine Stimme aus dem Lautsprecher, dass wir jetzt planmäßig abfahren und in drei Stunden und neunzehn Minuten in Erie ankommen und dass der Busfahrer uns und sich eine gute Fahrt wünscht. Die Lautsprecher-Stimme tröstet mich besser als die Taschentücher. Sie gibt mir so ein Gefühl, dass alles ganz normal ist, fahrplanmäßig sozusagen, und ich nicht ausgerissen und alleine in Amerika unterwegs bin. Der Bus fährt los, und ich schaue raus. Es ist unglaublich entspannend, einfach so herumgefahren zu werden, ohne eine Karte lesen und »vorne rechts« und »vorne links« sagen zu müssen. Und mit Doughnuts füttern muss ich den Busfahrer auch nicht.

Als ich Jason schon fast vergessen habe, sagt er »sind deine Eltern auch geschieden?« Ich sehe ihn an. Er schaut ernst, so ernst wie man mit einer Stupsnase und Sommersprossen und hellbraunen Locken schauen kann. »Ja«, sage ich. Und dann erzähle ich ihm, dass meine Mutter mit so einem bescheuerten hellblonden Typen abgehauen ist und meinen Vater alleine gelassen hat und mir nicht erlaubt, bei meinem Vater zu wohnen, weshalb ich ihn nur alle paar Monate am Wochenende sehen kann. Jason sagt, dass das wie bei ihm ist, nur umgekehrt, weil bei ihm nämlich der Vater mit einer bescheuerten hellblonden Tussi abgehauen ist und außerdem sagt, dass er ihn nur alle paar Monate besuchen kann, weil er zu viel zu tun hat. »Wo wohnt er denn?«, frage ich. »Memphis.« Oha. »Also fährst du nach Memphis?«

»Genau.«

»Und wie?«

»Bus.«

»Aber dieser Bus fährt doch nach Columbus, über Erie?«

»Ich steige in Columbus um.«

Wow. Ich befinde mich also fast auf halbem Weg nach Memphis. »Und wann«, sage ich, »kommst du in Memphis an?« »Freitag«, sagt er und gähnt.

»Ja, und gehst du hin?«

»Wohin?«

»Zu IHM!«

»Natürlich. Ich wohne bei ihm.«

»Zu ELVIS!«

Jason lacht. Ich merke, wie ich rot werde und drehe mich weg. Jetzt hat er es gemerkt: Ich bin uncool, ich bin dick, und mit mir sollte man nicht reden, wenn man nicht selbst uncool und dick aussehen möchte. Hätte ich doch meine Klappe gehalten.

»Natürlich geh ich hin!«

Ich schaue ihn an. »Magst du Elvis?«, frage ich vorsichtig. Mein Gott, ich rede solchen Quatsch, demnächst schiebe ich ihm noch einen Zettel rüber, auf dem steht *hier ankreuzen: ja, nein, vielleicht*. »Ich mag Elvis nicht«, sagt er, »ich liebe ihn.« »Ich liebe ihn auch!«, schreie ich so laut, dass die Frau hinter mir »schtscht« macht. »Ich liebe ihn auch«, sage ich noch mal ganz leise. Und dann singen wir uns unsere Lieblingslieder vor, und ich versuche, auf der Gitarre *In the Ghetto* zu spielen, was aber nicht geht, weil der Sitz viel zu eng ist, und die Leute machen »schtscht, schscht, schscht.« Wir hören trotzdem erst auf, als der Busfahrer durch die Lautsprecheranlage sagt, dass ihm unser Gesang eigentlich ganz gut gefällt, einige Fahrgäste sich aber beschweren und wir deshalb leider damit aufhören müssen. Eine Weile sitzen wir da und sagen nichts. Dann erzähle ich, wie ich Papa bei *Dunkin' Doughnuts* sitzen gesehen habe und er Doughnuts in sich reingestopft und dabei gelesen hat. »Das ist traurig«, sagt Jason. »Genau«, sage ich, schaue in die Dunkelheit draußen und bin glücklich.

8.

Als wir in Erie ankommen, reicht Jason mir noch mein Gepäck raus, und kurz bevor die Tür zugeht, ruft er, dass er am 16. August in Graceland bei einem Elvis-Song Contest auftritt und dass ich doch auch kommen soll. »Da hab ich Geburtstag!«, rufe ich zurück und winke, bis ich den Bus nicht mehr sehen kann.

Als ich mit dem Winken aufgehört habe, merke ich, dass ich ganz alleine in finsterer Nacht an einer Busstation stehe. Für einen Moment will ich mich hinsetzen und auf Papa warten, aber dann fällt mir ein, dass das ja nur eine Geschichte ist, die ich Jason erzählt habe und ich in Wirklichkeit abgehauen bin und niemand mich abholt. Ich muss mich sehr zusammenreißen, um nicht nach Niagara Falls zu Mama und Klara ins Hotel zu fahren. Weil ich aber Zeit und ein paar Münzen habe, gehe ich zu einer Telefonzelle und rufe Mama im Hotel an. Das ist gar nicht so einfach, weil ich plötzlich mit einer völlig fremden Frau sprechen muss und schon denke, ich hätte mich verwählt, aber dann will sie mir nur sagen, wie viel Geld ich einwerfen soll. Schließlich habe ich Mama dann an der Strippe. Was mich sehr überrascht, ist, dass sie nicht: »Antje, mein Schatz, wo steckst du bloß, wir machen uns solche Sorgen!« ruft oder in Tränen ausbricht. Stattdessen fragt sie mich, ob es Neuigkeiten seit Papas letztem Anruf von vor einer Stunde gibt und ob wir uns immer noch so gut verstehen. Papa hat ihr nicht verraten, dass ich ihm abhanden gekommen bin. »Ja«, sage ich also zu Mama, »läuft immer noch alles super. Wir werden Nelly bald haben.« Dann lege ich auf. Danach ist die Frau plötzlich wieder dran und sagt, ich müsste noch mal 25 Cent einwerfen. Ich habe aber keine 25 Cent mehr und gehe einfach weg. Deren Pech, wenn sie nicht im Voraus kassieren.

Eigentlich wundert es mich selbst, dass ich Mama nicht gesagt habe, dass Papa mich verloren hat. Vielleicht liegt es daran, dass ich plötzlich das Gefühl habe, ich hätte Papa verloren und nicht er mich.

Dann reiße ich mich zusammen, stelle mich an die Straße und halte den Daumen raus. Während mein Daumen vor mir in der Luft hängt, muss ich an Jürgen Drews und *Ein Bett im Kornfeld* denken. Das ist auf einer alten Schlagerkassette von Mama, die Klara und ich früher immer zum Einschlafen gehört haben. An einer Stelle singt Jürgen Drews »Ich brauch keine weichen Daunen.« Klara und ich haben aber immer »Ich brauch keinen weichen Daumen« verstanden und uns gefragt, was ein weicher Daumen ist und wie man einen kriegt. Nach einer Viertelstunde in Erie mit ausgestrecktem Daumen am Straßenrand stehen weiß ich plötzlich, was ein weicher Daumen ist und wie man einen bekommt. »Das muss ich Klara erzählen!«, denke ich, und dann hält ein Pick-up neben mir. Aus dem Fenster des Pick-ups schaut ein älterer Mann, der ein blaues Basecap auf hat. »Willst du mitfahren?« »Ja«, sage ich ohne nachzudenken. »Wohin willst du?« »State Park.« Der Mann beugt sich zur Beifahrertür rüber und macht sie auf. »Get in.« Ich schmeiße erst meinen Rucksack hoch und klettere dann mit der Gitarre hinterher. Ich hätte gar nicht gedacht, dass es so schwer ist, in einen Pick-up einzusteigen. In Filmen springen die Leute da immer so locker rein. Sogar in Horrorfilmen. Vielleicht sollte ich doch lieber nicht … zu spät. Ich bin drin, und der Mann fährt los. Ich hüpfe auf dem Beifahrersitz so doll hin und her, dass ich wahrscheinlich gleich durch die Windschutzscheibe knalle und mir keine Gedanken mehr machen muss, ob der Mann ein Serienmörder ist. »Buckle up!«, sagt der Mann aus dem Mundwinkel heraus. *Buckle up?* Ist das jetzt was Perverses? Heißt das *zieh dich aus* oder so? Oder noch schlimmer? »Buckle up, girl, it's the law!« *It's the law?* Gibt hier es hier ein Gesetz, dass minderjährige Anhalterinnen von der sie mitnehmenden Person vergewaltigt werden dürfen? Der Mann seufzt. Dann lässt er das Lenkrad mit einer Hand los und beugt sich zu mir rüber. Scheiße, es geht los! Was mach ich nur? Ich drücke mich so fest es geht in den Sitz, damit sein Arm mich nicht berührt. Wah, ich glaub er will an meine rechte Brust. Ich presse mich so nach hinten, dass mir fast die Luft wegbleibt. Was mach ich nur? In die Eier treten?

Dürfte aus meiner Position schwierig sein. Noch ein Stück, dann ist er an mir dran. Ich schließe die Augen. Und spüre nichts. Ich mache ein Auge wieder auf. Und sehe eine Hand, die einen Gurt vor mich zieht. Oh Mann, der will nur, dass ich mich anschnalle! Ich nehme ihm den Gurt aus der Hand. »All right«, sagt er zufrieden, »halt dich immer an das Gesetz, dann wird alles gut!« Dieses *all right* erinnert mich an irgendwas. Ich lehne mich in meinem Sitz zurück und sehe den Mann von der Seite an. Er muss so um die siebzig sein, unter der Mütze schauen ein paar graue Haare hervor. Er hat buschige weiße Augenbrauen und eine richtige Skischanzennase. Und einen kleinen Mund, der irgendwie freundlich aussieht. Wahrscheinlich bin ich deswegen einfach eingestiegen. Was ich eigentlich immer noch nicht fassen kann. Wie konnte ich so blöd sein? Aber bisher hat er nichts gemacht, vielleicht geht es ja gut. Und dann sehe ich etwas, das mich auf der Stelle beruhigt: Der Mann hat einen Wackelelvis an der Windschutzscheibe hängen! Bei der Federung von diesem Pick-up tanzt der Elvis ordentlich rum. »Sind Sie Elvis-Fan?«, frage ich und zeige auf den hüpfenden Wackelelvis. Der alte Mann lacht. »So was in der Art.« Hm. Also nicht richtig. Schade. »Bist du Elvis-Fan?« Er schaut mich kurz an. »Ja«, sage ich. Der Mann lacht. »Heutzutage gibt es viele Elvis-Fans.« Keine Ahnung, was er mir damit sagen will. »Aber nur wenige wissen, was Elvis wirklich wollte.« Aha. »Er war nicht nur ein dummer Schlagersänger, weißt du. Er wollte Gutes tun.

Seinem Heimatland dienen.« »Hm-hm.« Ich nicke. Was soll ich auch sonst tun. »Aber er hat auch Fehler gemacht.« Ich nicke weiter, auch wenn ich nicht die geringste Ahnung habe, was der Mann meint. Aber Verrückten soll man immer zustimmen, sagt Mama. »Ich liebe Elvis«, sage ich. »Ja?« Der Mann schaut mich an und lächelt irgendwie – herablassend? Nein. Vielleicht eher belustigt. Als wäre ich ein Kind, das keine Ahnung von nichts hat. Ich habe keine Lust mehr, mit ihm zu reden und schaue raus. Der Mann biegt in einen dunklen Weg ab. Scheiße, es geht doch schief! Ich spüre mein Herz im Hals klopfen. Möglichst unauffällig taste ich nach dem Türgriff. Das Gefühl von dem kalten Metall in meiner Hand beruhigt mich. Und als der Mann in einer Kurve etwas langsamer fahren muss, reiße ich die Tür auf. Es zieht mich sofort mit aller Kraft nach rechts, und ich hänge halb aus dem Auto raus. »Was machst du, Mädchen?«, schreit der Mann und bremst. Ich falle zurück in den Wagen. Der Mann schaut mich an. »Gut, dass du angeschnallt bist.« Dann fährt er weiter. Nach ein paar Minuten sehe ich die Infohütte vom State Park vor uns. Der Mann hält an. »Da sind wir.« Ich kann gar nicht fassen, dass ich einfach hier bin. »Danke«, sage ich und schnalle mich los. Dann mache ich meine Tür auf, schmeiße den Rucksack nach draußen und klettere mit der Gitarre hinterher. Als ich unten angekommen bin und den Rucksack aufgehoben habe, beugt der Mann sich zu mir rüber. »Pass auf dich auf Mädchen, und achte das Gesetz!« Ich nicke. Dann zieht er die Beifahrertür zu, hebt seine Hand an die Mütze wie ein Soldat und fährt los. Ich schaue dem Pick-up hinterher, dann nehme ich meine Gitarre und gehe in die Hütte.

Es ist der gleiche Ranger wie vor drei Tagen, und er begrüßt mich mit den Worten »deine Schwester ist schon hier.« In der Hütte, zu der er mich bringt, sitzt Nelly auf dem Bett. Als sie mich sieht, springt sie auf, ruft »Antje!« und umarmt mich so fest, dass ich denke, ich ersticke. Ich freue mich aber auch, zum ersten Mal in meinem Leben finde ich es richtig toll, Nelly zu sehen. Ich will gleich Mama anrufen und ihr Bescheid sagen, dass ich Nelly habe und alles gut wird. Aber als ich aus der Hütte gehen will, um vom Rangerbüro aus zu telefonieren, stellt Nelly sich vor die Tür und sagt »nein.« »Warum?«, frage ich und versuche, an ihr vorbeizukommen. »Weil du nicht darfst.« »Ich darf wohl«, sage ich und fange an, Nelly von der Tür wegzuzerren. Leider ist Nelly zwar dünner, aber nicht schwächer als ich. Sie krallt sich so an der Tür fest, dass ich es irgendwann aufgebe und mich aufs Bett setze. »Sag mir wenigstens, warum du mich nicht raus lässt.« Statt zu antworten, fängt Nelly an zu heulen. Erst leise, dann schluchzt sie richtig laut und atmet so schnappend, dass ich Angst habe, sie erstickt gleich. Eine Weile sitze ich auf dem Bett und tue so, als würde ich gar nicht merken, wie sehr Nelly weint, aber dann halte ich es nicht mehr aus. Ich stehe auf, gehe zu Nelly und nehme sie in den Arm. Sie fühlt sich ganz steif an, wahrscheinlich hat sie Angst, dass ich rausrenne, sobald ich sie von der Tür weghabe. Aber als sie merkt, dass es kein Trick ist, fängt sie langsam an, mich auch zu umarmen, und schließlich stehen wir aneinander geklammert da. Ich wiege Nelly hin und her, so wie Mama das früher mit mir gemacht hat. Nelly wird ruhiger, und irgendwann lässt sie mich los, setzt sich aufs Bett und sagt »okay.« Ich stehe da und komme mir plötzlich blöd vor, so als hätte ich Nelly umarmt, obwohl sie das gar nicht wollte. Nelly sieht mich vom Bett aus mit einem geschäftsmäßigen Gesichtsausdruck an und sagt, »kann ich dich was fragen?« Ich nicke. »Willst du nach Graceland?« Das ist eine ziemlich blöde Frage, denn Nelly hat mindestens zehnmal gehört, wie ich zu Papa gesagt habe, dass ich unbedingt nach Graceland will. »Natürlich«, sage ich. »Okay.« Nelly nickt, »dann fahren wir!« Ich stehe da und fühle mich noch blöder. Nelly sagt, dass es vielleicht drei bis vier Tage bis Graceland sind, dass wir trampen können, dass uns bestimmt jemand mitnimmt und dass wir es so noch locker schaffen, an Elvis' Todestag dort zu sein. Je länger Nelly so redet, desto stärker wird ein ganz warmes und helles Gefühl in meinem Herzen. »Okay«, sage ich, und dann hört das schöne Gefühl plötzlich auf, denn mir fällt eine ziemlich wichtige Frage ein: »Warum willst du nach Graceland?« Nelly antwortet nicht gleich, und es kommt mir vor, als würde sie überlegen, wie glaubwürdig es ist, wenn sie mir erzählt, dass sie das macht, um mir eine Freude zu bereiten. Anscheinend kommt sie auf die richtige Antwort, denn als nächstes sagt sie, »weil ich nicht nach Japan will.« Aha. »Bist du deswegen abgehauen?« Nelly nickt. »Ich habe die Autotür offen gelassen, damit ich an mein Zeug rankomme. Deine Eltern waren zu beschäftigt um das zu merken.« Ich sehe Mama und Papa tanzen und merke, wie ich noch im Nachhinein rot werde. »Hör zu«, sagt Nelly, »wenn wir nur zwei Tage zu spät wieder in Pittsburgh sind, verpasse ich den Flug und kann zu Hause bleiben.« »Warum sagst du deinen Eltern nicht einfach, dass du nicht nach Japan willst?«, frage ich. Nelly schaut mich an. »Weil sie das niemals verstehen würden, du Idiot.« Ich überlege, ob ich mit jemandem nach Graceland fahren möchte, der mir ständig sagt, dass ich ein fetter Idiot bin. Die Antwort ist ja. Da ist nur noch ein Problem. »Was soll ich meinen Eltern sagen?« Nelly zuckt mit den Schultern. »Warum sagst du Ihnen nicht einfach, dass wir nach Graceland fahren?« Ich sehe sie an. »Weil sie das niemals verstehen würden, du Idiot.« Nelly schaut erstaunt zu mir hoch. Und dann fangen wir beide an zu lachen, als säßen wir in einer Fernsehaufzeichnung und jemand hätte das Schild »Lachen« hochgehalten. Wir können uns gar nicht mehr einkriegen, und als wir es nach einer Viertelstunde doch langsam schaffen, weiß ich, dass ich mit Nelly nach Graceland fahren werde. Nur, wie ich Mama und Papa auf Abstand halten und gleichzeitig erreichen soll, dass sie sich keine Sorgen machen, ist mir immer noch ein Rätsel.

9.

Als ich am nächsten Morgen in einem Etagenbett in einer Holzhütte aufwache, denke ich zuerst, ich wäre in einer Zeitschleife gelandet und müsste jetzt für immer mit Mama, Papa, Klara und Nelly in einem State Park in einer Hütte leben. Dann dämmert mir langsam, dass ich gestern mit dem Bus hierher zurückgefahren bin, um Nelly zu holen und dass Nelly und ich beschlossen haben, nach Graceland zu fahren. Und dann, noch halb im Delirium, weiß ich plötzlich, wie ich Mama sagen kann, dass alles okay ist, ohne ihr verraten zu müssen, dass Nelly und ich alleine nach Memphis trampen. Es wird klappen. Und das habe ich Papa zu verdanken. Bevor ich mir zu meiner genialen Idee gratulieren kann, kommt Nelly in die Hütte gestürmt, schreit »wir müssen abhauen!« und packt völlig hysterisch ihre Sachen zusammen. Ich steige aus dem Schlafsack, rolle ihn zusammen, packe ihn in die Hülle und springe vom Bett. Dann schnappe ich meinen Rucksack und meine Gitarre und renne hinter Nelly aus der Hütte. Nelly hat keine Gitarre auf dem Rücken und läuft so schnell vor mir auf den Schotterwegen durch den Wald, dass ich kaum hinterher komme. Ich bleibe immer wieder mit der Gitarre an Ästen hängen, und bis ich mich befreit habe, ist Nelly noch weiter vor mir. »Nelly!«, rufe ich, »warte!« »Lauf!«, ruft Nelly zurück und wartet nicht. Ich kann ihr noch »Arschloch!« hinterher rufen, dann stolpere ich über eine Wurzel und falle hin. Erst spüre ich nur den Aufprall, der Schmerz lässt sich Zeit und kommt etwas später. Als er da ist, beschließe ich, nicht wieder aufzustehen. Ich habe keine Lust mir anzuschauen, wie meine Hände und Knie aussehen. Das war schon immer so, wenn ich mir wehgetan habe. Am liebsten würde ich das verletzte Körperteil für alle Zeiten ignorieren. Wie ich so auf dem Boden liege und Tannennadeln im Gesicht habe und meine Knie und Hände so wehtun, dass ich sie doch nicht ignorieren kann, wünsche ich mich so sehr zu Mama, dass ich heulen muss. Plötzlich streicht mir etwas über die Haare, und ich stehe schneller auf, als ich mir das gerade noch hatte vorstellen können. Es ist aber kein Bär, der mich streichelt, sondern Nelly. Sie sagt nichts, klopft nur die Nadeln von meiner Hose, hockt sich vor mich hin, krempelt die Hose hoch, schaut sich mein Knie an und sagt »Aua.« Dann steht sie auf und sieht mich an. »Du trägst deinen Pyjama.« Ich schaue an mir runter. Tatsächlich habe ich meinen blau-weißen Schlafanzug mit den Schäfchen drauf an, den kindischsten, den ich besitze. Ich weiß nicht, wie Nelly das macht, dass ich mich in ihrer Gegenwart nicht nur wie ein Idiot fühle, sondern mich auch wie einer benehme. Nelly lacht. Ich stoße sie zurück, und sie fällt nach hinten um und knallt auf den Boden. Obwohl ich immer noch die

Gitarre auf dem Rücken habe, werfe ich mich auf sie und sorge dafür, dass sie nicht aufstehen kann. Nelly versucht mich abzuwerfen, hat aber keine Chance. »Du«, sage ich, »wirst nie wieder Idiot zu mir sagen.« »Okay.« Nelly will aufstehen. Ich halte sie unten. »Du«, sage ich, »wirst mich nie wieder wie ein Idiot aussehen lassen.« »Okay, okay«, sagt Nelly und zappelt unter mir. Ich stehe auf. Kaum bin ich von ihr runter, springt Nelly auf und haut mir ins Gesicht. Ich packe sie an den Haaren und ziehe so fest ich kann. Nelly schreit, ich ziehe noch stärker, Nelly haut mir weiter ins Gesicht und dann, als hätte ein Schiedsrichter uns getrennt, hören wir plötzlich beide auf. Ich blute aus der Nase und habe ein Büschel von Nellys Haaren in der Hand. »Ich glaube wir sollten losgehen«, sagt Nelly. »Okay«, sage ich.

»Warum mussten wir eigentlich so schnell abhauen?«, frage ich Nelly, nachdem wir eine Weile gelaufen sind. Nelly dreht den Kopf zu mir nach hinten. »Der Ranger kam zum Abkassieren. Und ich glaube nicht, dass wir bezahlen können.« »Na ja«, sage ich, »ich habe noch fünfzehn Dollar.« Nelly schaut wieder nach vorne. »Und ich hab zwanzig.« »Meinst du, die sind jetzt hinter uns her?«, frage ich Nellys Rücken. »Quatsch.« »Aber wir sind Zechpreller!« »Zech- was?«, sagt Nellys Rücken. »Zechpreller, das sind Leute, die in ein Restaurant gehen und dann nicht bezahlen.« »Aber wir waren doch gar nicht im Restaurant!« Plötzlich bleibt Nelly stehen. Ich kann nicht mehr schnell genug anhalten und laufe in sie rein, Nelly sagt »Mann!«, und ich fühle mich mal wieder wie ein dicker Trampel. Bevor ich mich darüber richtig ärgern kann, sagt Nelly »wir haben uns verlaufen.« »Wir haben uns verlaufen?«, echoe ich, weil mir nichts anderes einfällt. »Ja, wir haben uns verlaufen.« So könnten wir dieses Gespräch ewig weiterführen, ich frage immer »wir haben uns verlaufen?«, und Nelly sagt immer »wir haben uns verlaufen!«, und das hätte den großen Vorteil, dass wir erstens mal einer Meinung wären und zweitens nicht überlegen müssten, was wir jetzt tun sollen. »Wir haben uns verlaufen?« frage ich also noch mal, aber Nelly macht nicht mehr mit. Anstatt »wir haben uns verlaufen!« zu sagen, fragt sie »bist du taub?« »Ja.« »Wundervoll«, sagt Nelly, »ich bin mit einem fetten, tauben, deutschen Idioten im Wald verloren.« Mir steigen Tränen in die Augen. »Du hast versprochen, nicht mehr Idiot zu mir zu sagen!« Nelly lacht. »Du hast mich erpresst. Du bist ziemlich schwer, weißt du?« Ich sage nichts und gehe weiter. Einen Moment später höre ich Nellys Schritte hinter mir. Ich werde schneller. Nelly auch. Schließlich ist sie neben mir. Ich sehe sie von der Seite an. Nelly schaut stur nach vorne.

Wenn wir uns noch an die Hand nehmen würden, wäre das genauso wie auf dem Schulausflug in der zweiten Klasse. Da mussten Nelly und ich nebeneinander laufen, weil wir beide keine Freundin hatten, und Mama der Lehrerin außerdem gesagt hatte, dass ich mich um Nelly kümmern möchte. »Du musst Nelly bei ihrer

Integration helfen«, hat Mama zu mir gesagt. Ich wusste nicht, was *Integration* sein soll, für mich klang das wie *Resektion*, und das macht man mit Wurzelspitzen, was ich wusste, weil Papas Wurzelspitze abgeschnitten wurde und er immer *diese scheiß Resektion!* gesagt und geseufzt hat. Aber selbst wenn ich kapiert hätte, was Integration ist, hätte ich Nelly zu keiner verhelfen können, ich war nämlich selbst so überhaupt gar nicht in die Klasse integriert, wie es nur geht. Das hat Mama nie kapiert, wofür sie auch nichts kann, weil ich es ihr nicht erzählt habe. Es ist ihr zwar schon aufgefallen, dass ich jeden Sonntagabend vor dem Einschlafen geheult habe, aber sie hat mich nie gefragt, warum. Sie hat nur gesagt, dass ich Papas melancholisches Gemüt geerbt habe und hat mich in den Arm genommen und getröstet. An das Trösten habe ich gedacht, wenn ich am nächsten Tag alleine auf dem Schulhof stand, und das hat mich noch trauriger gemacht. »Das ist wie der Schulausflug in Deutschland!«, sagt Nelly plötzlich. Ich hatte schon öfter den Verdacht, dass sie Gedanken lesen kann. »Ja«, sage ich, »da hab ich auch grad dran gedacht.« Eine Weile gehen wir schweigend nebeneinander her. Damals, auf dem Schulausflug, haben wir auch nicht miteinander geredet, obwohl Nelly schon ganz gut Deutsch konnte. Aber ich fand es so peinlich, mit Nelly Hand in Hand zu gehen, gar nicht vor den anderen, die mussten sich ja auch an den Händen fassen, sondern vor Nelly und mir selbst. Ihre Hand zu spüren und gleichzeitig zu wissen, dass wir überhaupt nicht befreundet sind und nur für die Lehrerin so tun, das fand ich einfach schrecklich. Und dann haben unsere Hände natürlich irgendwann angefangen zu schwitzen, und das war noch peinlicher, einer völlig fremden Person die Hand vollzuschwitzen. Und heute haben wir uns immer noch nichts zu sagen, noch nicht mal, wenn wir zusammen im Wald verloren sind. Oder vielleicht doch? »Warum willst du nicht nach Japan?« Nelly kickt ein paar Äste mit dem Fuß weg. »Weil ich mich einsam fühlen werde. Wie in scheiß Deutschland.« Ich kicke auch ein paar Äste weg. »Ich geb dir gleich scheiß Deutschland!« Aber ich kann nicht so richtig sauer sein. Eigentlich fühle ich mich auch ganz schön einsam in scheiß Deutschland. »Wir kommen hier nie raus!« Nelly bleibt stehen. Ich schaue mich um. Noch immer kommt mir nichts, absolut gar nichts bekannt vor. Nelly hat Recht. Wir kommen hier nie wieder raus. »Klar kommen wir hier raus!«, sage ich und ziehe Nelly am Arm. Weitergehen ist immer noch besser als stehen bleiben. Nelly will nicht. »Nein«, sagt sie, »nein, wir kommen hier nie raus!« »Quatsch!« Ich ziehe weiter an ihr rum. Schließlich läuft sie tatsächlich. Allerdings muss man eher schlurfen als laufen sagen. Sie hebt kaum die Füße vom Boden und starrt dabei nach unten. Ich selbst habe gar keine Angst, das ist oft so in solchen Situationen, da verfalle ich in Trance und denke über alles Mögliche nach, nur nicht daran, was jetzt gleich Schlimmes passieren könnte. Das kommt davon, dass Papa immer so schreit und brüllt. Wenn ich da nicht in

Trance verfallen könnte, würde ich es nicht aushalten. Nelly wird immer langsamer. Schließlich nehme ich sie an die Hand und ziehe sie mit, und wir laufen doch wie in der zweiten Klasse Hand in Hand durch den Wald. Nur, dass ich in der zweiten Klasse einen Müsliriegel und eine Capri-Sonne im Rucksack hatte, was jetzt leider nicht der Fall ist. Ich hoffe nur, dass Nelly und ich mit Würde verhungern und uns nicht vorher gegenseitig aufessen. Mein Vorteil ist auf jeden Fall, dass ich dieses Hungergefühl schon kenne. Man fühlt sich ganz hell im Kopf und ganz leicht in den Händen und würde am liebsten rumrennen und rumhüpfen, um dieses nervöse Gefühl loszuwerden, kann aber nicht, weil man zu schwach ist. Irgendwann fange ich auch an, schlurfende Schritte zu machen und auf den Boden zu starren. Nelly hängt zentnerschwer an meiner Hand. Als ich kurz davor bin, Nelly vorzuschlagen, dass wir uns einen Platz zum Ausruhen suchen, sehe ich zwischen den Bäumen ein Licht aufleuchten. Es ist sofort wieder weg, aber es war auf jeden Fall da. »Hast du das gesehen!«, schreit Nelly ganz begeistert, »hast du das gesehen?« Sie lässt meine Hand los und läuft in die Richtung, in der das Licht war. Ich renne hinterher, um sie bloß nicht noch mal zu verlieren. Es dauert nicht lange, bis Nelly »yippie!« schreit, und einen Moment später stehe ich neben ihr auf der geteerten Straße. »Jetzt müssen wir nur noch warten, bis ein Auto kommt!«, sagt Nelly.

Nur dass kein Auto kommt.

Nach einer halben Stunde beschließen wir, die Straße entlangzulaufen. Natürlich haben wir keine Ahnung, in welche Richtung wir gehen sollen, aber wahrscheinlich ist das auch egal. Ob wir in der richtigen oder der falschen Richtung von Bären verspeist werden, macht nicht wirklich einen Unterschied. Irgendwann wird der Druck auf meiner Blase, den ich schon seit zwei Stunden ignoriere, so stark, dass ich ihn nicht mehr wegdenken kann. »Nelly«, sage ich, »ich muss mal.« Nelly seufzt wie eine genervte Mutter, die ihrem Kind schon hundertmal gesagt hat, dass es gefälligst zu Hause vor der Abfahrt noch mal gehen soll. »Okay, dann geh in die Büsche pinkeln. Oder brauchst du ein Glas?« Ich sage nichts, nehme die Gitarre vom Rücken und drücke sie Nelly in die Hand. Dann gehe ich, so weit es geht, in den Wald hinein. Was nicht sehr weit ist, weil die Bäume so dicht stehen und auf dem Boden umgefallene Bäume liegen und pieksiges Gestrüpp außerdem. Ich finde eine Stelle mit möglichst wenig Dornen und Stacheln, ziehe meine Hose runter und hocke mich hin. Es gibt da nur ein Problem: Ich kann ohne Klo nicht pinkeln. Das war schon immer so, da kann ich noch so dringend müssen, es kommt einfach nichts. Mama meint, dass das meine Verklemmtheit zeigt, aber ich glaube eher, dass Mama selbst daran schuld ist. Als ich klein war, hatte ich eine Tabelle an meinem Schrank hängen, wo Mama ein Kreuz gemacht hat, wenn ich es geschafft habe, statt in die Windel zu machen, auf den Topf zu gehen. Bei dreimal in die Windeln machen wurde ein Kreuz wieder ausradiert. Wenn ich fünf Kreuze zusammen hatte, konnte ich mir im Spielzeugladen was aussuchen. Von dieser Tabelle komme ich nicht los. Wenn ich versuche, irgendwo hinzupinkeln, sehe ich sie vor mir und kann einfach nicht. Ich halte also meinen nackten Hintern in die kalte Luft und warte. Immer habe ich das Gefühl, kurz davor zu sein, aber dann klappt es doch nicht. Und als ich es gerade doch schaffe, schreit Nelly »Antje, Antje, wo bist du? Komm!« Ich fass es nicht. So schnell es geht, höre ich auf, ziehe mir die Hose hoch und renne los. Ich bleibe im Gestrüpp hängen und renne weiter, die Schlafanzughose reißt, und schließlich komme ich auf der Straße an. Nelly ist weg. Dafür steht ein blauer Wagen da, und als ich näher komme, sehe ich, dass Nelly hinten drinsitzt und mir zuwinkt. Ich steige ein. »Wo warst du?«, zischt Nelly mir zu und sagt dann »das ist meine Cousine Annie.« »Hi Annie!« Eine Frau und ein Mann schauen mich vom Fahrer- und Beifahrersitz aus an. Sie sind um einiges älter als Mama und Papa. »Du trägst einen Pyjama«, sagt die Frau. »Nein, nein«, sagt Nelly, »das ist ihr Freizeitanzug. Sie hat manchmal einen komischen Geschmack.« Ich merke, wie mir das Blut in den Kopf steigt. »Okay«, sagt der Mann, »los geht's!«

Auf der Fahrt dreht die Frau sich immer wieder zu uns um und schaut uns bedauernd an. »Ihr armen Süßen«, sagt sie, »im Wald verloren! Was für ein Albtraum!« »Ja«, sagt Nelly, »das Schlimmste ist, dass Mama und Papa sich zu Tode sorgen werden!« Sie schafft es tatsächlich so zu schauen, als würde ihr das was ausmachen. Die Frau zeigt auf meinen zerrissenen Schlafanzug, durch den meine aufgeschlagenen Knie schauen. »Alles okay mit dir, Herzchen?« Ich nicke. Und heule. So viel Fürsorge halte ich einfach nicht aus. Da müssen einem ja die Tränen kommen, wenn man gerade noch verloren im Wald war und jetzt in einem warmen Auto sitzt und bemitleidet wird. »Nicht weinen, meine Kleine!«, sagt die Frau. Nelly erzählt ihr, dass ich furchtbare Angst im Wald hatte und die ganze Zeit geheult habe und dass ich einfach stehen bleiben wollte, und dass sie mich nur mit Müh und Not dazu bringen konnte, weiterzugehen. Ich heule weiter, aber jetzt aus Wut. Die Frau sagt, dass ich froh sein kann, so eine starke und mutige große Cousine zu haben. Sobald wir hier raus sind, kriegt meine starke, mutige Cousine von mir eins in die Fresse, aber das sage ich der Frau lieber nicht. Jetzt bin ich sowieso erst mal gespannt, wie Nelly plant, aus diesem Auto rauszukommen, ohne zu Hause abgeliefert zu werden. Die beiden werden uns wohl kaum in der nächsten Stadt rauslassen, »passt auf euch auf« sagen und weiterfahren. Ich schaue Nelly an, die ganz entspannt aussieht. »Ich bin so froh, dass wir bald wieder zu Hause sind!«, flöte ich. Nelly schaut mich an. »Ich kann es gar nicht erwarten, Tante und Onkel wieder zu sehen«, mache ich weiter. »Ja.« Nelly verzieht keine Miene. Die Frau dreht sich zu uns um. »Bald seid ihr zu Hause! Wie heißt die Straße?« »Ähm«, sagt Nelly, »ähm …« Ich sehe die blaue verblasste Schrift aus meinem Elvis-Buch vor mir. »Beverly Drive 39.« »Okay«, sagt die Frau. Für einen Moment bekomme ich Angst. Was habe ich da gemacht? Jetzt bringen sie uns zu Lou Bard. Andererseits ist die Adresse von Lou Bard genau so gut oder schlecht wie jede andere. Wenigstens wissen wir, dass sie in Erie wirklich existiert. Und vielleicht kriege ich Lou Bard sogar zu sehen. »Links abbiegen«, sagt die Frau. Sie hat einen Stadtplan auf den Knien. Ihr Mann biegt links ab. Aha, bei manchen Leuten funktioniert das sogar. »Ups, das ist falsch!« Die Frau schiebt ihre Brille hoch und hält sich die Karte ganz nah vor die Augen. Also doch nicht. Sie dreht sich zu uns um. »Könnt ihr den Weg einfach ansagen? Ich bin so schlecht im Karten lesen.« Nelly schaut ganz betroffen. Jetzt haben sie uns drangekriegt. »Tut mir leid«, sagt sie, »ich hab meine Brille im Wald verloren. Ich sehe nichts. Vielleicht kann meine Cousine helfen.« Die Frau schaut mich erwartungsvoll an. »Ähm«, sage ich, »ähm«. Mein Gott, ich kann doch jetzt nicht behaupten, ich hätte auch meine Brille im Wald verloren. Vielleicht meine Kontaktlinsen? Nee. Meine Zahnspange? Mein Hörgerät? Das führt zu nichts. Ich schaue raus und überlege fieberhaft, dabei lasse ich immer mal wieder ein »ähm« fallen, damit die Frau denkt, ich orientiere mich nur kurz. Nelly lacht. »Meine Cousine und Orientierung! Ich sage ihr immer: Wenn du ganz sicher bist, wo es langgeht, dreh dich um und geh in die entgegengesetzte Richtung!« Nelly kriegt zwei in die Fresse. Ist notiert. Und dann sehe ich es. Ein wunderbares, formschönes, nicht zu übersehendes Schild, auf dem steht: *Beverly Drive*. »Links abbiegen!«, rufe ich, der Mann rast ohne zu blinken um die Ecke, und dann sind wir tatsächlich im Beverly Drive. »Gut gemacht!«, sagt die Frau und lächelt mich an. »Es ist das rote Haus rechts!« Nelly zeigt nach draußen. Wir fahren rechts ran und halten vor einem rot gestrichenen Holzhaus. »Vielen, vielen Dank!«, sagt Nelly. Die Frau löst ihren Gurt. »Ich komme mit.« »Ach nein«, sagt Nelly, »wir haben schon so viele Umstände gemacht.« Die Frau schnallt sich tatsächlich wieder an. »Okay. Aber wir warten hier, bis ihr sicher im Haus seid!« Nelly steigt aus, ich nehme meine Gitarre, meinen Schlafsack und meinen Rucksack und folge ihr. Nelly geht ohne Zögern zur Haustür und klingelt. Ich spüre mein Herz im Hals schlagen. Gleich werde ich Lou Bard treffen. Keiner macht auf. Nelly klingelt noch mal. Ich drehe mich zur Straße um. Die Frau und der Mann sitzen immer noch im Auto und warten. Ich winke ihnen zu und lächele. Was soll ich mir jetzt wünschen: dass keiner zu Hause ist und uns die Peinlichkeit erspart bleibt, bei Lou Bard zu klingeln, der uns nicht kennt, oder dass er da ist und wir wenigstens das Ehepaar loswerden? Bevor ich mich entscheiden kann, höre ich Schritte. Die Tür öffnet sich einen Spalt. »Ja?« »Hi«, sagt Nelly und lächelt, »entschuldigen Sie die Störung.« Die Tür geht weiter auf. Eine ältere Dame mit grauen, lockigen Haaren steht darin. Das muss Lous Oma sein. »Hi«, sagt Nelly, gibt ihr die Hand und macht einen leichten Knicks. »Ich bin

Nelly, und das ist meine Cousine Annie.« Die Frau sieht uns verständnislos an. »Sie kennen uns nicht.« Damit hat Nelly allerdings Recht. »Aber Sie kennen die Fiddlers aus der Kirchengemeinde, oder?« Nelly zeigt auf das Auto, in dem das Ehepaar sitzt und freundlich winkt. Die alte Dame winkt zurück. Sie lächelt. »Natürlich kenne ich sie.« Nelly lächelt auch. »Meine Cousine und ich haben unsere Eltern im State Park verloren, und die Fiddlers haben uns hierher gebracht. Sie meinten, wir könnten vielleicht von Ihnen aus unsere Eltern anrufen.« »Natürlich, natürlich!« Die alte Dame geht zur Seite und macht eine einladende Handbewegung nach drinnen. Nelly winkt noch mal den Fiddlers zu, die fröhlich zurückwinken. Als wir reingehen höre ich, wie sie davonfahren. Wir folgen der Frau in ihr Wohnzimmer, das genauso eingerichtet ist wie das bei Fitzmartins: Eine riesige Couch steht mitten im Raum. »Setzt euch, setzt euch!« Die alte Dame zeigt auf die Couch. Nelly und ich setzen uns hin. Ich bete, dass ich keine Flecken auf dem hellen Stoff hinterlasse, schließlich hab ich mich mit meinen Klamotten heute schon auf dem Waldboden gewälzt. Überhaupt würde ich mich am liebsten in Luft auflösen. Wie soll das hier jetzt weitergehen? Wen will Nelly anrufen? Wie sollen wir hier jemals wieder wegkommen? »Wollt ihr was trinken? Und ihr müsst auch hungrig sein!« Die alte Dame schaut uns mitleidig an. »Hier ist das Telefon!« Sie reicht Nelly ein weißes, schnurloses Telefon. »Du rufst deine Eltern an, und ich mache euch was zu essen!« »Vielen, vielen

Dank!« So wie Nelly heute lächelt, könnte man fast denken, sie wäre ein richtig netter Mensch. Als die Frau in der Küche ist, drückt Nelly mir das Telefon in die Hand. »Okay, das ist dein einer Telefonanruf.« »Aber …« »Frag nicht! Machs einfach!« »Okay.« Ich krame mein Notizbuch aus meinem Rucksack hervor und rufe im Hotel an. Hoffentlich kann Mama meinen Herzschlag nicht durchs Telefon hören. Während es tutet, stelle ich mir vor, wie ich gleich ganz ruhig und normal sage »hallo, hier ist Antje!« Dann wird abgenommen. »Hallo?« »Hallo, hier ist …« Moment mal, wer ist da überhaupt? Das war eine Männerstimme, aber nicht Papas. Wahrscheinlich hab ich mich verwählt. »Hallo?« Gerade als ich auflegen will, schreit plötzlich jemand »Antje!« ins Telefon. »Mama!« Mamaichbinpapaabgehaunundhabnellygefundenundwirwarenimwaldverlorenundichbinhingefallenundhabmirganzsehrwehgetanundmeinschlafanzugistzerissenundnellyistdieganzezeitgemeinzumirundjetztsindwirbeisoeineraltenfrauundichwillsoforthierabgeholtundindenarmgenommenwerden …

»Antje?«

Nein, so nicht.

»Ja, hallo, hier ist Antje!«

»Antje, wie schön! Ich hab mir schon angefangen Sorgen zu machen, weil ich fast einen ganzen Tag nichts von euch gehört habe!«

Papa hat ihr immer noch nicht gesagt, dass er mich verloren hat. Sehr gut. »Stell dir vor«, sage ich, »wir haben Nelly gefunden! Sie war im State Park, genau wie ich gedacht habe!« »Antje, das ist ja toll!« Ich höre, wie Mama »sie haben Nelly gefunden!« zu jemandem sagt.

»Ja, und Mama …«

»Ja?«

»Papa hat beschlossen, dass wir jetzt mit Nelly direkt nach Graceland fahren. Sonst ist das zeitlich nicht mehr zu schaffen.«

»WAS? Gibst du ihn mir bitte mal?«

»Er ist grad bei *Dunkin Doughnuts*, was zu essen besorgen.«

»Dann sag ihm bitte, er soll mich sofort zurückrufen, wenn er wieder da ist! Das geht nicht! Wie sollen Klara und ich denn nach Graceland kommen? Überhaupt, warum will er denn plötzlich nach Graceland?«

»Er sagt, das ist eine Belohung für mich, weil ich Nelly gefunden habe.«

»Aha.«

»Er sagt, ihr sollt euch ein Auto mieten und auch hinkommen. Oder fliegen.«

»Antje, du musst ihn davon abbringen. Das ist doch ein absolut unsinniger Plan. Außerdem dachte ich, wir machen zusammen Urlaub.«

»Papa sagt, er will mal ein bisschen Zeit mit seiner Tochter verbringen.«

»Ach, und das kann er mit uns nicht?«

»Zeit mit mir alleine.«

»Ich denke, ihr habt Nelly gefunden?«

»Mit mir und Nelly.«

»Und wie soll Nelly dann rechtzeitig zurück nach

Hause kommen? Ich kann das einfach nicht glauben, dass er so was macht.«

»Ach ja, er bittet dich, bei Fitzmartins anzurufen und ihnen zu sagen, dass Nelly zwei Tage später nach Hause kommt.«

»Antje, sag ihm, er soll mich zurückrufen!«

»Mach ich, aber ich kann dir nichts versprechen. Er hat sich das jetzt so vorgenommen, und du weißt ja, dass er eine ziemlich geringe Frustrationstoleranz hat. Mama?«

Ich muss den Hörer ein bisschen von meinem Ohr weghalten, weil Mama so schreit. »Sag ihm, er soll mich zurückrufen, sonst sind wir geschiedene Leute!«

»Antje?« Das ist nicht mehr Mamas Stimme. »Antje, hier ist Tony. Sag Wolfgäng, er soll mit euch herkommen. Monika ist verzweifelt!«

»Dann kannst du sie ja trösten«, sage ich und lege auf. »Alles okay?«, fragt Nelly. »Alles okay«, sage ich. Dann nehme ich noch mal das Telefon und drücke auf die Wiederwahltaste. »Antje?« Es ist wieder Tony. »Ja, hier Antje«, sage ich, »hör mal, könntest du Mama noch sagen, dass sie sich nicht ärgern soll? Das Glück ist nun mal wie das Licht, es braucht den Schatten des Leides!« Ich lege auf und schaue Nelly an. »Auf nach Graceland!« »Yippie!« Nelly springt auf und hüpft auf dem Sofa auf und ab. Ich mache mit. Wir hüpfen immer noch, als die alte Dame mit einem Tablett hereinkommt. »Hey, ihr seid ja eine wilde Horde!« Wir hören auf zu hüpfen und setzen uns hin. »Wir sind so glücklich, weil wir meine Eltern erreicht haben«, sagt Nelly. »Sie holen uns morgen früh ab und sind so froh, dass Sie sich solang um uns kümmern.« »Ah ja …« Die alte Dame sieht ziemlich überrascht aus. Dann lächelt sie. »Natürlich. Ich freue mich, dass ich so nette jungen Damen bei mir zu Besuch habe.« Sie schaut mich kritisch an. »Aber ich denke, du solltest dich umziehen.« Sie zeigt auf meinen Schlafanzug. »Komm mit.« Ich laufe ihr hinterher. Sie geht ins Badezimmer. »Zieh ihn aus und leg ihn da hin, und wenn du willst, kannst du natürlich auch duschen.« Sie nimmt ein Handtuch aus einem Regal und drückt es mir in die Hand. Dann geht sie aus dem Bad und macht die Tür hinter sich zu. Ich schließe ab. Wenn ich das Gefühl habe, es könnte jemand hereinkommen, kann ich mich nicht ausziehen. Aber bevor ich das tue, gehe ich erst mal zur Toilette. Wahnsinn, eine richtige, wunderschöne, saubere Toilette hinter einer abgeschlossenen Tür. Ich weiß nicht, ob ich mich schon mal so darüber gefreut habe, wie jetzt.

Nach dem Duschen sehe ich mich im Spiegel an. Die blauen Kugelschreiberstriche sind noch gut zu sehen. Ich reibe mit dem Handtuch daran herum, aber es hilft nichts.

Als Nelly und ich frisch geduscht und in sauberen Klamotten vor riesigen Sandwiches sitzen, komme ich mir richtig geborgen vor. Am liebsten würde ich hier bleiben. Unsere Gastgeberin setzt sich zu uns. »Ihr seid zwei nette Mädchen«, sagte sie und streicht mir über den Kopf. »Ich wünschte, ich hätte so nette Enkel. Aber ich habe keine Kinder, wo sollten da Enkelkinder herkommen?« Ich lache. Nelly verdreht die Augen. Hoffentlich hat die alte Dame das nicht gesehen. Aber die lehnt sich zurück und lächelt. »Ich war vor Jahren mit jemandem sehr besonderen zusammen. Aber er musste gehen. *Lou*, sagte er, *ich muss dich verlassen. Vergiss mich nicht.* Und ich habe ihn nie vergessen.« »Sie sind Lou?« Ich sehe sie an. Sie verliert ihren träumerischen Blick und nickt. »Ja, ich heiße Lou. Warum?« »Nur so.« Ich schaue weg, damit sie nicht die Enttäuschung in meinem Gesicht sieht. Eine Weile sagt niemand etwas. »Und, was wollt ihr machen, wenn ihr groß seid?«, fragt sie dann. »Ich will nach Graceland fahren und Elvis Presley treffen«, sage ich und schaue ihr in die Augen. Nelly tritt mich unter dem Tisch. Dann lacht sie. »Meine Cousine spinnt manchmal. Zu viel Phantasie.« Lou Bard schaut Nelly an. »Na ja, wer würde Elvis nicht treffen wollen? Und sicher würde er sich freuen, so ein nettes Mädchen kennen zu lernen.« »Stimmt. Einziges Problem: Er ist tot.« Nelly schaut sie herausfordernd an. Lou Bard lächelt und nickt. »Ja, traurig aber wahr.« Was? Wie kann sie mich so im Stich lassen? »Aber haben Sie nicht von seinem FBI-Job gelesen?«, frage ich sie. Ich habe das Gefühl, dass unglaublich viel davon abhängt, dass sie *ja* sagt, dass sie zugibt, dass Elvis lebt. Aber Lou Bard schüttelt den Kopf. »Das klingt nach einer ziemlich absurden Geschichte.« Sie steht auf. »Ich lass euch jetzt mal in Ruhe, ihr seid sicher sehr erschöpft!« Sie geht raus und macht leise die Tür zu. Nelly schaut mich missbilligend an und schüttelt den Kopf. »Kannst du diesen Mist nicht für dich behalten?« Ich schaue weg und sage nichts.

Neben dem Sofa steht ein völlig überladenes Bücherregal. Für einen Moment will ich das Elvis-Buch aus meinem Rucksack nehmen und in das Regal stellen, aber dann kann ich mich doch nicht davon trennen. Ich gehe näher an das Regal heran und schaue mir die Bücher an. Ganz hinten steht eins, das genauso einen schwarzen Umschlag hat wie mein Elvis-Buch. Ich nehme es vorsichtig heraus. *Elvis Sightings* steht darauf in roter Schrift. Ich nehme das Buch mit, setze mich aufs Sofa und blättere. Das sind alles Berichte von Leuten, die Elvis nach seinem Tod gesehen haben. Ohne so richtig zu wissen warum, schaue ich unter *B* nach. Und da steht es: *Bard, Lou: Elvis hat mich 1978 angerufen, ein Jahr nach seinem angeblichen Tod. Er wollte im September eine Bustour mit mir machen, aber dann hatte er doch keine Zeit.* Aha. Lou Bard hat mit Elvis gesprochen, nach seinem Tod, und will es uns gegenüber nur nicht zugeben. Aber warum? »Wie wär's mit ein paar Doughnuts?« Ich schaue auf. Nelly grinst mich an. Ich merke, dass ich hier in genau der gleichen Pose sitze wie Papa: Mit dem Buch im Schoß, nach vorne gebeugt, drehe ich eine Haarsträhne in den Fingern und schaue ins Buch. Schnell setze ich mich auf. »Nein, danke.« »Was ist das?« »Ein Roman«, will ich erst sagen, aber dann überlege ich es mir anders. »Das ist ein

Buch mit Berichten von Leuten, die Elvis nach seinem Tod gesehen haben.« Nelly lächelt, aber nicht fies, sondern mitleidig. »Du glaubst das wirklich, oder?« Ich nicke. »Ich weiß, dass er auf mich wartet.« Nelly sagt nichts.

Als Nelly und ich in unseren Schlafsäcken liegen, fragt sie mich, ob Papa Mama nicht sagen wird, dass er nicht mit uns nach Graceland unterwegs ist. »Zu 99 Prozent«, sage ich, »wird das Gespräch zwischen meinen Eltern so ablaufen.« Ich angele meine Socken vom Boden und ziehe sie über meine Hände. »Das«, sage ich und hebe die rechte Hand, »ist meine Mutter.« Nelly sagt »hallo, Frau Schröder« und schüttelt meine rechte Hand. »Und das«, sage ich, »ist mein Vater.« »Schön Sie zu sehen, Herr Schröder.« Nelly schüttelt meine linke Hand. »Herr Schröder«, ich hebe die linke Hand, »ruft Frau Schröder an:

Hallo, hier ist Wolfgang!

Frau Schröder schreit:

Wolfgang! Spinnst du jetzt total, einfach mit Nelly und Antje nach Graceland zu fahren, ohne das mit mir zu besprechen?

Herr Schröder denkt: *Hä? Aha! Antje hat Nelly! Und sie fahren nach Graceland! Wenn ich jetzt mitspiele, kommt nie raus, dass ich Antje verloren habe!*

Frau Schröder schreit:

Wolfgang, bist du noch dran?

Ja, natürlich. Also, ich finde, man sollte Antje den

Wunsch mit Graceland nicht abschlagen. Wer weiß, wann wir wieder hier sind!

Wolfgang, was ist los?

Nichts, es ist alles in Ordnung! Kommt einfach nach Graceland! Tschüss!«

Nelly zieht mir die Socken von den Händen und hält sie mit spitzen Fingern vor sich in die Luft. »Wir sehen uns in Graceland, Herr und Frau Schröder!« Sie schmeißt die Socken in die Ecke. Eine Weile schauen wir den Socken hinterher, dann frage ich Nelly, woher sie wusste, dass Lou Bard die Fiddlers von der Kirchengemeinde her kennt. »Sie kennt sie gar nicht«, sagt Nelly. Dann höre ich sie schnarchen.

10.

Guten Morgen, meine Lieben!« Ich wache davon auf, dass mir eine völlig fremde Frau über den Kopf streicht. Mit einem Ruck setze ich mich auf und stoße fast das Tablett mit Tee, Orangensaft, Cornflakes, Toast und Speck um, das vor mir auf dem Couchtisch steht. Neben mir blinzelt Nelly aus ihrem Schlafsack hervor. »Zeit aufzustehen!«, sagt die Frau und zieht die Vorhänge auf. Langsam dämmert mir, wo ich bin und wer die alte Dame ist, die uns so nett weckt. Ich nehme mir ein Glas Orangensaft und eine Scheibe Toast. Nelly isst Cornflakes. »Wann holen eure Eltern euch ab?«, fragt Lou Bard. »Gegen elf«, sagt Nelly und kaut. »Oh«, sagt Lou Bard und dass sie uns dann ein bisschen alleine lassen muss, weil sie eine Verabredung um zehn hat. »Kein Problem.« Nelly grinst mir zu.

Nachdem sie uns gesagt hat, dass wir die Tür einfach hinter uns zuziehen sollen und wie leid es ihr tut, dass sie nicht bei uns bleiben kann, bis unsere Eltern da sind, und dass sie unsere Eltern doch so gerne kennen gelernt hätte, geht Lou Bard tatsächlich. »Vielen Dank!«, sage ich zum Abschied. Sie lächelt. Als sie draußen ist, springt Nelly auf. »Okay, lass uns nach Geld suchen und nach

Sachen, die man verkaufen kann.« Sie zieht die Schubladen an der Kommode auf. »Ah! Busfahrkarten!« »Spinnst du?« Ich versuche, Nelly die Busfahrkarten aus der Hand zu nehmen. »Die Frau hat uns so geholfen, und du raubst sie zum Dank aus!« Nelly hält ihre Hand mit den Karten so hoch, dass ich nicht drankomme. »Das ist ein Notfall! Wir müssen alles nehmen, was wir kriegen können!« »Aber sie hat uns geholfen!« »Du bist ein sentimentaler Idiot!« »Idiot, ja?« »Ja: Idiot.« Ich lasse von Nelly ab und setze mich aufs Sofa. Nelly geht raus. Wahrscheinlich sucht sie jetzt in den anderen Zimmern nach Geld. Mit einem Mal wird mir klar, was für ein wahnsinniger Plan das ist, mit Nelly ohne Geld nach Memphis zu fahren. Wir werden uns nur streiten, wir werden nie ankommen, wir werden vergewaltigt werden oder im Gefängnis landen. Und wie konnte ich Mama nur so belügen? Das tut mir richtig weh. Jetzt ist sie so wahnsinnig sauer auf Papa, dass sie sich vielleicht nie wieder versöhnen. Und ich bin schuld. Ich nehme das Telefon vom Couchtisch und drücke die Wiederwahltaste. Es tutet lange, dann meldet sich eine Stimme, die sagt »Comfort Inn Niagara Falls, Cindy Sherman am Apparat, wie kann ich Ihnen helfen?« »Ähm«, sage ich, »ähm, ich würde gerne Frau Schröder sprechen.« »Schröder, Zimmer 210? Tut mir leid, ist heute morgen abgereist.« Die Frau legt auf. Als Nelly wieder reinkommt, höre ich mir immer noch das Tuten im Hörer an. »Was hast du gemacht?« Nelly reißt mir das Telefon aus der Hand. »Hast du deine Eltern angerufen?« Sie stößt mich zurück, ich kippe nach hinten und falle auf das Tablett mit unseren Frühstücksresten. Der Orangensaft, der Tee und die Milch fallen um und breiten sich auf dem weißen Sofa aus. Ich hebe schnell alles auf, aber es ist nichts mehr zu machen. Das Sofa ist total verfleckt. »Was hast du gemacht?«, schreie ich Nelly an. »Was hast DU gemacht? Hast du ihnen alles erzählt? Hast du alles kaputtgemacht?« Ich stehe auf und gehe in die Küche. In der Spüle finde ich einen Lappen. Aber als ich damit auf dem Sofa herumreibe, werden die Flecken nur noch größer. Nelly packt mich am Arm und reißt mich hoch. »Was hast du gemacht? Wen hast du angerufen?« »Niemanden.« Ich sehe Nelly in die Augen. Wenn sie wütend ist, werden ihre Augen so dunkel, dass sie fast schwarz aussehen. »Niemanden?« »Niemanden. Wirklich.« Sie lässt mich los. »Okay. Dann gehen wir jetzt. Wir müssen weg sein, wenn die Alte wiederkommt. »Aber wir können das hier doch nicht so lassen!« Nelly lächelt. »Wir können. Die kennt noch nicht mal unsere Namen.« Ich packe meine Sachen zusammen. Als Nelly noch mal rausgeht, um im Schlafzimmer nach Geld zu schauen, reiße ich ein Blatt aus meinem Elvis-Buch und schreibe darauf: Liebe Lou Bard, danke für alles, und entschuldigen Sie bitte die Verwüstung. Ich komme für den Schaden auf, hier meine Adresse: Antje Schröder, Königsberger Straße 4, 29092 Leer, Deutschland. Den Zettel lege ich auf das fleckige Sofa. »Antje!« Nelly kommt rein. »Los!« Ich nehme meinen Rucksack, meinen Schlafsack und meine Gitarre und gehe raus. Nelly zieht hinter uns die Tür zu.

Als wir auf der Straße stehen, atme ich durch. Fast kommt es mir normal vor, mit Nelly an einem sonnigen Vormittag durch ein Wohngebiet in einer fremden Stadt zu laufen. Obwohl diese Straßen hier für mich immer etwas seltsam aussehen. Vielleicht, weil es weit und breit keinen Zaun gibt. Die Grundstücke gehen einfach ineinander über, und das sieht so aus, als bestünde alles aus einer riesigen Rasenfläche, auf der ab und zu mal ein Haus steht. Dafür ist der Himmel darüber zerteilt durch die oberirdischen Leitungen, die von den Masten zu den Häusern und wieder zurücklaufen.

Wir laufen und laufen an den Häusern und den Leitungen entlang und ich schaue die Leitungen an und stelle mir vor, was für Gespräche da gerade durchlaufen. Vielleicht kann man das den Leitungen irgendwie ansehen. Die eine zuckt etwas. Sicher schreit gerade über diese Leitung Mama Papa an, dass sie sich scheiden lässt, weil er mit uns nach Graceland fährt. Bei dem Gedanken wird mir schlecht. Wie wäre das, wenn Mama und Papa sich trennen? Ich würde bei Mama bleiben, so viel ist schon mal klar. Obwohl, wenn Papa mir ganz fest versprechen würde, dass er nie wieder rumschreit, dann könnte ich es mir vielleicht doch noch überlegen. So ganz alleine mit Mama und Klara käme ich mir ziemlich einsam und dick vor. Wenn ich bei Papa bin, ist wenigstens einer dicker als ich. Wir könnten jeden

Abend zusammen singen und von mir aus auch Shakespeare lesen, und ich würde uns Maultaschen mit Feldsalat machen. Und dann sehe ich Papa plötzlich vor mir, wie er sich die Maultaschen mit der Gabel in den Mund schaufelt und dabei ein Kursbuch liest. »Was starrst du nach da oben?« Huch, Nelly ist ja auch noch da. »Ich glaube, über diese Leitung da telefoniert Lou Bard gerade mit der Polizei, um zu melden, dass zwei Mädchen, die bei ihr übernachtet haben, ihre Busfahrkarten geklaut und ihr Wohnzimmer verwüstet haben.« Nelly schaut nach oben. »Das sind Stromleitungen, du Idiot!« Eine Weile gehen wir schweigen nebeneinander her. »Ich habe ihr meine Adresse dagelassen, damit ich alles wieder gutmachen kann!«, sage ich dann und versuche, Nelly einen triumphierenden Blick zuzuwerfen. »Ja, hast du?« Nelly zuckt mit den Schultern. »Na ja, ist ja nicht mein Problem, wenn du die nächsten zehn Jahre mit deinem Taschengeld das Sofa von der alten Tante abbezahlst. Jeder wie er mag.« Ehrlich gesagt habe ich nicht daran gedacht, wovon ich das bezahlen soll. Aber das sage ich Nelly jetzt bestimmt nicht. »Bist du sicher, dass du deine Adresse dagelassen hast?« Nelly schaut mir so lange in die Augen, bis ich es nicht mehr aushalte und wegschaue. »Ja.« »Ganz sicher?« »Ja!« »Mhm.« Nelly wühlt einen Moment in ihrer Tasche und holt dann einen Fetzen Papier hervor. Sie drückt ihn mir in die Hand. Es ist eine Seite aus meinem Elvis-Buch, auf der steht: »Liebe Lou Bard …« »Du Arschloch!« »Du solltest mir danken.« Leider bin ich tatsächlich ein bisschen froh, dass Nelly den Zettel mitgenommen hat. Wenn die Frau uns wirklich angezeigt hätte, wäre das ziemlich blöd gewesen. »Bushaltestelle.« Nelly zeigt nach vorne. Da steht ein Wartehäuschen und daneben ein rundes blaues Schild. »Entschuldigung.« Nelly spricht eine Frau an, die in dem Wartehäuschen auf der Bank sitzt. »Welcher Bus geht zum Highway?« Die Frau schaut Nelly einen Moment kritisch an. Dann lächelt sie. »Ah, ihr wollt zur Mall? Das ist die Nummer 737« »Danke.« Ein paar Minuten später kommt der Bus, wir steigen ein, und Nelly zeigt beim Fahrer unsere geklauten Fahrkarten vor. Der Busfahrer lacht. »Von wem habt ihr die denn? Von eurer Urgroßmutter?« Nelly wird tatsächlich ein bisschen rot. »Ähm, ja.« »Diese Fahrkarten waren vor dreißig Jahren gültig! Ihr müsst bezahlen, tut mir leid.« Nelly bekommt einen ganz jämmerlichen Gesichtsausdruck. »Aber Oma hat uns nur die Fahrkarten mitgegeben! Unsere Eltern warten an der Mall auf uns!« Ich könnte schwören, dass Nelly Tränen in den Augen stehen. Der Busfahrer wird tatsächlich weich. »Okay, dieses eine Mal! Steigt ein!« »Danke!« Nelly strahlt. Wir setzen uns nach hinten auf die lange Bank, da hat unser ganzer Kram Platz. Irgendwie ist es ja schon witzig, dass Nelly Lou Bard nur etwas völlig Wertloses geklaut hat. Sicher wusste sie schon gar nicht mehr, dass sie die Fahrkarten überhaupt hat. Natürlich ist immer noch das Sofa ruiniert, aber immerhin haben wir nichts gestohlen. Und wir sind tatsächlich unterwegs. Ich kann es kaum glauben. Nelly sieht aus dem Fenster, ich schaue sie von der Seite an. Woran sie wohl gerade denkt? An ihre Eltern? An Japan? An die Schule? Oder an den Ranger? Komisch, von dem hat sie kein Wort mehr gesagt, seit wir unterwegs sind. Vielleicht hat er sie abblitzen lassen. Obwohl ich mir nicht vorstellen kann, dass jemand Nelly abblitzen lässt. Das würde sie sich nicht gefallen lassen. Ich stelle mir vor, wie Nelly zu dem Ranger sagt: »Du Idiot, natürlich willst du mich küssen!« und der Ranger ganz verschüchtert »ach ja, du hast Recht«, sagt und sie küsst. Bei der Vorstellung muss ich lachen. »Warum lachst du?« Nelly schaut mich böse an. »Nur so«, sage ich. Nellys Augen glitzern. »Weinst du?« »Quatsch, Idiot!« *Quatsch* war eines der ersten deutschen Worte, die Nelly gelernt hat, obwohl es, glaube ich, ziemlich schwer für sie auszusprechen war. Aber es ist ein Wort wie für Nelly gemacht. Sie dreht sich wieder weg. Ihre Schultern zucken. Ich bin mir sicher, dass sie heult. Was soll ich machen? Ihren Rücken streicheln? Dann sagt sie bestimmt, dass ich sie nicht anfassen soll. »Hey Mädchen, hier ist die Mall!« ruft der Busfahrer von vorne. »Wir müssen raus!« Ich haue Nelly meinen Ellenbogen in die Seite und schnappe mir mein Zeug.

Das Einkaufzentrum ist riesig, mit mehreren Eingängen, an denen *north*, *south*, *west* und *east* dransteht. »Hier drin braucht man einen Kompass«, sage ich zu Nelly. »Okay, wir besorgen einen.« Nelly nickt. »Ähm, das war ein Scherz, weil hier die Himmelsrichtungen dranstehen.« Oh Mann, ich hasse nichts mehr, als fehlgeschlagene Witze zu erklären. Nelly lacht auch über den erklärten Witz nicht. Sie nickt nur. »Okay, wir besorgen einen.« »Nein, das war doch nur ...« Nelly bringt mich mit einer ungeduldigen Handbewegung zum Schweigen. Genauer gesagt, wedelt sie mich weg wie eine lästige Fliege. Unverschämt. Ich laufe ihr wütend hinterher. Im Eingang von *Walmart* bleibt Nelly stehen, wühlt in ihrem Rucksack und zieht ihre Jacke an. Ich hole auch meine Jacke raus und ziehe sie über. Die müssen die Klimaanlage hier auf Minusgrade gestellt haben. Nelly nimmt einen Einkaufswagen, schmeißt ihr Gepäck rein und schiebt ihn so zielstrebig durch die Regale, als würde sie jeden Tag hier einkaufen. »Wir brauchen was zu essen. Magst du Erdnussbutter?« Ich nicke. »Okay.« Nelly hält an einem Regal an und nimmt ein Glas Erdnussbutter heraus. Aber statt es in den Wagen zu legen, stopft sie es unter ihre Jacke. »Spinnst du?«, zische ich ihr zu. Ich sehe mich um. Zum Glück ist außer uns niemand in diesem Gang. Nelly legt seelenruhig eine Packung Schokoriegel in den Wagen und schiebt ihn weiter. Ich gehe hinterher. Ein paar Regale weiter bleibt Nelly stehen. Sie nimmt nacheinander ein paar Brote in die Hand und dann, in einem Bruchteil einer Sekunde, lässt sie eins davon unter ihrer Jacke verschwinden. Ich merke, wie meine Hände feucht werden. »Lass das, das sieht man doch!« »Quatsch!« Nelly schiebt den Wagen weiter. Keine Ahnung, warum ich immer weiter hinter ihr her renne. Aber irgendwie habe ich das Gefühl, dabeibleiben und die Katastrophe miterleben zu müssen. Das ist wie bei einem Verkehrsunfall, wo die Leute nicht aufhören können, das Autowrack anzustarren. »Wir brauchen Butter«, sagt Nelly jetzt und geht in Richtung Kühlregal. Die Butter legt sie tatsächlich in den Wagen. Ich atme auf. Vielleicht kommen wir ja damit durch. Zu der Butter legt Nelly noch zwei Flaschen Wasser, die auch schlecht unter ihre Jacke gepasst hätten. Dann schiebt sie den Wagen in Richtung Kasse. Ich merke, wie mein Herz immer stärker schlägt. Kurz vor der Kasse biegt Nelly in einen Gang mit Drogeriesachen ein. Vor dem Regal mit den Tönungen und Colorationen bleibt sie stehen. Sie zeigt auf eine Packung, auf der eine Frau mit knallroten Haaren abgebildet ist. »Du willst das.« Ich schaue sie an. Woher weiß sie das? Bevor ich sie das fragen kann, nimmt sie die Coloration und steckt sie in meine Jackentasche. »Spinnst du jetzt total?« Ich will in meine Tasche fassen und die Packung wieder zurückstellen, aber Nelly hält meine Hand fest. »Sei still, oder willst du erwischt werden?« Sie hat Recht. Gar nichts zu tun ist am unauffälligsten. Ich laufe ihr mit weichen Knien hinterher. In der Schlange an der Kasse habe ich das Gefühl, gleich in Ohnmacht zu fallen. Ich glaube, ich habe noch nie so viel Angst gehabt. Aber zum Glück verfalle ich kurz bevor wir dran sind wieder in Trance und denke einfach gar nichts. Ich sehe, wie Nelly die Butter, das Wasser und die Schokoriegel auf das Band legt, die Kassiererin alles über den Scanner zieht und »fünf neunundzwanzig« sagt. Nelly bezahlt, die Kassiererin wünscht uns einen schönen Tag. Als wir durch die elektrischen Schiebetüren ins Freie gehen, spüre ich noch mal mein Herz schlagen, dann sind wir draußen. Wir gehen ein paar Meter vom Eingang weg, dann umarmen wir uns, hüpfen und rufen »yippie«, und ich kann es gar nicht fassen. Diese Erleichterung fühlt sich so unglaublich gut an, das ist mit nichts zu vergleichen. Das ist besser als das Gefühl, wenn Papa aufhört zu schreien. Es ist einfach grandios.

Als wir uns ein bisschen beruhigt haben, holen wir die Sachen aus unseren Jacken hervor und packen sie in unsere Rucksäcke. »Und jetzt?« Ich schaue Nelly an. »Jetzt kommst du mit.« Nelly geht über den Parkplatz, ich laufe hinterher. Sie sieht sich die Nummernschilder der geparkten Autos an. An einem blauen Kombi bleibt sie stehen. »Dieser hier.« Wenn sie jetzt auch noch ein Auto knackt, geht mir das dann doch zu weit. Aber sie stellt sich einfach daneben und tut nichts. »Was machen wir jetzt?« »Wir warten.« Wie ich das hasse, wenn Nelly mir nichts verrät. Ich darf immer nur hinter ihr herdackeln und kriege erst mit, was sie vorhat, wenn ich eh nichts mehr ändern kann. »Nelly?« »Ja?« »Ich will wissen, was wir hier machen!« »Vertrau mir einfach!« »Erlaube, dass ich lache« »Er- was?« »Vergiss es.« Während ich überlege, ob ich jetzt brav und blöd hier bleiben oder Nelly doch lieber einfach stehen lassen soll, kommt ein Typ mit einem Einkaufswagen angeschoben. »Oh, ich hatte auf eine Familie getippt«, zischt Nelly mir zwischen den Zähnen zu, »aber macht nichts, es klappt auch so.« »Was denn?« »Schscht!« Nelly knipst ihr strahlendstes Lächeln an und geht auf den Typen zu, der gerade mehrere Paletten mit Bierdosen in den Kofferraum packt. »Hi! Du bist aus Ohio?« Er schaut nur kurz hoch. »Nope.« Nellys Lächeln fällt herunter. Einen Moment lang sagt sie nichts. »Oh. Ich dachte du wärst aus Ohio.« Er richtet sich auf, schlägt die Kofferraumklappe zu und schaut Nelly und mich an. »Was wollt ihr?« Nelly schaltet auf ihre Jammermiene um. »Wir brauchen Hilfe.« »Mhm.« »Fährst du nach Ohio?« »Das geht dich nichts an.« Er nimmt den Einkaufswagen und schiebt ihn in Richtung Supermarkt. Nelly stellt sich davor. »Fährst du nach Ohio?« »Was soll das?« Er versucht, mit dem Wagen um Nelly herumzufahren, aber Nelly ist schneller. »Fährst du nach Ohio? Bitte!« »Ja. Cleveland, Ohio. Kann ich jetzt vorbei?« Nelly macht den Weg frei. Als der Typ weg ist, macht sie eine der hinteren Autotüren auf. »Was machst du, spinnst du?« Nelly schmeißt ihre Sachen ins Auto und steigt hinterher. »Komm rein!« »Der will nicht, dass wir mit ihm fahren, merkst du das denn nicht? Komm da raus!« »Komm rein! Das ist unsere Mitfahrgelegenheit nach Cleveland!« »Nelly, du spinnst, komm da raus!« Vor Wut kommen mir die Tränen. »Du kommst da jetzt raus!«, schreie ich. Das ältere Ehepaar, das neben uns in sein Auto steigt, schaut uns an. »Komm raus!«, zische ich Nelly zu. »Komm rein!«, zischt Nelly zurück. »Brauchst du Hilfe?«, fragt mich die Frau.

»Ähm, nein«, sage ich. »Ist das der Wagen deiner Eltern?« »Ähm, ja«, sage ich und steige ein. Nelly nickt zufrieden. Sie weiß ja auch nicht, dass ich gleich wieder aussteigen werde, wenn die Leute nebenan weg sind. Gerade, als sie ausgeparkt haben und ich die Tür öffnen will, steigt der Typ vorne in sein Auto. Ich bleibe wie gelähmt sitzen und schaue nach vorne. Er scheint zuerst gar nicht zu merken, dass wir auf seiner Rückbank sitzen: er schnallt sich an, schaltet das Radio ein, lässt den Motor an. Ich fange schon an zu hoffen, dass er uns bis Cleveland einfach gar nicht bemerkt. Aber da hält er plötzlich inne, sitzt für einen Moment total steif da und dreht sich dann nach hinten um. »Hi«, sagt Nelly und winkt freundlich. Der Typ dreht sich zurück nach vorne und macht den Motor wieder aus. Dann wendet er sich zu uns. »Wollt ihr, dass ich die Polizei rufe?« »Hör uns nur kurz zu!«, fleht Nelly, »nur ganz kurz, okay? Danach kannst du die Polizei rufen, wenn du willst.« Er seufzt. »Okay.« Nelly strahlt. »Ich und meine kleine Schwester«, sie zeigt auf mich, »haben unsere Großmutter in Erie besucht.« Ich nicke. »Aber wir haben unsere Busfahrkarten für den Rückweg verloren!« Ich nicke und schaue bestürzt. »Wir haben uns nicht getraut, ihr das zu sagen, unsere Familie ist sehr arm. Wir müssen unbedingt irgendwie zurück nach Hause kommen!« »Mhm.« Der Typ nickt, sieht dabei aber ziemlich skeptisch aus. »Bitte hilf uns!« »Bitte!«, sage ich, »bitte! Unsere Eltern drehen durch wenn sie erfahren, dass wir die Fahrkarten verloren haben!« Dabei stelle ich mir vor, wie Papa schreit, dass wir für nichts Verantwortung übernehmen können und es ihm jetzt bald reicht, und das löst bei mir anscheinend einen so original verzweifelten Gesichtsausdruck aus, dass der Typ seufzt, mit den Schultern zuckt und »okay« sagt. Er lässt den Wagen an und schaut nach hinten, um auszuparken. Ich nutze die Gelegenheit, ihn mir genauer anzusehen. Er hat fast ein bisschen eine Elvis-Frisur, nur in blond, und durch die schwarze Kunststoffbrille, die er dazu trägt, sieht er doch eher wie Buddy Holly aus. Über der Brille schauen ganz buschige, blonde Augenbrauen hervor. Bevor ich mir seine Augen genauer ansehen kann, dreht er sich zurück nach vorne und sagt »obwohl ich nicht wirklich Bock habe, zwei Kinder nach Cleveland zu bringen.« »Wir sind keine Kinder! Wir sind sechzehn und siebzehn!«, sagt Nelly. »Okay, also Kinder!« Ehrlich gesagt finde ich, dass der Typ selbst nicht viel älter als neunzehn aussieht, aber das sagt ja nichts. Solange er uns nach Cleveland bringt, kann er außerdem von mir aus auch aussehen wie zwölf. Er fährt vom Supermarkt aus auf den Highway, und irgendwie kommt mir die Strecke ziemlich bekannt vor. Ich stoße Nelly an. »Der fährt zurück nach Erie.« Nelly schaut raus und nickt. »Wohin fahren wir?« »Nach Erie, um einen Freund abzuholen. Wenn das nicht zu euren Plänen passt, könnt ihr jederzeit aussteigen!« »Nein, nein, ist in Ordnung!« Nelly sagt das in einem Ton, als bräuchte der Typ ihre persönliche Erlaubnis dafür, seinen Kumpel abzuholen.

Wir halten vor einem roten Haus, das dem von Lou Bard ziemlich ähnlich sieht. Es ist auf jeden Fall die gleiche Gegend. Der Typ hupt ein paar Mal, dann öffnet sich die Haustür und heraus kommt jemand ziemlich Dickes mit schulterlangen dunklen Haaren, der einen großen Rucksack und einen Schlafsack trägt. Er winkt kurz zum Fenster herein, geht dann nach hinten zum Auto, macht die Klappe auf und schmeißt seine Sachen rein. »Hey! Schau an, was die heutzutage alles bei Walmart verkaufen! Was hast du für die beiden bezahlt?«, ruft er dabei ins Auto. »Er hat uns gestohlen«, sagt Nelly und lacht. Der Typ haut die Heckklappe zu, geht ums Auto und setzt sich auf den Beifahrersitz. Von meinem Platz aus kann ich ihn von der Seite sehen. Er hat eine ziemlich große, sehr gerade Nase und dunkle Augen. Am Kinn hat er einen dieser Bärte, die aussehen wie von einer Ziege geklaut. »Hi«, sagt er zu dem Typen auf dem Fahrersitz, dann dreht er sich zu uns um. »Hi, ich bin Pete!« Nelly schaut ihn mit ihrem Strahlelächeln an. »Ich bin Nadya und das ist meine kleine Schwester Annie. Wir haben unsere Busfahrkarten verloren.« Pete lacht. »Hi, Nadya, und Annie. Freut mich, dass ihr eure Fahrkarten verloren habt, auf so nette Gesellschaft hätte ich ungern verzichtet!« Dabei lächelt er tatsächlich mich an, aber das liegt wahrscheinlich daran, dass er seinen Kopf nicht so weit drehen kann, um Nelly richtig ins Gesicht zu schauen. »Gut gemacht, George«, sagte er jetzt zu dem Typen am Steuer, »aber du hast deswegen nicht das Bier vergessen, oder?« George schüttelt den

Kopf und lacht das erste Mal, seit wir bei ihm im Auto sitzen. »Ist im Kofferraum unter der Walmart-Tüte.« Pete nickt. »Perfekt. Dann mal los!«

Kaum sind wir auf dem Highway, beugt Nelly sich ganz weit vor, so dass ihr Kopf zwischen den beiden Sitzen hängt und sie Pete und George anschauen kann. Wobei sie eigentlich nur George anschaut. »Wohin fahrt ihr denn?«, fragt sie, und ob Pete und George beste Freunde sind. George reagiert gar nicht und schaut auf die Straße. Pete sagt, dass sie zur Collegeorientierungswoche fahren, um sich die Uni in Cleveland anzuschauen. »Sehr interessant«, sagt Nelly und nickt. Dann fängt Pete an, mich auszufragen. Warum wir nach Cleveland müssen, woher wir kommen, in welche Klasse ich gehe, was ich studieren will. Und immer, immer, immer fragt er mich. Nelly zieht ihren Kopf zurück und lehnt sich in ihrem Sitz ganz weit nach hinten. Ich antworte mit meinem deutschen Akzent, und natürlich kommt es Pete seltsam vor, dass die kleine Schwester von Nadya so schlecht Englisch spricht. Er dreht sich ganz zu mir um. »Bist du adoptiert oder so?« Ich sage nichts und schaue Nelly an. Aber Nelly sieht aus dem Fenster und ignoriert mich. »Nein«, sage ich, »Nadya ist meine Stiefschwester. Meine Mutter hat Nadyas Vater geheiratet. Meine Mutter und ich sind aus Deutschland.« »Aus Deutschland?« Pete strahlt mich an. »Ich liebe Deutschland, ich will Europäische Geschichte und Germanistik studieren!« Und dann sagt er »guten Tag! Wie geht es dir?« und verrenkt sich völlig in seinem

Sitz, um mir die Hand geben zu können. »Gut«, sage ich, »danke der Nachfrage.« Pete nickt. »Gern geschehen. Das Wetter ist himmlich, nicht wahr?« »Himmlisch«, sage ich. Pete sieht total begeistert aus. Er stößt George in die Seite. »Du bist ein Genie! Du hast nicht nur gut aussehende Frauen bei Walmart besorgt, sondern gut aussehende deutschsprachige Frauen! Ich liebe dich!« George nickt nur. Ich werde das Gefühl nicht los, dass wir ihn immer noch nerven. Aber dann merke ich, dass George immer wieder in den Rückspiegel schaut und dass Nellys Blick die ganze Zeit an genau diesem Rückspiegel hängt. Alles klar. Deshalb ist er so still, weil er zu beschäftigt damit ist, mit Nelly zu flirten. Pete erzählt mir inzwischen die gesamte deutsche Geschichte des 19. Jahrhunderts, von den Herzogtümern und den Deutschnationalen und dass die nicht nur ein vereintes Deutschland wollten, sondern eine Republik, und dass also damals der Nationalismus progressiv war und nicht konservativ, so wie heute meistens. Ich habe das Gefühl, Papa zuzuhören. Und während Pete mich volltextet, fressen George und Nelly sich mit den Augen auf. Um auch mal was zu sagen, frage ich Pete, woher er kommt. »Was meinst du?« Er schaut mich überrascht an. »Wo hast du gelebt, bevor du hierher gezogen bist?« »Nirgends, ich habe immer in Erie gewohnt.« Er zuckt mit den Schultern. »Aber wo kamen deine Eltern her?« »Erie.« »Aber du siehst so … so asiatisch aus.« »Meine Ur-Urgroßeltern kamen aus Vietnam.« Ich merke, wie ich rot werde. Hoffentlich ist er jetzt nicht beleidigt.

Aber er redet schon weiter über die 48er-Revolution in Deutschland und warum sie schief gegangen ist. Und dann fragt George, wo wir in Cleveland unsere Eltern treffen sollen. »Wir treffen nicht unsere Eltern«, sagt Nelly, »wir sind allein auf dem Weg nach Graceland.« George und Pete lachen, und Pete sagt, dass er die Geschichte mit den Eltern sowieso nie geglaubt hat. Nelly erzählt, dass ich einen Elvis-Tick habe und glaube, Elvis in Graceland zu treffen, und sie sich hat breitschlagen lassen, mit mir hinzufahren. George lacht noch mehr, Pete bleibt ganz ernst. »Das ist möglich«, sagt er. Aber irgendwie will ich von Pete keine Unterstützung. Ich will gar nicht Elvis treffen, sage ich, sondern Jason, den ich im Bus kennen gelernt habe und der am Elvis-Song Contest teilnimmt. »Oh«, sagt Pete. »Sicher«, sagte Nelly und klingt so, als hielte sie es für sehr viel unwahrscheinlicher, dass ich jemanden im Bus kennen lerne, als dass Elvis tatsächlich in Graceland auf uns wartet. »Wo übernachtet ihr denn heute?«, fragt George. »Wissen wir noch nicht.« Nelly lächelt in den Rückspiegel. »Ihr könnt mit uns kommen.« Ich sehe George im Spiegel grinsen.

Das College in Cleveland sieht komplett anders aus als die Uni in Pittsburgh. Das hier ist nicht so ein schönes altes Gebäude, sondern ein ziemlich hässliches Hochhaus. George parkt, und wir steigen aus. Pete zeigt auf einen Wegweiser, auf dem *Undergraduate Open Week* steht. Wir gehen los. An einem flachen Gebäude bleiben wir stehen. »Das ist es.« Pete wendet sich zu uns um. »Okay: Wo kommt ihr her?« »Erie«, sagen Nelly und ich gleichzeitig. Pete nickt zufrieden. »Welche Schule?« »South Highschool.« »Okay.« Wir laufen Pete und George hinterher durch die große Tür. Sofort kommt uns diese typische Turnhallen-Geruchsmischung aus Schweiß und Gummisohlen entgegen. Als wäre ich darauf dressiert, bekomme ich gleich ein ganz fieses Gefühl im Magen. Obwohl ich genau weiß, dass ich hier bloß pennen und nicht Unterschwünge am Reck und Klappmesser auf dem Kasten machen muss, wird mir richtig schlecht. George und Pete bleiben an einem Pförtnerhäuschen stehen. Der weißhaarige Mann darin schiebt das Glasfenster zur Seite. »Kann ich euch helfen?« »Pete Nguen, George Owen, Annie Schrader und Margit Rösler, South Highschool, Erie.« Der Mann schaut auf seine Liste und hakt etwas ab. Dann winkt er uns durch. »Ihr könnt euch irgendwo in der Turnhalle hinlegen. Die nächste Campus-Tour geht morgen um acht los.« Pete zieht die Tür zur Turnhalle auf. Der Geruch wird noch stärker, und dann stehen wir in einer Halle mit Markierungen auf dem Fußboden, von der Decke hängenden Ringen und Bänken am Rand. Pete geht zielstrebig auf die Ecke mit den Matten zu, lädt sein Gepäck ab und nimmt eine Matte von dem großen Stapel. George hilft ihm und einen Moment später liegt in der Ecke ein perfektes Mattenlager. »Meine Damen«, Pete macht eine tiefe Verbeugung, »euer Himmelbett für die heutige Nacht, nicht wahr.« Nelly schaut Pete generervt an. Wir legen unsere Schlafsäcke auf die Matten. Pete und George breiten ihre daneben aus. Nelly schaut etwas kritisch, sagt aber nichts. Dann zieht sie mich am Ärmel. »Komm.« »Wohin?« Sie zieht noch mehr an mir, fast wie Klara. »Komm.« Na gut, bevor sie mich da hinschleift, wo immer ich hinkommen soll, gehe ich lieber freiwillig. »Wohin geht ihr?«, ruft Pete uns hinterher. »Frauensache!« ruft Nelly zurück.

Sie zieht mich zu einer Tür, an der *Ladies* steht. Drinnen sind Kabinen und Waschbecken. Nelly holt die Coloration aus der Tasche. »Die machen wir dir jetzt in die Haare!« »Hier?« Ich schaue mich um. Wir sind zwar im Augenblick völlig alleine, aber es kann jederzeit jemand hereinkommen. »Ja, hier. Besser wird's nicht!« Wahrscheinlich hat Nelly Recht, wer weiß, wo wir morgen übernachten. Im Wald kann ich mir schlecht die Haare färben. Trotzdem will ich nicht so richtig. »Und wenn ich hinterher wie eine Rübe aussehe?« »Rube? Was soll das denn sein?« Nelly schiebt mich zu den Waschbecken. »Eine Karotte!« Nelly lacht und zeigt auf die Frau mit den knallroten Haaren auf der Packung. »Sie sieht nicht wie eine Karotte aus, oder?« Ich schüttele den Kopf. »Zieh das aus!« Nelly zeigt auf mein T-Shirt. Ich schüttele den Kopf. Nelly versucht, es nach oben zu ziehen, ich halte es fest. »Das kriegt sonst Farbe ab, zieh das aus!« »Nein!« Nelly hört auf zu ziehen. »Warum?« »Es kann hier doch jederzeit jemand reinkommen.« Nelly schaut mich an. »Meinst du, die sind schockiert, wenn jemand im Waschraum kein T-Shirt trägt?« »Nein, das nicht.« Ich schaue Nelly nicht an. Plötzlich streicht Nelly mir mit der Hand über den Arm. »Ich versteh schon. Aber ich bin's doch nur.« Ich sehe sie an. Dann ziehe ich mein T-Shirt über den Kopf und lege es auf einen Stuhl. Nelly schaut kurz meinen nackten Oberkörper an und dreht dann den Wasserhahn an einem der Waschbecken auf. Ich halte den Kopf darunter. »Aua!« Das Wasser ist so heiß, dass ich ohne nachzudenken den Kopf hochreiße und gegen den Wasserhahn haue. »Sorry«, Nelly dreht an den Armaturen herum und schiebt mich dann sanft zurück unter das Wasser. Diesmal hat es eine erträgliche Temperatur. »Weißt du, was du nicht werden solltest?«, sage ich, »Friseurin!« Entweder Nelly antwortet nicht, oder ich kann sie wegen dem rauschenden Wasser nicht hören. Ist auch egal, ich schätze, die Gefahr, dass Nelly Friseurin wird, ist sowieso ziemlich gering. Was würde ihr da ihr ganzes Russisch und Japanisch nutzen? Und ihre Eltern würden vermutlich nie wieder mit ihr reden. Ich kann mir das sehr schön vorstellen, wie Fitzmartins sich mit alten Freunden treffen, und die fragen »und, was macht Nelly«, und sie müssen »sie lernt Friseurin« antworten. Die Freunde würden mitleidig lächeln, und Mr. Fitzmartin würde schnell hinzufügen »beim besten Friseur des Landes«, und Mrs. Fitzmartin würde sagen »dort lernen nur hoch begabte Auszubildende«, und die Freunde würden noch mitleidiger lächeln. Nelly dreht den Wasserhahn zu und zieht mich hoch. »Okay, setz dich hierhin.« Sie zeigt auf eine der Toiletten. Na toll, mir werden auf dem Klo die Haare gefärbt. Nelly schließt die Tür hinter sich ab, stellt sich vor mich, holt einen Kamm aus ihrer Hosentasche, klappt ihn auf und fängt an, mir damit die Haare zu kämmen. Sie zerrt und zieht an meinen Haaren. »Aua!« »Sorry!« Nelly macht genau so grob weiter wie vorher. »AUA!« Nelly seufzt genervt. »Halt einfach still, wir sind gleich fertig!« Ich halte die Tortur noch einen Moment aus, dann stoße ich Nelly zurück. Sie fällt gegen die Toilettentür. »Hey!« »Es reicht!« Ich fahre mir mit den Händen über die Kopfhaut. »Das tut weh!« »Okay.« Nelly nimmt die Coloration in die Hand. »Mal sehen.« Sie liest die Aufschrift und murmelt vor sich hin. »Okay.« Sie macht die Packung auf, nimmt eine größere und eine kleinere Flasche heraus, schaut beide kurz an, setzt die kleinere auf die größere Flasche und schüttelt das Ganze. Sie macht das ziemlich professionell, und ich fange an zu hoffen, dass es vielleicht keine totale Katastrophe wird. Nachdem sie eine Weile geschüttelt hat, öffnet Nelly die obere Flasche und sagt »beug dich nach vorne.« Ich spüre etwas Kaltes auf dem Kopf und höre eigenartige, quietschende Geräusche. Jemand, der draußen vorbeikommt, muss denken, dass hier drinnen jemand schlimme Verdauungsprobleme hat. Aber wie Nelly mir auf dem Kopf herumfuhrwerkt, das fühlt sich eigentlich ganz angenehm an. »Wieso hast du diesen Jason erfunden?« Vielleicht ist es doch nicht so angenehm. »Den hab ich nicht erfunden, sondern im Bus kennen gelernt! Und er singt wirklich auf dem Elvis-Song Contest!« »Sicher.« Nelly kratzt mir mit den Fingernägeln so über den Kopf, dass es weh tut. »Nichts da *sicher*, das stimmt! Du wirst ihn in Graceland ja sehen!« Nelly lacht. »Sicher.« Bevor ich antworten kann, sagt Nelly »fertig«, und ich setze mich aufrecht hin. Nelly dreht die Packung um und schüttelt. »Ist da noch was drin?« Ein kleines Päckchen und noch eine kleine Flasche fallen heraus. Nelly hebt beides auf. »Plastikhaube und Pflegespülung.« Sie macht das Päckchen auf und setzt mir die Plastikhaube auf den Kopf. »Das muss jetzt dreißig Minuten einwirken, dann spülen wir's aus und machen noch den Conditioner rein.« Sie öffnet die Tür und geht raus. Ich bleibe auf der Toilette sitzen. »Ich kann doch so nicht rausgehen!« »Klar kannst du!« »Nein, das ist total peinlich!« »Du bist sowieso peinlich!« Danke, das tröstet mich. Ich haue Nelly die Tür vor der Nase zu und schließe ab. »Wir sehen uns in dreißig Minuten!« »Ich warte hier bestimmt nicht, bis du dich bequemst, rauszukommen. Ich bin doch nicht deine Mama.« »Gott sei Dank.« Ich höre wie Nelly weggeht. Toll, jetzt muss ich hier dreißig Minuten auf dem Klo rumsitzen. Obwohl ich darin eigentlich gut geübt bin, weil ich mich früher in der Schule auch oft die ganze große Pause aufs Klo gesetzt habe, damit es nicht so auffällt, dass keiner mit mir spielt. Ehrlich gesagt, mach ich das heute noch. Ich bin also wieder da gelandet, wo ich hingehöre. Der Unterschied, ob man in Deutschland in einer Schule oder in Amerika in einem

College eine halbe Stunde auf dem Klo hockt ohne zu müssen, ist nicht sehr groß. Ist überall gleich langweilig. Plötzlich höre ich von draußen Stimmen und Schritte. Jemand drückt die Klinke von der Kabine runter, in der ich sitze. Hilfe! Aber es ist abgeschlossen. Die Türen der andern Kabinen klappen. Anscheinend stehen auch Leute draußen Schlange, ich höre, wie sie darüber reden, warum es hier nur so wenige Toiletten gibt. Und dann drückt wieder jemand auf die Klinke von meiner Kabine und sagt, »ist die hier defekt?« Ich kann mich gerade noch beherrschen, »ja« zu sagen. »Ich sehe Füße! Da ist jemand drin!« Ich ziehe die Füße hoch, aber zu spät. Jemand haut gegen die Kabinentür. »Bist du okay, brauchst du Hilfe?« Nein, ich brauche keine Hilfe, ich kann mich ganz alleine lächerlich machen. Was soll ich bloß tun? Ganz still sein? Vielleicht gehen die dann alle einfach wieder. »Vielleicht ist sie bewusstlos! Wir sollten Hilfe holen!« Ich höre Schritte. Jetzt geht jemand los, den Hausmeister zu holen. Oder gleich die Polizei oder die Feuerwehr. Oder alle auf einmal. Also entweder, ich werde jetzt ganz schnell ohnmächtig, oder ich gehe hier raus. Wie machen das nur die Frauen in den alten Filmen, die immer einfach umkippen, wenn es ein Problem gibt? Ob ich meinen Kopf so fest gegen die Tür hauen kann, dass ich bewusstlos werde? Ich stoße mit dem Kopf ganz leicht gegen die Tür. »Schscht!«, kommt es von draußen, »ich höre was!« Ich ziehe den Kopf ganz schnell von der Tür weg. Dann höre ich eine männliche Stimme. »Tut mir leid, Mädels, aber hier ist ein Notfall!« Was soll ich nur tun? »Welche Tür ist es?« Die Stimme kommt näher. »Die hier? Okay« Jemand kramt in einer Tasche oder einem Kasten. Als es an der Tür kratzt, atme ich durch, nehme die Klinke in die Hand und schließe auf. Dann öffne ich die Tür mit einem Ruck. »Was-« Mit der Tür fällt ein Mann in die Kabine. Es ist der Pförtner, mit einem Schraubenzieher in der Hand. Als er sich wieder gefangen hat und rückwärts aus der Kabine geht, sehe ich die vielen Gesichter, die er vorher verdeckt hat. Alle schauen mich an. Ich gehe aus der Kabine. Die Leute weichen ein Stück zurück. »Ich war bewusstlos«, sage ich in die Menge hinein, »aber jetzt ist alles okay.« Ich gehe an den starrenden Leuten vorbei aus dem Waschraum. Im Vorbeigehen sehe ich mich kurz im Spiegel. Ich trage eine Plastikhaube auf dem Kopf und habe kein T-Shirt an.

»Wo kommst du denn her? Und warum bist du halbnackt?« Nelly sitzt mit Pete und George auf den Matten. Jeder hat eine Dose Bier in der Hand. Ich hole meine Jacke aus meinem Rucksack und ziehe sie über. Pete zeigt auf den Platz neben sich. »Setz dich, mein kleines Plastik-Rotkäppchen!« George lacht. Ich setze mich neben Pete und bekomme sofort eine Dose Bier in die Hand gedrückt. Um das Mattenlager herum liegen schon ein paar leere Dosen. Ich mache meine auf. »Cheers!« Pete stößt seine Dose an meine. Ich trinke. Das Bier schmeckt so bitter, dass ich es am liebsten ausspucken würde. Aber das geht nicht. Langsam, ganz langsam schlucke ich es herunter. Geht doch. Den nächsten Schluck finde ich schon nicht mehr ganz so schlimm. Nach dem fünften wird mir angenehm warm. Eigentlich ist es doch ganz schön hier in der Turnhalle. Pete prostet mir schon wieder zu. »Da hat sich irgendeine Verrückte in der Damentoilette eingeschlossen. Die waren kurz davor, die Polizei zu holen.« Ich verschlucke mich fast. »In der Damentoilette?« Nelly schaut mich an. Ich sehe weg. »Ach, echt?«, sage ich zu Pete, »schade, dass ich das verpasst habe. War draußen, frische Luft schnappen.« »Trägst du deswegen deinen Ausgehhut?« Ich sehe Pete an. Warum macht er sich ständig über mich lustig? Zu allen anderen Leuten ist er doch eigentlich ganz nett. Besonders zu Nelly. Jetzt lächelt er sie schon wieder an, obwohl sie sowieso nur Augen für George hat. Die beiden sitzen ganz nah beieinander auf der Matte. Und ich darf aus der ersten Reihe hautnah miterleben, wie Nelly den Typen abschleppt, den ich auch gerne hätte und dabei von dem Typen angeschmachtet wird, der Witze über mich reißt. Ich nehme noch einen Schluck Bier. »Wir gehen auch mal an die frische Luft!« Nelly und George gehen raus. Ich kann mir denken, was für frische Luft das ist. Mein Bier ist alle. Ich halte Pete die leere Dose hin, er greift hinter sich und gibt mir eine neue. So schlecht schmeckt das Bier gar nicht. Überhaupt ist das alles gar nicht so schlimm. Okay, Nelly schleppt George ab, okay, Pete findet mich lächerlich, okay, okay, okay. Meine Gitarre schwebt vor mir. Ich sehe die Dose an, die ich in der

Hand halte. Ist da wirklich nur Bier drin? »Spielst du mir was?« Ich schaue hoch. Pete steht vor mir und hält mir die Gitarre hin. »Okay.« *Okay*? Nein, ich spiele doch nicht vor Leuten! Aber ich packe die Gitarre aus und stimme sie. Pete setzt sich neben mich auf die Matte. Als ich fertig gestimmt habe, sitze ich für einen Moment einfach da und weiß nicht, wie ich anfangen soll. Dann sehe ich mich in der Halle um, in der jede Menge Leute herumwuseln, die Bier trinken, Musik hören, rummachen, tanzen. Ich sehe das alles wie durch eine Glasscheibe. Ich weiß, dass es da ist, aber ich glaube es nicht. In Wirklichkeit sitze ich hier ganz alleine mit meiner Gitarre und einer Dose Bier. Ich nehme noch einen Schluck. Und dann fange ich an. »*We're caught in a trap, and we can't get out, because I love you to much, baby* …« Ich spiele und singe und es ist mir völlig egal, wer das hört. Als ich in der zweiten Strophe angekommen bin, höre ich, dass Pete mitsingt. Es klingt gar nicht schlecht, nur singt er einen total falschen Text. Ich höre auf zu spielen. »Was singst du?« Pete schaut mich an. »Warum hörst du auf?« »Weil du den falschen Text singst!« Pete lacht. »Nicht den falschen, sondern einen anderen. Einen alternativen.« »Alternativ?« Pete trinkt einen Schluck. »Kennst du *El Vez*?« »Nö.« Ich schüttele den Kopf. »Der mexikanische Elvis.« »Hmhm.« Ich nicke und tue so, als würde ich das verstehen. »Spiel.« Pete zeigt auf die Gitarre. Ich spiele *Suspicious Minds* und höre zu, was Pete dazu singt. Im Refrain verstehe ich *Immigration Time* und in der Strophe *I'm caught in a trap, I can't walk out, because my foot is caught in this border fence.* »Geht es um Immigration?«, frage ich Pete, als das Lied zu Ende ist. Intelligente Frage. Aber Pete schaut mich freundlich an und nickt. »Ja. El Vez macht sehr politische Texte. Er benutzt ein Symbol der US-amerikanischen Popkultur, um die Sicht einer Minderheit auszudrücken. Zurzeit noch eine Minderheit. In ein paar Jahren sind Hispanics die größte Bevölkerungsgruppe hier.« Ich schaue Pete an. Pete schaut zurück. Er starrt mich richtig an. Mein Gott, kann der nicht aufhören? So was macht man doch nicht! »Ich mag dich, Annie. Ich mag dich sehr.« Er streicht mir über die Wange. Seine Hand fühlt sich weich an, so weich wie Papas Hand. Das mag ich gar nicht. »Ich mag dich auch«, sage ich. Pete lässt seine Hand in meinen Nacken rutschen und zieht meinen Kopf zu sich. Und dann, bevor ich irgendwas unternehmen kann, habe ich seine Zunge im Mund. Seine Zunge und jede Menge Spucke. Ich glaube, Pete kriegt mit seiner Zunge genau das hin, was ich mit der Zahnbürste nicht geschafft habe. Er schmeckt komisch, irgendwie dumpf. Ich versuche, seine Zunge mit meiner Zunge aus meinem Mund rauszudrängen, aber er versteht das falsch und schiebt mir seine Zunge noch tiefer in den Rachen. Den Kopf zurückziehen kann ich auch nicht, weil er meinen Nacken mit seiner Hand nach vorne presst. »Hey, was soll das? Macht ihr hier vor allen Leuten rum?« Petes Zunge zieht sich zurück, der Griff in meinem Nacken lockert sich. Ich habe mich noch nie so gefreut, Nellys

Stimme zu hören. Mit dem Handrücken wische ich mir den Mund ab und schaue hoch. Nelly und George stehen vor uns. »Immerhin machen sie überhaupt rum«, sagt George, sieht Nelly komisch an und setzt sich neben Pete. Nelly hockt sich zu mir. »Das hätte ich nicht von dir gedacht.« Sie schaut mich an, als wäre sie meine Oma. »Geht dich nichts an.« Ich nehme mir ein neues Bier. Eine Weile sitzen wir schweigend nebeneinander und trinken. Dann höre ich mich sagen »lasst uns was spielen! Wie wär's mit *Paartherapie*?« Nelly springt auf. »Au ja! Los! Ich bin die Therapeutin! Und du«, sie schaut mich an, »bist Frau Schröder, und du«, sie zeigt auf Pete, »bist Herr Schröder.« Dazu habe ich wiederum gar keine Lust. »Aber ich bin schon mit ihr verheiratet«, sage ich und hole den rosa Hund aus meinem Rucksack. »Du bist mit einem pinkfarbigen Plüschhund verheiratet?«, fragt Pete und schaut enttäuscht. »Quatsch.« Nelly nimmt mir den Hund aus der Hand und schmeißt ihn auf den Boden. George kickt ihn in eine Ecke. Nelly lacht, legt meinen Rucksack vor die Matten und setzt sich drauf. »Okay, Herr und Frau Schröder, Sie sind die nächsten!« Sie zeigt auf die Matte vor sich. Pete setzt sich brav hin. Na gut. Ich stehe auf und setze mich daneben. »Was ist Ihr Problem?« Klara macht das irgendwie besser. »Ich will sie küssen.« Pete lallt. Nelly wendet sich zu mir. »Monika, Wolfgäng will dich küssen. Was sagst du dazu?« Ich denke an Petes Zunge. »Nein!« »Wolfgäng«, Nelly schaut Pete an, »Monika will dich nicht küssen. Was willst du ihr sagen?« »Ich will sie küssen!« Pete nölt fast so gut wie Klara. Nelly schaut ihn mitfühlend an. »Aber Monika will dich nicht küssen, Wolfgäng. Vielleicht will sie jemand anderen küssen? Fragen wir sie.« Nelly fixiert mich. »Monika, wen willst du küssen?« Ich starre zurück. »Niemanden.« »Niemanden?« Nelly lässt meinen Blick nicht los. »Auch nicht … Tony?« Nelly zeigt auf George. Der lacht und sieht ziemlich betrunken aus. »Nein.« Ich schüttele den Kopf. »Warum schaust du ihn dann so verliebt an? Warum behandelst du deinen Ehemann wie einen kompletten Idioten?« »Genau!«, brüllt Pete. »Ich … ich weiß nicht.« Ich kann Nellys Blick nicht standhalten und schaue nach unten. »Lass mich die Frage für dich beantworten: Der Grund ist, dass du immer Tony geliebt hast. Aber als ihr euch kennengelernt habt, warst du schon mit Wolfgäng verheiratet. Du hattest eine Affäre mit Tony, und du wurdest schwanger. Aber Wolfgäng blieb bei dir. Und so bliebst du bei ihm. Weil du zu feige warst, um mit Tony ein neues Leben anzufangen. Und weil du wusstest, dass Tony zu unzuverlässig ist, um ein guter Vater zu sein. So wuchs deine Tochter als Wolfgängs Kind auf. Wann wolltest du ihr das sagen?« Ich sehe Nelly an. »Spinnst du?« Nelly schüttelt den Kopf. »Ich sage nur, wie es ist!« »Und woher solltest gerade du das wissen?«, frage ich sie. »Ich habe eins und eins zusammengezählt«, sagt Nelly, holt ihr Buch aus dem Rucksack und fängt an zu lesen. Ich gehe raus. An der kalten Luft fühle ich mich plötzlich völlig klar im Kopf. Ich lehne mich an die Hauswand und denke nach. Nelly hat vollkommen Recht. Ich bin geboren, kurz nachdem Mama und Papa damals aus Amerika zurückgekommen sind. Mama ist vor Freude fast ausgerastet, als sie Tony jetzt wieder gesehen hat. Papa hat sich weniger gefreut. Und Tony sagt ständig, wie schön er Mama findet. Und mich. »Ja«, sage ich in die Nacht, »ja.« Es ist so. Tony hat Klara die ganze Zeit kaum beachtet, zu mir war er dafür so nett, wie sonst selten jemand. Ich bin seine Tochter, und er hat mich nach fünfzehn Jahren zum ersten Mal gesehen. Tony ist mein Vater. Wahrscheinlich sollte ich jetzt heulen und sauer sein, dass ich fünfzehn Jahre lang belogen wurde, aber ich fühle nichts davon. Im Gegenteil, es ist, als wäre mir ein riesiger Stein vom Herzen gefallen, einer, der da seit fünfzehn Jahren drauf gelegen hat. Ich bin nicht Papas Tochter. Ich bin nicht die Tochter von einem fetten Kursbuchleser. Ich bin die Tochter von einem gut aussehenden, netten Mann. Ich bin frei. Und dann kommen mir die Tränen. Ich sehe mich durch die Welt gehen, mit langen, hellblonden Haaren und mit meinem runden Antje-Gesicht, und ich sehe weder albern noch lächerlich aus. Ich bin Antje, die Tochter von Tony.

11.

»Aaaaaaaaaaaaaaaaah!« Was? Ich schrecke hoch. Nelly hat sich über mich gebeugt und schreit. »Du blutest!« »Was?« Ich fasse mir ins Gesicht. Fühlt sich alles ganz normal an. »Seid still, ihr weckt alle auf!« Pete schaut aus seinem Schlafsack. Nelly schreit noch lauter. Und ich schreie mit. Pete ist über und über rot. »Du blutest!« Pete fasst sich genau so ins Gesicht wie ich gerade. »Was?« Er schüttelt den Kopf, wühlt sich aus seinem Schlafsack raus und geht. Ich schaue ihm einen Moment hinterher, dann stehe ich auf und gehe in den Waschraum. Mein Gesicht ist tatsächlich rot verschmiert. Auf meinem Kopf hängt schief die Plastikhaube, die Nelly mir gestern Abend auf meine colorierten Haare gesetzt hat. Ich nehme sie vorsichtig ab. Die Farbe in meinen Haaren ist total fest geworden, einige Strähnen sind so hart, dass man sie einfach abbrechen könnte. Ich schaue mein rotes Gesicht im Spiegel an. Dann drehe ich den Wasserhahn auf und hänge meinen Kopf, so gut es geht, unter den Hahn.

Etwas später ist das Waschbecken komplett rot, dafür kann ich meine Haare einigermaßen durchkämmen. Mein Gesicht habe ich so lange geschrubbt, dass wahrscheinlich eine ganze Hautschicht dabei draufgegangen ist. Etwas Rot ist trotzdem geblieben, es zieht sich vom Haaransatz quer über Stirn und Wange bis zum Mund. Sieht aus wie schlecht geschminkt für Halloween. Ich halte meinen Kopf unter den elektrischen Händetrockner. Die warme Luft tut gut. Darum macht es mir auch gar nichts, dass es ewig dauert, bis meine Haare einigermaßen trocken sind. Als ich den Kopf unter dem Händetrockner wieder hervorziehe, steht ein blondes Mädchen neben mir. Sie trägt Shorts, so dass man ihre langen, braun gebrannten Beine sehen kann. »Hi.« Sie schaut mich im Spiegel an. »Hi.« Sie kämmt sich die Haare. Bestimmt ist sie Cheerleader. »Bist du nicht das Mädchen aus Deutschland, deren Vater gar nicht ihr Vater ist?« Ich sehe im Spiegel, wie der Rest meines Gesichts fast so rot wird wie der Streifen Farbe. »Ja.« Sie lässt den Kamm sinken und dreht sich zu mir. »Das tut mir so leid für dich. Unglaublich, was unsere Eltern uns alles antun.« Sie legt mir kurz ihre Hand auf die Schulter. Für einen Moment möchte ich ihr sagen, dass Mama und Papa nichts machen würden, um mir weh zu tun, aber dann nicke ich einfach. »Danke.« »Pass auf dich auf! Sicher wird alles gut.« Sie lächelt. Ich schaue in den Spiegel. Im Gegensatz zu meinem Gesicht haben meine Haare die Farbe kaum angenommen. Da ist ein ein leichter roter Schimmer, aber eigentlich bin ich so blond wie vorher. Ich gehe.

Auf unseren Matten sitzen Nelly und Pete. Beide haben einen Plastikbecher in der Hand. »Kaffee.« Nelly hält mir den Becher hin. Ich trinke einen Schluck. Pete hat spiegelverkehrt das gleiche rote Muster im Gesicht wie ich. Die Leute, die vorbeikommen, schauen Pete und mich an und lachen. Als George aufwacht, lacht er auch. Pete versucht genervt zu wirken, aber irgendwie habe ich das Gefühl, dass er das alles ziemlich schmeichelhaft findet. Nur Nelly sieht richtig grantig aus. Ihr Blick wird noch düsterer, als sich das blonde Mädchen aus dem Waschraum zu uns setzt und George über die Haare streicht. »Guten Morgen!« George sieht sehr zufrieden aus. Sie schaut mich an. »Annie, George hat mir erzählt, du willst nach Memphis?« Ich nicke. Was hat George der denn noch alles erzählt? »Meine Freundinnen und ich fahren nach Cincinnati zur College Open Week. Willst du mitfahren?« Ich nicke. »Okay« Das Mädchen springt auf. »Dann seh ich dich um Punkt zehn auf dem Parkplatz.« Als sie weg ist, schaut Nelly mich böse an und zeigt auf sich. »Kennst du mich noch? Ich dachte, wir machen das hier zusammen!«

»Aber wir kommen nach Cincinnati, das ist doch super!«

»Vielleicht will ich aber nicht mit der Bitch nach Cincinnati fahren!«

»Vielleicht will *ich* aber mit der Bitch nach Cincinnati fahren!«

Ich rolle meinen Schlafsack zusammen und packe ihn ein. Dann sehe ich auf die Uhr. Halb zehn. Nelly steht immer noch mit verschränkten Armen vor den Matten. Also rolle ich auch ihren Schlafsack zusammen. Dann gebe ich George die Hand. »Tschüss, und danke.«

George nickt. »Kein Problem. Passt auf euch auf!« Pete wird ziemlich rot, als ich ihm die Hand reiche. »Tschüss.« »Auf Wiedersehen.« Er hält meine Hand fest. Ich versuche, sie sanft wegzuziehen. Dann lässt er plötzlich los und holt einen Zettel aus der Hosentasche. »Hier ist der Text von *Immigration Time*. Falls du mal Lust hast, es zu singen.« Ich nehme den Zettel. »Danke.« Dann schnalle ich mir meinen Rucksack auf den Rücken, Nellys Rucksack auf den Bauch, nehme die Gitarre in die Hand und gehe los. Ich drehe mich nicht um. Hoffentlich läuft Nelly mir nach. Oder wenigstens ihrem Rucksack.

Aber als ich vor der Halle angekommen bin und mich umdrehe, ist von Nelly nichts zu sehen. Dafür winkt das blonde Mädchen. Sie steht mit zwei anderen Mädchen neben einem großen blauen Auto. »Annie!« Ich gehe zu ihnen. »Das ist Annie«, sagt das Mädchen zu den anderen, als ich vor ihnen stehe, »das Mädchen, das den Typen aus Erie rot markiert hat und deren Vater nicht wirklich ihr Vater ist.« Die anderen beiden nicken anerkennend. »Hi Annie!« »Das ist Joel«, die Blonde zeigt auf das Mädchen mit langen dunklen Haaren, »und das ist Max.« Sie zeigt auf das kurzhaarige Mädchen. »Ich bin Maddie.« »Hi«, sage ich. Maddie haut auf das Autodach. »Los geht's!« »Aber meine Freundin ist noch nicht hier.« »Ah, ja.« Maddie sieht nicht aus, als ob ihr das viel ausmachen würde. Wir packen das Gepäck ins Auto und setzen uns rein, Maddie ans Steuer, Joel und Max nach hinten. Maddie will unbedingt, dass ich mich neben sie auf den Beifahrersitz setze.

Als Nelly nach zehn Minuten immer noch nicht da ist, lässt Maddie den Motor an. »Tut mir leid für deine Freundin, aber wir müssen los.« Ich mache die Tür auf. »Dann kann ich nicht mit, ich kann sie nicht allein lassen.« Maddie zuckt mit den Schultern. »In Ordnung. Dann nimm dein Gepäck raus.« Gerade als ich den Kofferraum öffne, kommt Nelly angelaufen. »Lass es drin.« Ohne noch was zu sagen, steigt sie hinten ein. Ich mache den Kofferraum wieder zu, gehe nach vorne und steige ein. »Okay!«, sagt Maddie, als ich drin sitze, macht das Radio an und fährt los.

»Und wie küsst er?«, fragt Maddie, als wir auf dem Highway sind. »Umpf.« Ich weiß nicht, wie ich das beschreiben soll, erst recht nicht auf Englisch. Außerdem tut es mir irgendwie für Pete leid. »Ganz okay«, sage ich. Maddie schüttelt den Kopf. »Wie jetzt, wie *umpf*, oder wie *okay*?« »Mehr wie *umpf*.« Maddie, Max und Joel lachen. »Wieso küssen die alle wie *umpf*?«, sagt Joel von hinten. »George küsst nicht wie *umpf*. Eher wie *mmmmmmm*.« Maddie zwinkert mir zu. Im Rückspiegel sehe ich, wie Nelly sauer nach vorne starrt. Dann fragt Max mich, wie dass jetzt mit meinen beiden Vätern genau ist, und ich erkläre ihr, dass ich fünfzehn Jahre lang dachte, dass Papa mein Papa wäre, aber jetzt erfahren habe, dass tatsächlich Tony mein Vater ist. Und dann erzähle ich ihnen, was Tony für ein toller Typ ist und wie glücklich ich bin, jetzt so einen Vater zu haben. »Das ist toll!«, sagt Maddie, »das freut mich so für dich!« Dann höre ich von hinten ein leises Schluchzen. Ich drehe mich um. Nelly hat den Kopf in den Armen versteckt und heult. »Was ist los?« Max streicht ihr über die Arme. Selbst Maddie dreht sich nach hinten um, so dass wir einen kleinen Schlenker nach rechts machen und das Auto neben uns hupt. »Ich kann's euch nicht erzählen!«, schluchzt Nelly. Max streichelt weiter Nellys Arme, und Joel beugt sich so über Max, dass sie Nellys Rücken streicheln kann. »Du kannst uns alles sagen, wir sind deine Freunde!« Nelly schluchzt weiter. »Aber es ist mir peinlich!« »Nichts ist peinlich!« Max klingt fast wie Mama, wenn sie mit ihren Klienten spricht. Nelly schluchzt laut auf. »Ich bin schwanger!« Was? Nelly ist schwanger? *Schwanger*? »Oje.« Max nimmt Nelly in den Arm. Nelly schluchzt weiter und schafft es irgendwie, gleichzeitig zu erzählen, wie sie diesen Typen kennen gelernt hat, der zwei Klassen über ihr ist und im Footballteam spielt und sich in ihn verliebt hat und mit ihm geschlafen hat und wie sie vor zwei Wochen gemerkt hat, dass sie schwanger ist, und wie sie das ihrer Mutter gebeichtet hat und dass ihre Mutter sie zu einer Abtreibung zwingen will. Max und Joel und Maddie sagen »oje« und »du Arme« und dass man sich nie mit einem Footballspieler einlassen sollte, egal wie sexy er ist. »Aber diese Schweine können dich nicht dazu zwingen, dein Baby umzubringen!« Maddie haut aufs Lenkrad. »Willst du es bekommen?« Max streichelt Nelly weiter den Arm. Nelly nickt. »Ja. Und ich werde es bekommen.« Ich drehe mich zu Nelly um. »Dann hättest du dich vielleicht gestern Abend nicht so besaufen sollen«, sage ich auf Deutsch, »das schadet dem Baby.« Nelly schaut mich wütend an und schweigt.

In den nächsten vier Stunden reden Maddie, Max, Joel und Nelly darüber, wie Nelly das Kind behalten und weiter zur Schule gehen kann und wie sie am besten den Footballspieler verklagt, damit er Alimente zahlt. Irgendwann sagt Maddie »so, das ist Cincinnati. Wo soll ich euch rauslassen?« Ich schaue aus dem Fenster. Ein Stückchen vor uns ist ein Gewerbegebiet mit Fast Food-Restaurants und einem Walmart. »Lass uns hier raus«, sagt Nelly von hinten. Maddie nickt und fährt die nächste Ausfahrt raus. Auf dem Parkplatz vor Walmart hält sie an. Bevor wir aussteigen, wünschen Maddie, Max und Joel Nelly alles Gute und geben ihr ihre Telefonnummern. »Tschüss Annie«, sagen sie zu mir. »Tschüss.« Einen Moment später stehen Nelly und ich mit unserem Gepäck auf dem Parkplatz und schauen dem Auto hinterher. Dann sehe ich Nelly an. »Wieso hast du mir das nicht gesagt?« »Was?« Nelly schaut, als wüsste sie nicht, was ich meine. »Dass du schwanger bist!« Nelly sagt einen Moment nichts. Dann lächelt sie. »Jetzt weißt du es ja.« »Aha.« Mehr fällt mir dazu erst mal nicht ein. Nelly sieht auch nicht aus, als müsste sie getröstet werden, im Gegenteil, sie wirkt richtig fröhlich. Sie schnallt ihren Rucksack auf und geht los. Ich nehme mein Zeug und laufe hinterher.

Natürlich geht Nelly zielstrebig zu Walmart. Als wir durch die Schiebetüren durch sind, bleibe ich stehen.

»Was ist denn?« Nelly dreht sich um und winkt ungeduldig mit der Hand. »Versprich mir«, flüstere ich, »dass du nichts klaust. Okay?« Nelly nickt. »Okay, versprochen.« Das ging leichter als ich dachte. Nelly läuft eine Weil durch die Regale und bleibt dann in der Campingabteilung stehen. Sie schaut ewig die Campingkocher an. Ich ziehe Nelly am Pullover. »Das ist zu teuer. Komm!« Wenn wir uns einen Campingkocher kaufen, haben wir kein Geld mehr, um etwas darauf kochen zu können, das muss Nelly doch klar sein! Aber sie bleibt stehen. »Ich will nur mal schauen.« »Okay, dann lauf ich ein bisschen herum.« Ich will meinen Rucksack mitnehmen, aber Nelly sagt, »lass ihn hier, dann musst du ihn nicht rumtragen.« »Okay«. Ich gehe los.

Ich laufe durch die breiten Gänge mit Klamotten, Pappgeschirr in allen Farben, Werkzeugen und Elektrogeräten und lande in der Spielzeugabteilung vor einem Regal, in dem alles voll mit rosa Barbiezeug ist: Barbies in rosa Kleidern, rosa Barbieautos, rosa Barbiehunde, rosa Barbieschiffe und rosa Barbietraumhäuser. Das Rosa flimmert mir vor den Augen. Ich muss an die beiden einzigen Barbies denken, die ich jemals besessen habe. Es waren Aerobic-Barbies. Papa hat sie mir vom Flohmarkt mitgebracht. Ich wollte unbedingt eine Barbie haben, aber Mama mochte Barbies nicht. »Die sind objektisierend!«, hat sie gesagt. »Aber die haben so schöne blonde Haare und so schöne rosa Kleider!«, habe ich gesagt. »Eben!« hat Mama gesagt und mir keine gekauft. Die beiden Barbies von Papa hatten ganz verfilzte Haare, trugen einen rosa Gymnastikanzug, lila Stulpen und ein rosa Stirnband. Keine Ahnung, warum Papa mir gleich beide mitgebracht hat, wahrscheinlich dachte er, sie sind eineiige Zwillinge und dürfen nicht getrennt werden. Mit den Barbies hat er auch gleich gegen zwei Mama-Verbote verstoßen: Das Barbie-Verbot und das Spielzeug-vom-Flohmarkt-Verbot. Das findet Mama eklig. Vielleicht bringt Papa uns genau deshalb immer Spielzeug vom Flohmarkt mit, wenn er da nach alten Kursbüchern sucht. Und dann glaube ich für einen Moment, mich trifft der Schlag. *Rosa. Stofftier. Flohmarkt.* Klaras rosa Hund liegt in Cleveland in der Turnhalle in einer Ecke auf dem Boden. Das verzeiht sie mir nie. Ich sehe die rosa Barbiepackungen an und fühle Tränen in meinen Augen. Klara hat mir ihr Lieblingsstofftier anvertraut, das einzige, was sie auf dieser Reise dabei hat, und ich habe es verloren. Es war mir gestern Nacht scheißegal, dass George es in eine Ecke gekickt hat.

Ich suche das Regal ab. Ganz unten finde ich tatsächlich ein paar rosa Stofftiere. Leider ist kein Hund dabei, dafür ein Hase, der vielleicht irgendwie als Hund durchgehen könnte. Ich halte ihn in der Hand und denke daran, wie ich vor ein paar Jahren meine Lieblingspuppe im Zug vergessen und drei Tage nur geheult habe. Am vierten Tag kam Papa mit einer Puppe an, die der alten entfernt ähnlich sah und behauptete, die hätte er im Bahn-Fundbüro bekommen. Ich war total beleidigt, dass

Papa mich für dermaßen blöd hält. »Das geht nicht«, sage ich zu dem rosa Hunde-Hasen und lege ihn zurück ins Regal. Dann gehe ich zu Nelly.

»Wo bleibst du denn? Meinst du ich will mir hier für alle Zeiten Campingkocher anschauen?« Ich nehme meinen Rucksack. »Sah gerade noch ziemlich danach aus.« Nelly schnauft und geht in Richtung Kasse. In der Hand hat sie eine Dose Ravioli. Keine Ahnung, wie sie die Ravioli kochen will, vielleicht isst sie sie ja kalt.

An der Kasse müssen wir nicht lange anstehen. Nelly legt die Dose auf das Band. »Dreiunddreißig Cent«, sagt die Kassiererin. Nelly zahlt, nimmt die Dose vom Band und geht durch die Kasse. »Einen schönen Tag!«, sagt die Kassiererin. Ich nicke und gehe Nelly hinterher durch die elektrische Schiebetür. Dann geht der Alarm los. Laut und schrill. Für einen Moment habe ich den Impuls loszulaufen, aber dann bleibe ich stehen und zucke mit den Schultern. Ist eigentlich witzig, dass wir vor ein paar Tagen ohne Probleme mit unseren geklauten Sachen durchgekommen sind, und heute, wo wir nichts in der Tasche haben, geht der Alarm los. Ich drehe mich um und will Nelly zulächeln. Aber Nelly ist weg.

Dafür kommen zwei riesige Männer auf mich zu, die blaue Bomberjacken tragen, auf denen vorne rechts *Security* steht. »Bist du so nett, uns zu folgen.« Der eine Security-Mann macht eine einladende Geste nach vorne. Ich nicke und laufe vor ihm her. Für einen Moment habe ich Angst, dass ich aus Versehen irgendwas eingesteckt habe. Den rosa Hasen? Die Männer führen mich in einen kleinen Raum und schließen die Tür hinter uns zu. »Setz dich.« Der eine Mann zeigt auf einen Stuhl, der an einem winzigen Tisch steht. Ich setze mich hin. »Darf ich?« Der andere Mann nimmt meinen Rucksack. Ich nicke. Was soll ich auch machen, nein sagen? Langsam wird mir klar, was für eine miese Art diese aufgesetzte Höflichkeit eigentlich ist. Die verschleppen mich in ein winziges Hinterzimmer und schließen mich ein und wühlen in meinem Rucksack, aber alles schön mit *darf ich* und *bist du so nett*, damit bloß keiner behaupten kann, das hier wäre Freiheitsberaubung und Nötigung, was es ist. Schließlich bin ich unschuldig.

»Bingo!« Ich sehe auf. Der Sicherheitsmann zieht einen kleinen grünen Pappkarton aus meinem Rucksack. »Was?« Ich will aufstehen und sehen, was das ist, aber der andere Sicherheitsmann legt mir die Hand auf die Schulter und drückt mich auf den Stuhl. »Nichts da.« Ich bleibe sitzen und sehe den Karton an. Was ist das? Und wie kommt es in meinen Rucksack. Der Mann stellt den Karton vor mich auf den Tisch. »Du bist seltsam. Andere Mädchen klauen Make-up oder Klamotten. Du bist die erste, die einen Campingkocher stiehlt.« Die Männer lachen. Ich starre weiter auf den Karton. *Camping stove* steht in schwarzer Schrift darauf. Der Mann legt ein Formular vor mich auf den Tisch. »Füll das aus und unterschreib es. Und denk gar nicht daran, einen falschen Namen anzugeben. Die Polizei ist gleich da, und die findet das raus.« Die Männer gehen aus dem

Raum. Dann höre ich, wie von draußen abgeschlossen wird. Für einen Moment bin ich total erleichtert. Sie sind weg. Dann wird mir klar, dass ich in einem abgeschlossenen Hinterzimmer in einem Walmart in Amerika sitze und gleich die Polizei kommt, um mich mitzunehmen.

12.

Ich lese das Formular durch. *Name, Address* steht da, und dass ich bestätige, bei Walmart geklaut zu haben und akzeptiere, bei Walmart ab heute lebenslanges Hausverbot zu haben. Neben dem Formular liegt ein blauer Kugelschreiber. Ich nehme ihn in die Hand. *Walmart. Save money. Live better* steht in weißer Schrift darauf. Dass ich mit einem Walmart-Werbekugelschreiber unterschreiben soll, mein Leben lang keinen Walmart mehr zu betreten, kommt mir ziemlich albern vor. Ich fülle das Formular aus. *Fitzmartin, Nelly* schreibe ich, *24 Pullman Drive, Pittsburgh*. Die Postleitzahl weiß ich leider nicht. Gerade, als ich mit Nellys Namen unterschreiben will, höre ich hinter mir ein Klopfen. Ich drehe mich um und sehe ein kleines Fenster. Durch das Fenster schaut Nelly und winkt. Ich gehe hin, aber es ist zu weit oben, ich komme nicht heran. Für einen Moment schaue ich mich im Zimmer um, dann ziehe ich den Tisch unters Fenster, steige darauf und versuche, das Fenster hochzuschieben. Erst bewegt sich nichts, ich will schon aufgeben, dann schiebt sich das Fenster mit einem Ruck nach oben. Nelly fällt ein Stück nach hinten, fängt sich aber wieder. »Du Arschloch«, sage ich durch das Fenster zu ihr. »Später«, sagt Nelly, »du musst hier raus. Gib mir deine Sachen.« Sie hat Recht, beschimpfen und verprügeln kann ich sie auch hinterher noch. Ich steige vom Tisch, hole meinen Rucksack und reiche ihn ihr durchs Fenster. Als nächstes kommt die Gitarre dran, die fast nicht durchpasst. Dann will ich hinterher steigen, aber Nelly sagt »hast du den Campingkocher?« Für einen Moment will ich ausrasten und Nelly anschreien, dann fällt mir ein, was ich gerade für diesen Campingkocher durchgemacht habe. Ich ziehe also meinen Fuß zurück aus dem Fenster, nehme den Campingkocher vom Tisch und gebe ihn Nelly. Gerade, als sie »hab ihn« gesagt hat, höre ich Schritte auf dem Flur. Ich stecke den Kopf durchs Fenster und will mit den Beinen hinterher, aber es geht nicht, dafür ist das Fenster nicht hoch genug. Ich quetsche und zerre. »Lass deine Beine unten!«, zischt Nelly, und ich stelle meinen Fuß zurück auf den Tisch, stecke den Oberkörper komplett aus dem Fenster, stütze mich mit den Armen außen am Fenster ab und ziehe den Rest von mir mit aller Kraft hindurch. Nelly zieht auch an mir, und gerade, als ich Stimmen aus dem Raum höre, verliere ich das Gleichgewicht und knalle auf der anderen Seite des Fensters hart auf. Nelly reißt mich gleich wieder nach oben. Wir stehen auf einem Garagendach. Nelly schnappt sich meine Gitarre und steigt vor mir vom Dach auf eine Mülltonne. Ich nehme den Rucksack und den Kocher und klettere hinterher.

Als Nelly stehen bleibt, sind wir gefühlte drei Stunden gerannt. Ich habe Seitenstechen wie noch nie in meinem Leben. Wir stehen da und schnappen nach Luft. Irgendwann sagt Nelly »jetzt schrei mich an.« Für einen Moment will ich sie wirklich anschreien, aber dann sehe ich einen Tisch vor mir, auf dem ein Formular liegt, in dem Nellys Name und Adresse eingetragen sind. Ich schüttele den Kopf. Nelly schaut mich überrascht an. »Bist du nicht sauer auf mich?« Ich lächele und halte Nelly den Campingkocher hin. »Ich hab Appetit auf Ravioli.« Nelly lächelt auch, sieht aber gleichzeitig fast enttäuscht aus. Sie nimmt mir den Karton ab und packt den Campingkocher aus. Ich schaue mich um. Wir stehen auf einem abgeernteten Feld, das Einkaufszentrum ist nur noch als kleiner Punkt zu erkennen. Nelly hat die Gaskartusche in den Campingkocher gedreht und stellt das Ganze auf den Boden. Ich hoffe nur, wir zünden hier nicht auch noch das Feld an. Nelly wühlt in ihren Hosentaschen und schmeißt allen möglichen Kram auf den Boden. Schließlich kommt ein Feuerzeug zum Vorschein. Sie kniet sich hin, macht den Kocher an, nimmt die Dose, zieht den Deckel ab und stellt sie direkt auf die Flamme. Ich schaue zu und warte darauf, dass Nelly den Kocher umschmeißt. Aber sie macht das richtig gut. Nach ein paar Minuten sagt Nelly »Essen ist fertig«, dreht die Flamme runter, zieht sich ihre Ärmel über die Hände, greift die Dose und stellt sie auf den Boden. Dann wühlt sie in ihrem Rucksack und holt zwei Gabeln raus. Sie sind aus Silber und am Griff mit einem Blumenmuster verziert. Für einen Moment will ich Nelly fragen, woher sie die Gabeln hat. Dann sagt Nelly »hau rein!«, und ich beschließe, dass ich es sowieso lieber nicht wissen will. Ich breite meinen Schlafsack auf dem stoppeligen Boden aus, wir setzen uns drauf und essen unsere Ravioli. Unglaublich, wie gut das schmeckt. Als wir die letzte Nudel herausgegekratzt haben, holt Nelly zwei Dosen Bier aus ihrem Rucksack. Sie gibt mir eine und prostet mir zu. »Auf Pete und George, die großzügigen Spender!« Ich stoße meine Dose an ihre. »Auf Walmart.« Nelly schaut schnell weg und trinkt. Eine Weile sagen wir nichts. Dann halte ich es nicht mehr aus. »Warum hast du das gemacht?« Nelly schaut auf ihre Bierdose. »Ich hab dir versprochen, nichts zu klauen, deshalb konnte ich ihn nicht selbst einstecken.« Das verschlägt mir erst mal die Sprache. Ich sehe Nelly aus den Augenwinkeln an. Wie sie da sitzt und an ihrer Dose herumdrückt, habe ich einen Gedanken, der mir gleichzeitig lächerlich und total wahr vorkommt: dass Nelly eine eigene Art ist, die Nelly-Spezies sozusagen. Nelly lebt in der Nelly-Welt mit Nelly-Regeln. Und wer nicht zu ihr in die Nelly-Welt kommt, der wird sie nie kapieren. Der ist so doof und lässt sie mit seinem Rucksack bei Walmart alleine. Ich nehme einen Schluck. Dieses Bier ist so bitter, dass ich es kaum schlucken kann. Ich lasse das Zeug ein bisschen in meinem Mund, wende es mit der Zunge hin und her und je länger ich das mache, desto weniger bitter schmeckt es. Ich schlucke das Bier herunter und schaue

Nelly ins Gesicht. »Was ich immer noch nicht verstehe«, sage ich, »ist, warum du lieber mit mir nach Graceland trampst, als nach Japan zu fliegen.« Nelly dreht ihre Bierdose in den Händen. »Das hier«, sagt sie dann, »ist bloß mit dir, da kann ich nicht viel falsch machen.« Vermutlich ist das kein Kompliment. Nelly prostet mir zu. »Ich finds toll, wie du immer alles durchziehst: alle Leute meinen, man muss dünn sein, aber du bist fett. Alle finden Elvis uncool, aber du hörst nichts anderes. Du willst nach Graceland, also fährst du nach Graceland. Das ist konsequent.« Ich sage nichts. »Schau mich an«, Nelly zeigt auf sich, »ich tue alles dafür, einigermaßen zu genügen. Es geht doch nicht mal um Exzellenz, es geht gerade mal darum, nicht aufzufallen. Jeden Tag zu beweisen, dass ich keine Panne der Natur bin. Toll, was?« Ich sehe Nelly an. »Ich wünschte, ich wäre du«, sage ich. »Vergiss es.« Sie dreht sich weg. Ich sehe ihre Schultern zucken. Aber mir fällt kein Grund ein, sie zu trösten.

Wir schweigen lange. Dann sagt Nelly »so schön ist es in Japan bestimmt nicht« und macht mit ihrer Bierdose eine Bewegung, die alles umfasst. Ich sehe mich um. Die Sonne steht schon ganz tief und lässt das Feld richtig golden aussehen. Nelly stellt die Dose ab und breitet ihren Schlafsack neben meinem aus. Wir legen uns hin und schauen in den Himmel. Nelly hat Recht, das ist schön, richtig romantisch, nur dass ich so eine romantische Situation eigentlich mit ziemlich jeder Person lieber erleben würde als mit Nelly. Mit dem Ranger zum

Beispiel. Oder am liebsten mit Jason. Ich stelle mir vor, wie Jason neben mir liegt und kann ihn plötzlich riechen, diesen Jason-Geruch, den ich eine Busfahrt lang in der Nase hatte. Gerade als ich mich zu ihm herüberbeuge, um ihm einen Kuss zu geben, sagt Nelly »Tony hat auch mit meiner Mutter geschlafen.« »Was?« Ich setze mich auf. Nelly grinst zufrieden. »Er hat sogar versucht, mich ins Bett kriegen. Er ist ein Arschloch.« »Quatsch!« »Kein Quatsch!« Nelly zieht einen Halm unter ihrem Schlafsack hervor und steckt ihn sich in den Mundwinkel. »Er ist ein Gigolo, wenn du mich fragst. Ich will nicht wissen, wie viele andere illegetime Kinder er auf der Welt hat.«

»Ich bin nicht illegitim! Ich bin ganz normal seine Tochter!« »Ach so, deshalb hat er auch nie versucht, dich zu finden, stimmt's?« Nelly kaut auf dem Halm.

»Er wusste nichts von mir!«

»Sicher?«

Damit legt Nelly sich auf die Seite. Ich schaue in den dunklen Himmel. Tony hat mit Nellys Mutter geschlafen. Und Nelly angegraben. Ich bin für ihn eines seiner vielen unehelichen Kinder. Nelly ist für ihn eine begehrenswerte Frau. Ist das Kind, das sie erwartet, in Wirklichkeit von Tony? Dann wäre Nelly die Mutter meines Halbgeschwisters. Ich drehe mich zu Nelly um. Sie hat die Augen zu und schläft, oder zumindest tut sie so, als würde sie schlafen. Ich spüre, wie das gute Gefühl, das ich seit gestern Nacht habe, mich langsam verlässt. Übrig bleibt nur das dunkle Gefühl im Magen, das sagt: Du bist ein fettes Gör und wirst es immer bleiben. Wie konnte ich nur denken, es könnte anders sein. Ich fasse nach meinen Speckrollen am Bauch. Wenn man die doch einfach abschneiden könnte. Ich hasse diese Speckrollen, ich hasse dieses Gefühl, ich hasse mich. Ich heule in den Schlafsack, so leise ich kann. Nelly schnarcht. Was ist eigentlich so schlimm daran, wenn Tony mit vielen Frauen schläft? Ist doch toll, dass alle ihn wollen. Ein Arschloch als Vater ist immer noch besser als ein fetter Kursbuchleser. Oder? Ich sehe Papa bei *Dunkin' Doughnuts* sitzen, wie er liest und sich Doughnuts in den Mund stopft, ohne hinzusehen. Und ich sehe Tony, wie er bei Fitzmartins im Sessel sitzt und gut aussieht. Ich sehe Papa, wie er neben mir durch die Mall geht und meine neue Gitarre trägt. Wie er strahlt, weil er so glücklich ist, dass er mich glücklich gemacht hat. »Nein«, sage ich in die dunkle Nacht, »Tony ist mein Vater. Und damit basta.« Ich friere, kuschele mich noch tiefer in den Schlafsack und ziehe ihn hoch bis zum Kinn. Unter mir knistert es. So schnell es in dem engen Schlafsack geht, setze ich mich auf, rutsche zur Seite und taste den Boden ab. Das muss das ganze Zeug sein, das Nelly vorhin aus ihrer Hosentasche geholt hat. Mit Nellys Feuerzeug mache ich mir Licht. Da liegen Büroklammern, Haargummis und die abgelaufenen Busfahrkarten von Lou Bard. Auf der einen Karte steht etwas in verblasster, blauer Schrift. Ich hebe sie auf und halte sie nah an die Flamme. *Dear Lou*, lese ich, *I will always remember this trip we didn´t take. Love, Elvis.*

Ich wache auf, weil mir die Sonne ins Gesicht scheint, dass ich mit geschlossenen Augen geblendet werde. Ich drehe mich um. Nelly liegt neben mir und schläft noch. Ich stoße sie in die Seite. »Wir müssen hier weg. Bevor ein Bauer kommt oder so.« Nelly nickt, krabbelt aus ihrem Schlafsack und steht auf. Wir packen unsere Sachen zusammen und gehen in Richtung Straße. Heute sieht alles ganz anders aus als letzte Nacht, irgendwie gar nicht mehr romantisch. Jetzt kann ich deutlich das Einkaufszentrum erkennen, und in der anderen Richtung stehen Fabriken, aus deren Schornsteinen dunkle Wolken kommen.

Als wir an der Straße angekommen sind, legen wir unser Gepäck ein bisschen abseits, stellen uns hin und halten den Daumen raus. Wir haben keine drei Minuten dagestanden, als ein blauer Pick-up anhält. Aus dem Fenster schaut ein alter Mann mit Basecap. »Hi«, sage ich, »fahren Sie nach Memphis?« Nelly schiebt mich zur Seite. »Guten Morgen«, sagt sie, »wohin fahren Sie?« Der Mann lächelt. »Louisville, Kentucky.« »Das ist die richtige Richtung!«, sage ich und hole unser Gepäck. Nelly läuft mir hinterher. »Sage niemals, wohin du willst, frage, wohin sie fahren, das ist die älteste Anhalterregel der Welt!« Ich nehme meinen Rucksack. »Aber du hast vorgestern George doch auch gefragt, ob er nach Cleveland fährt!« »Das war was anderes.« Nelly nimmt ihren Rucksack. »Warum?« »Darum. George ist kein notgeiler alter Mann!« Ich nehme meine Gitarre und gehe zum Auto. Nelly geht neben mir her. »Das ist kein notgeiler alter Mann, das ist ein netter älterer Herr, ich glaub, der hat mich in Erie schon zum State Park mitgenommen!« Nelly verdreht die Augen. »Sicher.« Sie schmeißt ihr Gepäck auf die Ladefläche. Wir steigen ein.

Ich traue mich kaum, den Rückspiegel anzuschauen. Aber als wir losfahren, sehe ich etwas daran hin und her schwingen. Ich schaue richtig hin. Es ist tatsächlich der Wackel-Elvis. Der Mann spricht kein Wort. Ich sehe ihn immer wieder von der Seite an: Die dunklen Koteletten, die mit grauen Haaren durchzogen sind, der kleine, aber irgendwie trotzdem volle Mund und das Grübchen am Kinn. Nach einer Stunde traue ich mich zu fragen. »Haben Sie mich zum State Park mitgenommen, in Erie?« Der Mann dreht sich kurz zu mir. »Nein. Ich war noch nie in Erie. Ich bleibe lieber im Süden. Nördlicher als Cincinnati war ich noch nie.« Nelly schnauft zufrieden. Ich schaue den Mann weiter an. Er ist es ganz bestimmt, wieso behauptet er, mich nicht zu kennen? Und dann mache ich etwas, von dem ich nicht wirklich weiß, wie es mir eingefallen ist. Ich hole die Busfahrkarten aus meiner Hosentasche und schmeiße sie dem alten Mann auf den Schoß. »Oops, sorry!«, sage ich. Der Mann schaut kurz auf seinen Schoß und dann auf die Straße. Ich bin mir sicher, dass er die Schrift auf der Karte gesehen hat. Er schaut eine Weile auf die Straße, bevor er die Karten nimmt und mir gibt. »Die sind sehr alt. Woher hast du sie?« »Sie gehören Lou Bard.« Er nickt. »Hab noch nie von einer Frau namens Lou Bard gehört.« Aber er weiß, dass Lou Bard eine

Frau ist. »Sie vermisst jemanden sehr.« Ich höre nicht auf, ihn anzusehen. »Das ist traurig.« Er schaut mich kurz an und hat diesen leicht spöttischen Zug um den Mund. »Kann ich Sie was fragen?« Ich spüre mein Herz im Hals schlagen. Er sieht wieder auf die Straße. »Hör mal Mädchen, ich muss mich aufs Fahren konzentrieren.« Nelly haut mir ihren Ellenbogen in die Seite. »Hör auf!« Also bin ich still.

Louisville ist gar nicht so hübsch, wie der Name klingt. Der alte Mann setzt uns in der Innenstadt ab. Als ich dem blauen Pick-up hinterhersehe, habe ich das Gefühl, gerade eine große Chance vergeben zu haben. »Wohin?« Nelly schaut mich an. Ich ziehe die Schultern hoch. »Keine Ahnung.« Nelly seufzt. »Ich hab Durst, Hunger und muss aufs Klo.« Ich hole mein Portemonnaie heraus. »Ich habe noch zehn Dollar, und du?« Nelly holt einen zerknitterten Zehndollarschein aus ihrer Hosentasche. »Ich auch.« »Also kaufen wir was zu essen und zu trinken und Busfahrkarten für die Strecke bis zum Highway?« Nelly nickt. Wir nehmen unsere Rucksäcke und laufen los. Hier gibt es jede Menge Cafés und Restaurants, aber alles sieht so teuer aus, dass wir uns nicht hineintrauen. Als wir schon kaum noch laufen können, schreit Nelly »da!« und zeigt auf ein Plakat, das an einem Kino hängt. *Elvis Night* steht darauf, *get the free Elvis-Package and win tickets for the Elvis-Express. Includes free All-you-can-eat-Elvis-Dinner and Breakfast! For unbelievable 10 $!* »Das ist es!«, sagt Nelly, »das ist unser Klo, Bett, Essen, Trinken und Ticket nach Graceland!« Ich schaue das Plakat an. »Und wenn wir nicht gewinnen? Dann haben wir kein Geld mehr für die Fahrt!« »Wir gewinnen.« Nelly zieht mich in Richtung Kino. Und weil ich müde und hungrig bin und zur Toilette muss, gehe ich mit. »Gib mir dein Geld«, sagt Nelly, als wir am Tickethäuschen angekommen sind. Ich drücke ihr mein letztes Geld in die Hand. Der Mann an der Kasse gibt Nelly zwei Karten und zwei Plastiktüten, in denen etwas schwarzes Plüschiges ist. Nelly hält das Ding in der Hand und schaut angewidert darauf. »Was ist das?« »Das Gratis Elvis-Paket.« Nelly drückt mir die beiden Päckchen in die Hand, nimmt selbst die Eintrittskarten und geht in die Lobby. Ich laufe ihr hinterher. Die Lobby ist wunderschön, mit bunten, geschwungenen Tischen und roten Plüschsesseln. In einer Ecke ist ein Buffet aufgebaut. *Free Elvis-Dinner* steht auf dem Schild davor. Wir stürmen gleich hin. Auf dem Tisch stehen mehrere Schüsseln mit einem hellgelben Zeug drin. *The king's favourite Banana Pudding* steht auf einem Schild daneben. »Banana Pudding?« Nelly schaut angewidert auf die Schüsseln. Ich kann es auch nicht fassen. Aber ich bin so hungrig, dass es mir egal ist. Auf einen Pappteller häufe ich was von dem klebrigen Zeug und fange an zu essen. Es schmeckt eigentlich einfach nur süß und irgendwie auch entfernt nach Banane. Nelly sieht interessiert zu, wie ich esse, dann nimmt sie sich auch einen Teller voll.

Als wir satt sind, wollen wir in den Kinosaal, aber der Mann an der Tür lässt uns nicht herein. »Stimmt was nicht mit unseren Karten?«, frage ich Nelly. Die zuckt mit den Schultern. Der Mann zeigt auf seinen Kopf. »Hier fehlt was.« Den Eindruck habe ich auch. Aber er meint, dass *uns* da etwas fehlt. »Tut mir leid, Eintritt nur für Elvis-lookalikes!« Er zeigt wieder auf seinen Kopf, auf dem eine schwarze Perücke mit langen Koteletten thront. Auf der Nase hat er eine riesige Sonnenbrille. »Okay.« Nelly zieht mich in Richtung Toiletten. Als wir vor den Spiegeln stehen, holt sie die beiden Gratis-Elvis-Pakete aus meinem Rucksack, zieht eine fellige Perücke heraus und setzt sie mir auf den Kopf. Dann zerrt sie noch ein bisschen an den Koteletten herum und gibt mir die Sonnenbrille. Ich setze sie auf, schaue in den Spiegel und sehe jemanden, unter dessen schwarzer Perücke ziemlich viele blonde Haare hervorschauen und der eine Sonnenbrille trägt, die ungefähr dreimal zu groß für sein Gesicht ist. Dann taucht neben mir im Spiegel jemand auf, der fast genauso aussieht, nur dass braune und nicht blonde Haare unter der Perücke hervorkommen. Nelly und ich schauen in den Spiegel. »Okay«, sagt Nelly, »dann los.«

Diesmal lässt der Mann uns in den Kinosaal. Da sitzen nur ein paar vereinzelte Leute, die alle Perücken und Sonnenbrillen tragen. Nelly und ich setzen uns ganz nach vorne. Nach einer Weile taucht vor der Leinwand ein Mann auf, der auch Perücke und Sonnenbrille trägt. »Hallo Leute!«, ruft er in ein Mikro, »hallo ihr

Elvis-Fans, die den King feiern wollen!« Im Publikum reagiert niemand. »HALLO FANS!«, brüllt der Mann. »HALLO!«, rufe ich zurück. Der Mann nickt. »Willkommen zur fünften langen Elvis-Nacht!« Er macht eine Pause, aber kein Applaus brandet auf. »Wir sind hier, um Elvis zu feiern, seine Filme, seine Musik und sein Essen!« Ich spüre den Banana Pudding in meinem Magen rumoren. »Und obwohl ich weiß, wie gern ihr hier seid, weiß ich auch, dass ihr noch viel lieber woanders wärt.« Irgendwie wundert es mich fast, dass nicht jedes Mal, wenn der Mann einen Satz zu Ende gesagt hat, von irgendwo ein Tusch kommt. Ich glaube, das fragt er sich auch. »Ihr wollt nach Graceland!«, ruft er jetzt. »Und wisst ihr was? Ihr werdet nach Graceland fahren! Zumindest zwei von euch! Diese nette junge Dame hier wird mir helfen, den glücklichen Gewinner von zwei Tickets für den Elvis-Express auszulosen!« Er hält mir einen Cowboyhut hin, in dem mehrere Zettel liegen. Nelly haut mir in die Seite. »Das ist unsere Chance! Du musst eins von unseren Tickets erwischen!« Ich wühle in den Zetteln. Es sind nur fünf oder sechs, wenn ich unsere Ticketnummer doch irgendwie erkennen könnte! Aber ehrlich gesagt, weiß ich nicht mal, welche Nummer unsere Tickets haben. Der Mann wird schon ganz ungeduldig. Ich ziehe einen Zettel heraus und gebe ihn ihm. »Danke«, sagt er und faltet den Zettel auseinander. »Und der glückliche Gewinner ist … Nummer 7025!« Nelly sieht auf unsere Tickets. *7026* und *7027* steht da. »Du Idiot!«, zischt Nelly mir zu. »Da kann ich doch nichts für!«, flüstere ich zurück. Ein paar Plätze weiter springt jemand auf und jubelt. Der Elvis von der Bühne geht zu ihm und kontrolliert sein Ticket, dann gratuliert er ihm und drückt ihm zwei Karten in die Hand. Nachdem er uns noch viel Vergnügen bei der langen Elvis-Nacht gewünscht hat, geht der erste Film los. Es ist *Blue Hawaii*, einer meiner Lieblingsfilme, aber ich bekomme kaum etwas mit. Wir haben die Karten nicht gewonnen, wir werden es auf keinen Fall rechtzeitig nach Graceland schaffen. Nelly schaut kaum auf die Leinwand und nach ein paar Minuten höre ich sie schnarchen. Erst will ich sie wecken, damit sie die anderen Leute nicht stört, aber dann merke ich, dass sie nicht die einzige ist, die schnarcht. Es kommt mir fast so vor, als ob alle Leute außer mir schlafen.

Irgendwie ist es gemütlich, in einem halbleeren Kino mit lauter fremden schlafenden Leuten zu sitzen und Elvis-Filme zu schauen. Ich merke, wie ich auch müde werde.. Als ich fast eingeschlafen bin, höre ich zwei Worte, die mich sofort hellwach machen: »Get in.« Ich schaue auf die Leinwand. Da steigt gerade eine hübsche blonde Frau zu Elvis ins Auto. *Get in*, höre ich noch mal, *get in*. Haargenau das hat der alte Mann mit dem Basecap gesagt. *Get in*. Ich schließe die Augen und höre Elvis auf der Leinwand zu. Es ist, als würde der alte Mann mit mir sprechen.

13.

Auf dem langen Tisch im Foyer stehen am nächsten Morgen mehrere Thermoskannen und Teller mit Sandwiches. »The Elvis Presley Breakfast«, sagt Nelly und breitet einladend die Arme aus, so als hätte sie das alles höchstpersönlich zubereitet. Einige müde aussehende Leute stehen herum, die Kaffee trinken und sich Sandwiches in den Mund stopfen. Alle tragen Perücken und Sonnenbrillen. Ich sehe Nelly an. Sie ist auch noch im Elvis-Look, nur ist ihre Perücke inzwischen total verrutscht, so dass es aussieht als hätte sie eine Fellmütze auf. Die Koteletten stehen rechts und links ab wie Ohrenwärmer. »Ich hol dir was.« Sie geht zum Büffet und kommt etwas später mit einem Pappbecher und einem Plastikteller mit mehreren Sandwiches drauf zurück. »Elvis' Lieblingssandwich: Fried Peanutbutter und Banane. Guten Appetit!« Ich stelle meine Sachen auf den Boden und nehme Nelly den Becher und den Teller ab. Der Kaffee ist dünn und abgestanden, das Sandwich supersüß und fett. Nelly strahlt mich an. »Und kein Kotzen!« »Was?«, sage ich mit vollem Mund, »kein was?« »Ich weiß, dass du das machst.« Nelly schaut mich besorgt an, ein Ausdruck, den ich ihrer Gesichtsmuskulatur gar nicht zugetraut hätte. »Was?«, frage ich und beiße gleich noch mal in das eklige Sandwich, um nicht mehr sagen zu müssen. Nelly schaut mich weiter an, und ich trinke schnell einen Schluck Kaffee und verstecke mich hinter meinem Becher.

»Ich weiß, dass du es machst.«

»Was denn?«, sage ich durch die klebrige Fried-Peanutbutter-Banana-Sandwich-Kaffee-Masse in meinem Mund.

»Kotzen. Du hast Bulimie. Ich weiß es.« Ich versuche zu schlucken.»Quatsch! Ich will nur manchmal etwas wieder loswerden, wenn ich zu viel gegessen habe!«

»Und das nennt man Bulimie. Glaub mir, ich hab Erfahrung.«

»Du?« Wenn ich es nicht bald schaffe, dieses klebrige Zeug herunterzuschlucken, klebt es mir für immer den Mund zu, und ich kann nie mehr sprechen. Am liebsten würde ich aufs Klo gehen und das Ganze ausspucken, aber damit würde Nelly sich nur in ihrer Theorie bestätigt fühlen. Ich nehme noch einen Schluck Kaffee, würge mit aller Kraft und endlich spüre ich, wie der Klops in meinem Hals nach unten rutscht. »Ja: ich«, sagt Nelly, »und glaub mir: es ist ätzend. Die Magensäure frisst deinen Mund und Hals auf, alles wird wund. Nach einer Weile kannst du so oder so nichts mehr essen, weil alles weh tut. Natürlich isst du trotzdem. Du isst in Attacken, und eine Attacke besteht aus zehn Würstchen und zwei Tüten Chips und drei Packungen Eis.« »Aber du bist doch gar nicht dick!« Nelly schaut mich von oben bis unten an. »Du auch nicht.« Für einen

Moment kann ich gar nichts sagen. Ich bin *nicht* dick? Was für einen Witz macht Nelly jetzt wieder mit mir? »Warum hast du das dann immer gesagt?« »Na ja, du bist auch nicht direkt dünn.« Aha. »Und ich hab gemerkt, dass das dein Schwachpunkt ist.« Nelly sagt das völlig sachlich, so als würde sie mir gerade die Uhrzeit mitteilen. Aber mit den Händen knetet sie an ihrem Sandwich herum, von dem sie noch keinen Bissen gegessen hat. »Schwachpunkt.« Ich muss das noch mal aussprechen, um kapieren zu können, was sie damit meint. »Und was bringt das?« Komisch, ich habe den gleichen sachlichen Ton drauf wie Nelly. »Das machen Leute wie ich halt so.« Nelly hat ihr Sandwich schon fast zu einer Kugel geknetet. »Leute wie du«, sage ich und sehe Ulrike vor mir. »Finde ihren Schwachpunkt, bevor sie deinen Schwachpunkt finden.« Ich nicke. Ich weiß nicht, was Nelly dazu bringt, mir ihr Betriebsgeheimnis zu verraten, aber ich weiß es zu schätzen. Obwohl es mir völlig absurd vorkommt, habe ich das schwammige Gefühl, dass die Welt genau so läuft. »Was glaubt du, ist mein Schwachpunkt?« Nellys Blick wird herausfordernd. »Ach, Nelly.« »So lernst du es nie. Was – ist – mein – Schwachpunkt?« Das ist genau der Tonfall, der mich bei meinem Physiklehrer so aufregt, dass mir manchmal vor Wut die richtige Antwort einfällt. »Du hast Angst, dass jemand merkt, dass du auch bloß du selbst bist.« Nellys Gesichtsausdruck nach zu urteilen habe ich ins Schwarze getroffen.

»Setz ihn ein.«

»Setz ihn ein?«

Nelly nickt wieder.

»Ach, Nelly.«

»Du bist schwach.«

»Ich bin nicht schwach, ich bin deine Freundin, du Vollidiot!«

Ich schütte Nelly den Rest von meinem Kaffee ins Gesicht, hole mir einen neuen vom Buffet und gehe raus.

Obwohl mir gerade noch zum Heulen war, muss ich lächeln, als ich mich auf die Stufen vor dem Kino in die Sonne setze. Nelly denkt tatsächlich, ich würde das mit dem Kotzen hinbekommen. Das macht mich geradezu stolz. Und sie macht sich Sorgen um mich. Nur, wenn ich jetzt nicht mehr alleine aufs Klo gehen kann, weil Nelly ständig überwachen will, ob ich kotze oder nicht, könnte das lästig werden. Ich muss noch viel mehr lächeln, als Nelly aus dem Kino kommt, »Antje!« ruft und sich ganz verzweifelt umschaut.

Nelly setzt sich neben mich auf die Stufe. Eine Weile sagen wir nichts. Dann stößt Nelly mir den Ellenbogen in die Seite. »Ich bin deine Freundin.« Ich schaue sie an. Sie hat immer noch die Kugel in der Hand, die mal ihr Sandwich war. Ich nehme sie ihr ab. »Was hast du damit vor, jemandem an den Kopf werfen?« Nelly nimmt mir die Kugel wieder weg. »Gute Idee, besonders wenn wir jemand mit Geld erwischen. Wir besitzen genau 55 Cent.« »Na ja«, ich nehme mir die Kugel zurück,

»das kann unser Strafregister auch nicht mehr schlimmer machen.« »Hm.« Nelly sieht nicht so aus, als ob sie auf weitere Straftaten Lust hätte. Dann eben nicht. »Und wie kommen wir nach Graceland?« Nelly zuckt mit den Schultern. »Wie immer.« Ich seufze, stehe auf und halte den Daumen raus. Nach ein paar Minuten stellt Nelly sich neben mich. »Meinst du, es dauert lang?« »Keine Ahnung.« »Wenn wir wenigstens genug Geld hätten, um mit dem Bus zum Highway zu fahren! Hier in der Stadt hält doch nie jemand!« Nelly nickt müde. Sie hat sicher gerade einen ziemlich weichen Daumen. Es kommen nur wenige Autos vorbei, und aus den paar, die an uns vorüberfahren, starren die Leute nur blöd heraus. Ich frage mich, was an uns so komisch aussieht, bis ein Auto vorbeikommt, aus dem sich ein Typ lehnt, »hey Elvis und Elvis, warum singt ihr denn nicht!« ruft und sehr blöd lacht. Ich schaue Nelly an. Sie trägt eine Perücke mit langen schwarzen Koteletten und eine riesige Sonnenbrille. Genau wie ich. Ich reiße mir die Perücke vom Kopf. »Setz sie wieder auf.« Nelly drückt mir die Perücke zurück auf den Kopf. »Er hat Recht.« »Spinnst du, das ist doch peinlich!« Ich zerre an der Perücke. Nelly schüttelt den Kopf, nimmt meine Gitarre und packt sie aus der Hülle. »Er hat Recht. Hast du einen Hut oder so was?« Oh nein. Ich setze mich auf die Stufen vor dem Kino. »Du weißt doch, was ich dir gesagt habe: ich spiele nicht vor anderen Leuten.« Nelly hat inzwischen meinen Sonnenhut aus meinem Rucksack gezogen und legt ihn vor uns auf die Straße. »Warum?« »Weil, weil, weil ... darum!« »Du willst doch nach Graceland, oder? Also stell dich hier neben mich und spiel Gitarre und sing.« »Ich kann nicht.« Ich bleibe sitzen. »Aber du konntest in der Turnhalle.« »Da waren alle betrunken. Und es war total laut.« Ich schaue zu Nelly hoch. Sie hält mir die Hand hin. Ich ignoriere sie. »Okay. Hier«, sie zeigt mit ausgestreckten Armen um uns herum, »ist eine Turnhalle. Und die«, sie zeigt auf die Leute, die an uns vorbeigehen und uns anschauen, »sind alle betrunken. Ich auch.« Sie torkelt über den Bürgersteig und lallt. »Okay, okay.« Ich stehe auf. Nellys Vorstellung ist so viel peinlicher als alles andere, dass ich auch bereit bin zu singen, wenn sie nur damit aufhört. Ich nehme die Gitarre und stimme sie. »Fertig?« »Noch nicht ganz.« Ich ziehe Nelly ihre verrutschte Perücke zurecht. »Fertig.« Dann fange ich an, das Intro von *In the Ghetto* zu spielen, weil ich das am besten kann und weil da der Mitleidfaktor wahrscheinlich am größten ist. Nelly singt den Chor, und es klingt richtig gut. Finde ich. Doch außer mir scheint keinem unser Gesang zu gefallen. Nach *In the Ghetto* singen wir *Falling in Love*, eine von den Elvis-Schnulzen, die ich eigentlich nicht so mag, aber man muss sich seinem Publikum anpassen. Wenn man eins hat, jedenfalls. Ab und zu bleiben tatsächlich Leute stehen und schauen auch sehr freundlich, aber dann gehen sie weiter, ohne was in den Hut zu werfen. Vielleicht sind die selbst alle so arm? Nach dem siebten Lied sage ich »es reicht« zu Nelly, und wir hören auf. Wir setzen uns zurück auf die Stufen. »Also wieder trampen.« Nelly nickt. »Hey, warum hört ihr auf?«, ruft jemand von hinten. »Was?« Ich drehe mich um. Da steht der Kinobesitzer, der gestern die Elvis-Nacht eröffnet hat. »Macht weiter, ich hab noch nie so viele Tickets verkauft wie heute! Ihr seid die beste Werbung, die ich je hatte!« »Echt?« Ich stehe auf. »Das ist ja toll!« Nelly zieht mich zurück auf die Stufen und steht dann selbst auf. »Einen Moment. Sie machen Geld mit diesen Tickets, oder etwa nicht?« »Na ja.« Der Mann kratzt sich am Kopf. »Nicht wirklich viel, das hier ist mehr ein Enthusiasmusding als ein Geschäftsding.« Nelly nickt. »Ich verstehe. Dann gehen wir wohl besser, denn das hier«, sie zeigt auf sich und mich, »ist mehr ein Geschäftsding.« Der Mann sieht ziemlich erstaunt aus. Dann steckt er die Hände in die Hosentaschen, schiebt seinen Bauch nach vorne und sagt »okay. Wie viel wollt ihr?« »Nicht viel. Nur zwei Tickets für den Elvis-Express.« Ich schaue sie an. Nelly ist genial. Einfach genial. Der Mann findet das gar nicht. »Aber die habe ich doch gestern verlost!« Nelly schüttelt den Kopf. »Hast du nicht.« »Habe ich. Ihr habt es selbst gesehen!« »Wir haben gesehen, wie du die Karten an jemanden gegeben hast, ja. Jemand, der so aussah wie der Typ, der an der Kasse sitzt.« Der Mann nimmt die Hände aus den Hosentaschen. »Er ist dein Angestellter.« Ich sehe, wie dem Mann der Schweiß ausbricht. Irgendwie tut er mir leid, warum rechtfertigt er sich überhaupt vor uns? Das hat er doch gar nicht nötig. Und dann kapiere ich, dass Nelly gerade genau das tut, was sie mir heute Morgen erklärt hat: Sie hat die Schwachstelle von dem Kinobesitzer entdeckt und nutzt sie, bevor er ihre herausfinden kann. Nellys Schwachstelle ist, dass es dem Mann völlig egal sein kann, ob wir denken, dass die Verlosung gezinkt war. Aber er ist so mit seiner eigenen Schwachstelle beschäftigt, dass er das überhaupt nicht merkt. »Wenn sowieso niemand die Tickets gewinnt, brauchst du sie doch gar nicht.« Nelly sagt das, als wäre es die einzig sinnvolle Schlussfolgerung. »Na ja ...« Der Mann reibt sich das Kinn. Dann klatscht er plötzlich in die Hände. »Okay. Ich gebe sie euch. Aber dafür singt ihr den Rest des Tages, bis der Elvis-Express abfährt!« »Perfekt!« Nelly schüttelt dem Mann die Hand, als hätte er das Geschäft seines Lebens gemacht. Der Mann geht ins Kino und kommt einen Moment später mit einer riesigen Pappe in der Hand wieder heraus. »Hier sind die Tickets«, er drückt mir die Karten in die Hand, »und das hier ist für dich.« Mit beiden Händen hängt er Nelly die Pappe um den Hals. Ich fasse Nelly am Arm und drehe sie etwas in meine Richtung. *The world's longest Elvis Night* steht darauf, *get the free Elvis-Package and win tickets for the Elvis-Express. Includes free All-you-can-eat-Elvis-Breakfast*! Nelly schaut ziemlich genervt, sagt aber nichts.

Es ist das erste Mal, dass ich nicht zum Vergnügen spiele, sondern um etwas zu verdienen. Und das ist viel härter, als ich es mir vorgestellt habe. Es bedeutet unter anderem, dass man nicht aufhören kann zu spielen, wenn man keine Lust mehr hat. Es bedeutet auch, dass man immer so aussehen muss, als würde einem das Spielen und Singen wahnsinnig Spaß machen, obwohl man das Lied gerade zum fünften Mal singt und kurz vor einem Fingerkrampf steht. Sobald wir eine kurze Pause auf den Stufen machen, kommt der Kinobesitzer heraus und fragt »so?«, und wir stehen wieder auf und singen zum siebten Mal *In the Ghetto*. Als wir das letzte »... and his mama cries« röcheln, bin ich mir ganz sicher, dass ich jetzt auch gleich heulen werde. »Ausverkauft!« »Was?« Nelly und ich schauen uns an. »Ich bin zum ersten Mal völlig ausverkauft!« Der Kinobesitzer kommt zu uns herausgelaufen, nimmt Nelly das Pappschild und mir die Gitarre ab und klopft uns auf die Schultern. Dann erklärt er uns, wie wir zur richtigen Bushaltestelle kommen, die zum Glück nur ein paar Minuten entfernt ist. Bevor wir losgehen, drückt er mir eine weiße Schachtel in die Hände. »Für unterwegs!« Ich nehme den Deckel ab. In der Schachtel sind mindestens zehn Fried-Peanut-Butter-Banana-Sandwiches, alle ordentlich in Plastikfolie verpackt. Ich mache die Schachtel zu. »Danke.« Der Kinobesitzer strahlt. »Nichts zu danken, die waren noch übrig!«

Mit letzter Kraft schleppen wir uns und unser Gepäck die Straße herunter. Als wir an der Stelle ankommen, die der Mann uns beschrieben hat, können wir keine Bushaltestelle entdecken. Nelly schaut auf die Uhr. »Scheiße! Er geht in fünf Minuten los!« Ich bin plötzlich völlig wach. Wenn alles umsonst war, weil wir diese Bushaltestelle nicht finden, raste ich aus. Wir laufen die Straße ganz runter. Nichts. Wir laufen sie wieder rauf. Auch nichts. »Zwei Minuten.« Wir sehen noch um die nächste Ecke, aber nirgends, nirgends, nirgends gibt es eine Bushaltestelle. Schließlich sagt Nelly, »der Elvis-Express fährt jetzt ab.« Wir setzen uns auf den Bürgersteig. Leute, die vorbeikommen, starren uns an, und ein Typ ruft uns was aus einem Auto zu. Ich sehe gar nicht hin. »Hey, ihr zwei!« Der hört und hört nicht auf. »Habt ihr Karten für den Elvis-Express?« Ich schaue hoch. Da steht gar kein Auto, sondern ein Bus. Und aus der offenen Tür lehnt sich ein Elvis im roten Glitzeranzug. »Nelly!« Ich stoße Nelly in die Seite. Der Elvis winkt. »Habt ihr Karten für den Elvis-Express?« »Ja, ja, haben wir!« Wir raffen unsere Sachen zusammen und laufen zum Bus. Nelly hält Elvis unsere Tickets hin, der schaut sie genau an und sagt dann »willkommen an Bord! Ihr habt irgendwie so ausgesehen, als würdet ihr zu uns gehören!« Nelly und ich steigen ein. Ich schaue nach einem Platz – aber alles ist voll besetzt mit Leuten, die haargenau die gleiche Sonnenbrille und Perücke tragen wie wir. Nur der Fahrer hat auf die Sonnenbrille verzichtet. »Hinten sind noch zwei freie Plätze«, sagt Elvis, und wir schleppen unsere Sachen durch den Gang. Ein paar Elvisse murmeln sauer, ob's jetzt endlich mal losgeht und so, aber die meisten haben ein Bier in der Hand und sehen sehr fröhlich aus. Nelly und ich quetschen uns mit unserem Gepäck auf die Sitze. Von vorne reicht uns jemand zwei Bier. »Willkommen an Bord!« »Danke!« Nelly stößt ihre Dose an meine. »Auf die Elvis-Song Contest-Gewinner in spe!« »Wer?« Nelly nickt mir zu. »Wir. Ich habe gerade entschieden, dass wir am Contest teilnehmen werden. Wir sind super!« »Meinst du?« Ich nehme einen Schluck, der Bus fährt los, und ich kippe mir die halbe Dose ins Gesicht. Nelly lacht. Ich schaue sie an: Sie hat sich das Bier auf den Pullover geschüttet. »Wir sind eben Idioten!« Ich gebe Nelly ein Taschentuch. »Genau! Und Elvis-Song Contest-Gewinner!« Bei diesem Wort kribbelt es mir im Magen. Ich habe keine Ahnung, wie ich das schaffen soll, vor so vielen Leuten zu singen. Aber darum kann ich mich kümmern, wenn es soweit ist.

Zum Bier essen wir unsere Sandwiches. Langsam gewöhne ich mich an den Geschmack, besonders in der Kombination mit Bier ist er gut zu ertragen. Ich kaue und schaue nach draußen. Es gibt nichts Schöneres, als im Dunkeln durch die Gegend gefahren zu werden und nichts anderes zu tun zu haben, als die dunkle Landschaft anzusehen. Im Dunkeln sehen auch die scheußlichsten Gegenden irgendwie verheißungsvoll aus. Ich lehne meinen Kopf an die kühle Scheibe und denke an uns, an Nelly und mich, an Mama und Papa und Klara und and Mr. und Mrs. Fitzmartin und an Tony. Und an Mama und Tony und an Nelly und Tony. Jetzt, wo die Welt so dunkel und leuchtend an mir vorbeifährt, kann ich ganz ruhig auf uns alle schauen. Ich sehe uns bei Fitzmartins im Wohnzimmer sitzen: Mama, Klara, Toni und ich auf der Couch, Papa, Nelly und Mr. Fitzmartin sitzen in den Sesseln uns gegenüber. Mrs. Fitzmartin kommt mit einer Eistorte herein. Alle sind so steif, als wären sie mitten in einer Bewegung eingefroren worden: Mama streicht sich eine Haarsträhne aus dem Gesicht und sieht Tony an, Tony sieht spöttisch auf Papa, Papa hat beide Hände in der Luft und sieht Tony mit seinem Dozentenblick an, Nelly schaut wütend und Mrs. Fitzmartin bittend zu Tony. Mr. Fitzmartin sieht ängstlich in die Runde. Klara zieht Mama an der Bluse. Und dann sehe ich mich, wie ich Nelly anschaue, und ich kann erst gar nicht glauben, was für einen Blick ich draufhabe: böse und gleichzeitig bewundernd. Ich drehe den Kopf und schaue mir die echte Nelly an. Sie schläft mit halb offenem Mund, die Koteletten von ihrer Perücke sind ihr ins Gesicht gerutscht und treffen sich fast in der Mitte. Sieht aus wie ein Schnurrbart. Vorsichtig streiche ich die Koteletten zurück, erst die linke und dann die rechte. Nelly schnauft und dreht sich von mir weg. Ich lehne mich zurück und schließe die Augen.

Ich wache davon auf, dass mich jemand an der Schulter schüttelt. »Antje!« Ich öffne die Augen. Nelly sitzt neben mir und schnappt nach Luft. »Antje! Ich kann nicht atmen!« »Was?« Nelly atmet immer schneller. Ich lege meinen Arm um sie. »Antje! Ich ersticke!« »Quatsch!« Nelly sieht aber wirklich aus, als würde sie gleich ersticken. Sie ist ganz blass. Ich nehme ihre Hand.

Oh Gott, ihre Finger sind ganz komisch steif nach innen gebogen, was ist das bloß? »Ich kann meine Hände nicht bewegen! Antje!« Ich halte Nellys steife Hand und streichele ihren Rücken. »Gannnnnnnnz ruuuuuuuhiig!«, sage ich mit einer Stimme wie auf Mamas Autogenes-Training-Kassette. Irgendwann kommt Elvis zu uns nach hinten. »Alles okay?« »Ja!« Nelly nickt und schnappt nach Luft. Elvis schaut Nelly an. »Sieht nicht so aus. Ich frage den Fahrer, ob er irgendwo an einem Fast-Food-Restaurant oder so halten kann, dann kannst du frische Luft schnappen und dir das Gesicht waschen. Okay?« »Okay.« Ich nicke. Keine Ahnung, was es Nelly bringen soll, sich das Gesicht zu waschen, aber vielleicht tut ihr ja die frische Luft gut.

Als wir zehn Minuten später anhalten, kann Nelly kaum aufstehen, so schwach ist sie. Ich stütze sie, so gut das in dem engen Gang geht. Draußen atme ich tief ein. »Zehn Minuten, okay?«, ruft uns Elvis hinterher. »Okay«, rufe ich zurück, ohne mich umzudrehen. Ich kann Nelly kaum halten. Sie zittert total, ist völlig verschwitzt und setzt ganz langsam einen Fuß vor den anderen. Als wir endlich das McDonald's erreicht haben, schafft sie es gerade noch bis zur Toilette, dann bricht sie zusammen und sackt auf den Boden.

14.

Ich halte Nelly so gut es geht, damit ihr Kopf nicht auf den Steinfußboden knallt. »Nelly!«, sage ich, »Nelly!« Aber Nelly hat die Augen zu und bekommt nichts mit. Wenn sie jetzt gestorben ist? Aber ich kann den Herzschlag an ihrem Hals fühlen. Ich lehne ihren Kopf ganz vorsichtig an die Kabinenwand und stehe auf. »Ich hol Hilfe, ich bin gleich wieder da!« Nelly hat die Augen zu und reagiert nicht.

Ich gehe an die Theke, wo eine lange Schlange ist. Was machen die Leute alle mitten in der Nacht hier? Ich dränge mich zur einzigen geöffneten Kasse vor. »Hey«, schreien die Leute wütend und beschimpfen mich, aber ich höre gar nicht hin. »Notfall«, sage ich an der Kasse, »Notfall in der Toilette!« Ein paar Leute hinter mir lachen. Der Typ an der Kasse ist sehr jung und schaut mich an, als würde er sich fragen, ob »Notfall in der Toilette« ein neues Sparmenü ist und wie er das in die Kasse eingeben soll. »Ruf einen Krankenwagen!«, schreie ich ihn an. »Krankenwagen!«, sagte er. Mein Gott, was ist mit dem los? »Meine Freundin erstickt!« Gleich packe ich ihn am Kragen und ziehe ihn über den Tresen. Dann fasst mich von hinten jemand an der Schulter. Ich drehe mich um. Da steht eine dicke Frau in

Shorts und mit Cowboyhut auf dem Kopf. »Ich funke von meinem Truck nach einem Krankenwagen, wo ist deine Freundin genau?« Ich packe die Frau am Arm und ziehe sie in Richtung Toilette. Als wir in der Kabine ankommen, ist Nelly wieder wach. Die Frau kniet sich neben sie. »Was ist mit dir?« »Kann nicht atmen«, röchelt Nelly. Die Frau geht aus der Kabine. Ich knie mich neben Nelly.

Es kommt mir vor, als würden wir Stunden auf den Krankenwagen warten. Ich streichele Nelly den Kopf und erzähle ihr, wie schön es in Graceland wird, ich beschreibe ihr das Haus ganz genau, obwohl ich es nur aus Büchern kenne. »Wir gehen durch die Tür«, sage ich, »und dann ist gleich rechts die Küche. Ganz in weiß. Und da stehen sogar noch Zuckerstreuer herum, die Elvis selbst benutzt hat! Wir gehen die Treppe nach unten und stehen im Jungle Room. Der ist ganz und gar grün, und auf einem Sessel sitzt der alte Teddy von Lisa Marie Presley.« Nelly sagt nichts, aber ihre Augen sind offen, und sie atmet ruhiger. Ich denke fieberhaft darüber nach, was ich noch über Graceland weiß, ich habe das Gefühl, dass, solange ich sie im Kopf durch die Räume führe, sie nicht wieder bewusstlos wird. Als wir im Fernsehraum angekommen sind, betritt jemand die Toilette. Ich sehe auf. Da steht ein Mann in blauen Klamotten und schaut zu uns nach unten. »Seid ihr der Notfall?« »Ja«, sage ich, stehe auf und erkläre dem Mann, dass Nelly nicht atmen kann und bewusstlos war. Der Mann ruft irgendwas, und ein zweiter blau gekleideter Typ taucht in der Toilettentür auf. Er hat eine Trage dabei. »Mach Platz«, er schubst mich zur Seite, kniet sich neben Nelly, spricht kurz mit ihr und fühlt ihren Puls. Dann ziehen sie Nelly aus der Kabine heraus, heben sie auf die Trage und bringen sie raus.

Neben dem Krankenwagen steht der Elvis-Express-Elvis. Er sieht besorgt aus. »Was ist mit ihr?« Ich zucke mit den Schultern. »Antje!«, ruft Nelly. Ich schaue durch die offenen Hecktüren in den Krankenwagen. »Ich bin hier!« »Antje, fahr nach Graceland! Sonst verpasst du den Contest! Und dein Date mit Elvis!« Ich schaue einen Moment den Elvis-Express-Elvis an. Dann bitte ich ihn, unser Gepäck aus dem Bus zu holen und steige in den Krankenwagen.

»Du Idiot!«, sagt Nelly, als ich neben ihr im Krankenwagen sitze. Der Sanitäter streift ihr eine Sauerstoffmaske über. Im ersten Moment bin ich froh, dass Nelly mich jetzt nicht mehr beschimpfen kann, aber dann merke ich, dass Nelly bewusstlos wird. Ihre Hand fühlt sich schon wieder ganz steif an. »Das muss runter!«, sage ich zu dem Sanitäter, und ob er nicht sieht, dass sie wieder bewusstlos wird. Der Sanitäter schaut mich sehr böse an und sagt, dass er diesen Job seit zwanzig Jahren macht und sich nicht von einem Teenager sagen lassen muss, was richtig und was falsch ist, und dass ich mich gefälligst anschnallen und stillsitzen soll. Tatsächlich werde ich in dem Moment so zur Seite geschleudert, dass ich fast auf Nelly falle. Der Krankenwagenfahrer fährt wie ein Wahnsinniger. Ich schnalle mich an und nehme Nellys Hand, die wieder völlig verkrampft ist. »Schau sie doch an!«, brülle ich den Sanitäter an. Der schnauft und sagt, dass Sauerstoff noch niemandem geschadet hat und er mich rausschmeißt, wenn ich nicht gleich still bin. »Nelly«, sage ich, »Nelly!« Nelly antwortet nicht. Ich sehe zum Sanitäter rüber. Der sitzt über ein Formular gebeugt und trägt irgendwas ein. Vorsichtig schnalle ich mich ab, beuge mich über Nelly und ziehe ihr die Sauerstoffmaske vom Gesicht. Sofort spüre ich, wie Nellys Hand weicher wird. Etwas später macht sie die Augen auf. »Antje«, sagt Nelly. Dann reißt mich etwas an der Schulter zurück. Es ist der Sanitäter. Er schreit mich an, dass ich mich dafür verantworten werden muss und dass ich in die Behandlung eingreife, und dann sagt er was in sein Walkie-Talkie, und einen Moment später hält der Krankenwagen an. Ich klammere mich an meinem Sitz fest. Die werden es nicht schaffen, mich hier rauszuschmeißen. Die Hecktür öffnet sich, und der andere Sanitäter steigt ein. Und dann geht alles so schnell, dass ich überhaupt nichts mehr machen kann. Der eine Sanitäter drückt mich gegen den Sitz, der andere streift mir von vorne irgendetwas über, und einen Moment später sitze ich verschnürt wie ein Paket und fest angeschnallt auf dem Sitz. »So«, sagt der Sanitäter und schaut mich zufrieden an. Sein Kollege steigt aus, und ein paar Sekunden später fährt der Krankenwagen wieder an.

»Schade, dass ich kein Foto machen kann.« Ich

schaue zur Trage. Nelly hat die Augen auf und lächelt. Sie haben ihr die Sauerstoffmaske nicht wieder aufgesetzt. Und wie ich Nelly so sehe, so lebendig wie seit einer halben Stunde nicht mehr, bin ich plötzlich unglaublich glücklich. So glücklich, wie man nur sein kann, wenn man in einer Zwangsjacke in einem Krankenwagen durch Amerika fährt und neben sich eine Nelly liegen hat, die wieder atmen kann.

Ungefähr zehn Minuten später hält der Krankenwagen an, und der Sanitäter öffnet die Hecktüren. Eine Frau im weißen Kittel schaut herein. Der Sanitäter sagt irgendwas zu ihr. Sie nickt und notiert es auf einem Klemmbrett, dann zieht der eine Sanitäter zusammen mit dem anderen Nellys Trage aus dem Wagen. Von außen wird die Tür des Wagens wieder zugemacht. »Stopp!«, rufe ich, »Ich bin noch hier drin!« Ich ruckele wie wild auf dem Sitz herum. Die Tür geht wieder auf, und der Sanitäter schaut herein. »Oh Entschuldigung, da hätte ich dich doch fast vergessen!« Er grinst, steigt ein, macht meinen Gurt los und wickelt mich aus der Zwangsjacke. Sobald ich frei bin, springe ich von dem Sitz hoch und klettere nach draußen. Nelly wird gerade ins Krankenhaus geschoben. Ich renne hinterher und komme gerade noch mit durch die Tür. Sie haben Nelly eine Infusionsnadel in die Hand gesteckt, die zu einem Beutel mit einer durchsichtigen Flüssigkeit führt. Nellys Trage stellen sie auf dem Flur ab. »In ein paar Minuten ist ein Arzt bei euch«, sagt ein blau angezogener Typ, dann sind Nelly und ich allein auf dem Flur. Obwohl, nicht wirklich allein, auf dem ganzen Flur stehen Tragen, auf denen Leute liegen. Aber so richtig ansprechbar scheint keiner von denen zu sein. Ich beuge mich über die Trage und nehme Nellys Hand. »Du hast mir das Leben gerettet.« Nelly streichelt meine Hand mit dem Daumen. »Na ja.« Ich denke an die Zwangsjacke. »Immerhin haben sie mich nicht in die Psychiatrie eingeliefert.« »Ich hätte dich befreit.« Nelly grinst. Genau, das ist ja Nellys Spezialität, mich aus Situationen zu retten, in die ich ohne sie gar nicht reingeraten wäre. »Ich weiß«, sage ich.

Nach einer Viertelstunde ist immer noch kein Arzt bei uns gewesen. Immer wenn eine Schwester über den Flur läuft, frage ich, wann denn nun ein Arzt kommt, und immer sagen sie »jede Sekunde.« Auf der Trage, die neben Nelly steht, liegt jemand, der furchtbar stöhnt. Das interessiert die Schwestern auch nicht. Ich stelle mich in die Mitte des Gangs, um eine der Schwestern aufzuhalten und zu zwingen, sich den Typen auf der anderen Trage anzuschauen und einen Arzt für Nelly zu besorgen. Als ich gerade eine Schwester angepeilt habe, die ganz vorne im Gang um die Ecke gebogen ist und auf uns zukommt, höre ich jemanden singen, mit einer ganz schwachen leisen Stimme. »Wie schön, dass du geboren bist, wir hätten dich sonst sehr vermisst, wie schön, dass wir beisammen sind, wir gratulieren dir Geburtstagskind!« *Geburtstagskind*? Ich gehe zu Nelly und beuge mich über die Trage. Sie zeigt auf ihre linke Hand. Da, unter der Kanüle, am Handgelenk, ist ihre Armbanduhr, und die Zeiger der Armbanduhr stehen beide auf der Zwölf. »Happy Birthday«, flüstert Nelly und will sich zu mir hochbeugen. Ich umarme sie so gut es geht von oben, Nelly gibt mir sogar einen ziemlich feuchten Kuss auf jede Wange. »Warum erinnerst du dich an dieses schreckliche Lied?« Nelly deutet ein Schulterzucken an. »Ich mochte es, ist doch schön, jemandem zu sagen, wie schön es ist, dass es ihn gibt.« Ich muss mich sehr bemühen, dass mir nicht die Tränen kommen. »Schau in meinen Rucksack.« Unser ganzes Gepäck haben die Sanitäter neben der Trage gestapelt. Ich hole Nellys Rucksack. »Mach ihn auf«, sagt Nelly, »dein Geschenk liegt ganz oben.« Ich öffne den Rucksack und schaue hinein. Ganz oben liegt eine rosa Plastikverpackung. Eine Barbie, denke ich zuerst, aber als ich die Packung ganz heraushole, sehe ich, was wirklich darin ist: ein Hawaii-Elvis, mit Gitarre und Blumengirlande. »Danke!«, sage ich. »Den hab ich dir bei Walmart besorgt. Wie findest du ihn? Er kann sogar richtig singen!« Ich packe den Elvis aus, schon weil ich lieber etwas zu tun haben möchte, als darüber nachzudenken, was »ich habe ihn bei Walmart *besorgt*« heißt. Es ist unglaublich schwer, ihn aus der Verpackung zu befreien, ich weiß nicht, ob die mehr Plastik für die Puppe oder für die Verpackung verbraucht haben. Aber irgendwann habe ich ihn draußen. Unter seinem Hawaiihemd finde ich einen Knopf. Ich drücke darauf, und sofort fängt Elvis an, sehr blechern

Blue Hawaii zu singen. Nelly singt ganz leise mit, und als ich das zweite Mal auf den Knopf gedrückt habe, kann ich auch nicht mehr anders, als mitzusingen.

Unser Gesang lockt tatsächlich eine Krankenschwester an. Sie sagt uns, dass wir gefälligst leise sein sollen, weil hier kranke Menschen schlafen wollen. Am liebsten würde ich ihr sagen, dass sie gefälligst hinschauen soll, weil hier kranke Menschen stöhnen und Schmerzen haben, aber ich traue mich nicht. »Meine Freundin braucht einen Arzt«, sage ich stattdessen. Die Krankenschwester nickt kurz und geht wieder.

Natürlich kommt kein Arzt. Dafür dimmen sie das grelle Neonlicht im Flur ein bisschen herunter, wahrscheinlich ist jetzt Schlafenszeit auf dem Flur. Wie gemütlich. Ich hole mir einen Stuhl aus einem Aufenthaltsraum am Ende des Flurs, setze mich neben Nellys Trage und halte ihre Hand. Nelly lächelt, dann legt sie den Kopf zur Seite und macht die Augen zu. Für einen Moment denke ich, sie ist wieder bewusstlos, aber dann höre ich sie schnarchen.

»Was ist mit ihr?« Ich schaue auf. Vor mir steht ein Arzt im weißen Kittel. Nelly macht die Augen auf. Ich halte dem Arzt die Hand hin und sage »Antje Schröder.« Der Arzt muss seine Hand umständlich aus seinem Kittel herausholen, drückt meine ganz kurz und kraftlos und sagt »Meyers«. Er sieht aus wie achtzehn. Ich erzähle ihm so gut es geht, was mit Nelly los war, er misst ihren

Blutdruck, leuchtet ihr in die Augen, tastet ihren Bauch ab und zieht dann eine Spritze aus der Tasche und nimmt Nelly Blut ab. »Das ist ein typischer Fall von Hyperventilation«, sagt er zu mir, und dass das bedeutet, dass zu viel Sauerstoff im Blut ist und dass dann das Blut zu sauer wird und der Körper sich durch die Ohnmacht selbst davor schützt, dass noch mehr Sauerstoff eingeatmet wird. Dann sagt er, dass er noch mal wieder kommt, wenn er die Ergebnisse der Blutuntersuchung hat. Ich muss daran denken, wie ich manchmal über Klara »die hyperventiliert gleich« gesagt habe, wenn sie sich ganz doll aufgeregt hat. Das hat Klara rasend gemacht, obwohl wir beide nicht wussten, was eine *Hyperventilation* eigentlich ist. Jetzt weiß ich es.

Als der Arzt eine Stunde später wieder kommt, schläft Nelly. »Alles okay«, sagt er, »körperlich ist alles in Ordnung.« Ich frage ihn, warum Nelly das dann bekommen hat. »Steht sie unter Stress?«, fragt er. Ich nicke. »Wegen der Schwangerschaft.« Der Arzt schaut mich an. »Ihre Mutter ist schwanger?« »Nein, sie ist schwanger.« Der Arzt sieht auf sein Klemmbrett und schüttelt den Kopf. »Nein, sie ist nicht schwanger. Das ist ein Standardtest, den wir machen.« Dann schüttelt er mir die Hand, sagt, dass bald eine Schwester kommt, die Nellys Personalien für die Rechnung aufnimmt und dass Nelly morgen früh entlassen wird. Als er weg ist, sehe ich die schlafende Nelly an und weiß nicht, was ich denken soll. Hat Nelly das mit der Schwangerschaft erfunden? Oder hat der Arzt einfach keine Ahnung? Aber ein Schwangerschaftstest kann ja keine sehr schwierige Sache sein. Nelly stöhnt und dreht sich um. Für einen Moment möchte ich einfach abhauen, einfach alleine sein. Aber dann flüstert Nelly »Antje«, und ich nehme ihre Hand. »Alles okay«, sage ich, »du bist gesund. Gleich kommt noch eine Schwester und schreibt deinen Namen auf und morgen früh können wir gehen.« Nelly macht auf einen Schlag die Augen ganz auf. »Meinen Namen? Antje, dann rufen die meine Eltern an!« Das stimmt allerdings. Nelly setzt sich auf. Der Schlauch, der von der Kanüle zum Tropf führt, wackelt. »Pass auf!« Aber Nelly passt nicht auf. »Wir müssen abhauen! Sofort!« Ich versuche, Nelly zurück auf die Trage zu drücken. »Wir können nicht gehen, du warst gerade noch bewusstlos!« »Du hast gesagt, ich bin gesund.«

»Ja, aber …«

»Das hier muss weg.«

Nelly zieht an dem Pflaster, mit dem die Kanüle an ihrem Handrücken festgemacht ist. Mir wird schlecht. Wenn sie weiter so macht, liege ich gleich auf der Trage, und sie kann sich daneben setzen. Jetzt hat sie das Pflaster fast ab. Als eine Schwester an uns vorbeigeht, halte ich sie an ihrem Kittel fest. Sie bleibt stehen und schaut mich mürrisch an. »Was ist?« Ich zeige auf Nellys Hand und sage, dass der Doktor eine Schwester schicken wollte, um Nellys Kanüle zu entfernen, aber noch niemand gekommen ist. Die Schwester nickt, zieht Nelly das Ding aus der Hand und geht weiter. Als sie um die

Ecke ist, steigt Nelly von der Trage. Kaum haben ihre Füße den Boden berührt, schwankt sie nach hinten und kann sich gerade noch an der Trage festhalten. »Hab ich doch gesagt«, will ich sagen, aber dann stütze ich Nelly einfach nur, bis sie einigermaßen stehen kann, hole ihre Jacke von dem Haufen mit unseren Sachen, packe den Elvis in meinen Rucksack, schmeiße den Rucksack über meine Schulter, nehme Nellys Rucksack vor den Bauch, meine Gitarre in die Hand, hake Nelly unter und laufe los. Nellys schafft es tatsächlich, neben mir herzuwanken.

15.

Als wir vor dem Krankenhaus stehen, geht gerade die Sonne auf, der Himmel ist ganz rot. Nelly hängt schwer an meinem Arm, lange kann ich sie nicht halten. Wo sollen wir hin? Auf einmal wird mir klar, was für ein Wahnsinn das war, aus dem Krankenhaus abzuhauen. In ihrem Zustand kann Nelly auf keinen Fall trampen, sie schafft es ja noch nicht mal, drei Meter alleine zu laufen. Und bis zum Highway ist es auf jeden Fall eine Meile. »Kann ich euch helfen?« Vor uns steht ein Mann mit wirren roten Haaren und in Krankenhauskleidung. »Ja«, sage ich. Er sieht mich an. »Und was kann ich für euch tun?« Ich will ihm gerade erzählen, dass meine Freundin aus dem Krankenhaus entlassen wurde und ihr Vater eine Panne hatte und uns deshalb nicht abholen kann, da sagt Nelly: »Wir müssen unbedingt nach Graceland, weil meine Freundin dort heute ein Date mit Elvis Presley hat.« Der Mann nickt. »Ich fahre nach Memphis. Ihr könnt mitkommen. Wartet hier, ich hole den Wagen.« Als er weg ist, sehe ich Nelly an. Aber sie schaut nur mit halb geöffneten Augen geradeaus und sagt nichts. Einen Moment später fährt ein großer weißer Leichenwagen vor. Aus dem Fenster des Leichenwagens winkt der rothaarige

Mann. »Steigt ein!« Ich mache einen Schritt zurück. »Das ist ein Leichenwagen!« Nelly zieht mich nach vorne. »Ist doch egal, Hauptsache er fährt nach Memphis!« Der Mann ist inzwischen ausgestiegen, nimmt mir unsere Rucksäcke und meine Gitarre ab, macht die Heckklappe auf und wirft alles ins Auto. Wenn da eine Leiche drin ist, fasse ich das Zeug nie wieder an. »Steigt ein!« Er macht die Beifahrertür auf und zeigt einladend ins Innere. Nelly steigt ein. Ich klettere hinterher. Hier vorne könnte man fast vergessen, dass man in einem Leichenwagen sitzt. Auf dem Beifahrersitz ist genug Platz für Nelly und mich, wir können uns sogar beide anschnallen. Der Mann startet den Motor und fährt los.

Als wir auf dem Highway sind und Nelly an meiner Schulter schnarcht, traue ich mich zu fragen: »Ist jemand hinten drin?« Der Mann nickt. Mir wird schlecht. »Und wo ist unser Gepäck?« Der Mann lacht und sagt, dass es ein extra Abteil für Kränze gibt und dass da unser Gepäck drin ist. Dann fragt er mich, ob ich mich vor Leichen ekele. Ich denke nach. Na ja, eigentlich habe ich noch nie eine echte Leiche gesehen, woher soll ich da wissen, ob ich mich ekele? »Das ist so … unnatürlich«, sage ich. Der Mann lacht noch mehr. »Das ist die natürlichste Sache der Welt.« Und dann sagt er, dass wir eigentlich alle Leichen sind, nur dass wir eben zurzeit noch leben. »Leichen in spe.« Ich sehe ihn an. Wie meint er das? Dass er uns vielleicht auch bald in Leichen verwandeln will? Aber eigentlich sieht er völlig harmlos aus, in seiner weißen Krankenhauskleidung und den roten Haaren auf seinen Armen. Aber dass er die Elvis-Geschichte so einfach geschluckt hat, das kommt mir schon komisch vor. Ich frage ihn, ob er glaubt, dass ich ein Date mit Elvis habe. Er lacht. Für einen Leichenwagenfahrer lacht er ziemlich viel. Und er sieht süß aus beim Lachen, da bekommt er Grübchen, auf jeden Fall auf der Seite, die ich vom Beifahrersitz aus sehen kann. »Ist doch egal, ob ich es glaube, solange du es glaubst.« Hm. Kryptische Antwort. Und dann sagt er, dass sein Lebensmotto ist: leben und leben lassen. Ich verkneife mir einen Kommentar. Der Mann redet weiter. Die Frau hinten drin ist 88, sagt er, und hat in einem Altenheim in Louisville gelebt. Jetzt bringt er sie nach Memphis, weil sie sich gewünscht hat, in ihrer Heimatstadt begraben zu werden. »Sie war allein, ihre Kinder haben sie nur selten besucht. Aber jetzt ist sie bald wieder bei ihren Eltern.« Ich schaue eine Weile auf die Straße und denke, dass ich Mama und Papa später immer im Altersheim besuchen werde. Oder Mama und Tony und Papa. Dann lehne ich meinen Kopf an Nellys Kopf und schlafe ein.

»Aufwachen!« Ich mache die Augen auf. Draußen ist es so diesig, dass ich kaum was sehen kann. Ich schaue auf die Uhr. 11 Uhr morgens? Vom Licht her kommt es mir eher wie 11 Uhr abends vor. Wir fahren durch eine schäbige Straße mit dunklen, niedrigen Backsteingebäuden, an denen ausgeschaltete Neonreklamen hängen. »Das ist die Beale Street!« »Sicher?« »Ganz sicher.« Der

Mann zeigt nach vorne. Da steht es, auf einem grünen Straßenschild: *Beale Street*. Es stimmt also. Die Beale Street ist eine hässliche Straße, die aussieht wie eine verlassene Filmkulisse. Jedenfalls um 11 Uhr morgens an einem Tag, der so diesig ist, dass es kaum hell wird. Auf der Straße stehen Pfützen. Ein Haus besteht nur noch aus der Fassade und wird von hinten mit Pfeilern abgestützt. Daneben ist ein Laden, an dem *A. Schwab* steht. »Da hat Elvis eingekauft«, schreie ich. Nelly macht die Augen auf. »Was?« »Da ist *A. Schwab*, da hat Elvis früher eingekauft!« Der Mann fährt extra langsam an dem Gebäude vorbei. Unter der Schrift *A. Schwab* hängen blau-weiß-rote Girlanden, im Schaufenster sehe ich Hüte und Süßigkeiten. Für einen Moment glaube ich, einen alten Mann mit einem blauen Basecap im Laden stehen zu sehen. Dann beschleunigt der Wagen und wir sind vorbei.

»Sind wir gleich in Graceland?« Nelly ist auf einmal total wach und hüpft auf ihrem Sitz hin und her. Ja, sagt der Mann, nur die Leiche muss er vorher noch abliefern. »Okay.« Nelly nickt. Dann stupst sie mich mit dem Ellenbogen in die Seite. »Wir kommen rechtzeitig an und gewinnen den Contest.« Ich schiebe ihren Ellenbogen weg. »Der hat bestimmt längst angefangen.« »Quatsch.« Sie lächelt und sieht aus dem Fenster. Keine Ahnung, warum sie so euphorisch ist. Ich selbst will plötzlich lieber nicht so schnell ankommen. Für einen Moment möchte ich Nelly sagen, dass ich weiß, dass sie gar nicht schwanger ist, sondern einfach nur süchtig nach Aufmerksamkeit, und dass ich mich nicht mehr von ihr verarschen lasse, nie mehr, aber dann nimmt Nelly meine Hand, drückt sie und sagt »wir haben es geschafft!« Ich schaue raus und schweige.

Die anderen Straßen in Memphis sehen nicht viel besser aus als die Beale Street. Hier sind die Gebäude viel höher, aber auch aus dunklem Backstein, so dass man sich wie erdrückt fühlt. Und dazu noch dieser dunkle, diesige Himmel. Ob Mama und Klara jetzt wirklich in Graceland auf uns warten? Und ob Papa auch hergekommen ist? Seit Tagen denke ich zum ersten Mal wieder daran, dass der ganze Plan auch schief gegangen sein könnte. Langsam werden die Hochhäuser weniger, und wir kommen in eine Gegend mit Einfamilienhäusern, die alle eine Veranda aus Holz haben. An einer weißen Kirche hält der Mann an. »Bin gleich zurück.« Nelly schaut in den Rückspiegel. »Er holt den Sarg raus.« Ich halte mir die Ohren zu. »Ich will davon nichts hören!« Nelly zieht mir die Hand vom Ohr weg. »In einer Stunde triffst du Elvis«, flüstert sie. »Du glaubst doch gar nicht, dass Elvis noch lebt!« Ich flüstere nicht. »Ich glaube dir«, sagt Nelly. Ich schaue von Nelly weg. »Ich wünschte, das könnte ich zu dir auch sagen.«

Der Mann kommt vom Friedhof zurück, reibt sich die Hände und sagt: »Auf nach Graceland!« Ich schaue auf die Uhr. Es ist inzwischen kurz nach 12, und ich bin mir sicher, dass schon alles gelaufen ist. Egal. Wir fahren aus der Stadt hinaus und kommen auf eine zweispurige Straße, an der rechts und links Fast-Food-Restaurants und Autowerkstätten liegen. »Das kann doch nicht richtig sein!«, flüstere ich Nelly zu, »wo bringt der uns hin?« Nelly zuckt mit den Schultern. Während ich die schmuddeligen Restaurants und Werkstätten und Supermärkte und Möbelgeschäfte ansehe, stelle ich mir vor, was der Typ mit uns vorhat. Er scheint ja eine Vorliebe für Tod und Friedhof zu haben, vielleicht begräbt er uns bei lebendigem Leibe … ich kann nicht fassen, dass wir es so weit geschafft haben, um jetzt in Memphis, nur ein paar Kilometer von Graceland entfernt, unter die Erde gebracht zu werden. Gerade als ich dem Mann mitteilen will, dass unsere Eltern in Graceland auf uns warten, und dass ich sie zwischendurch angerufen habe, um ihnen zu sagen, dass wir mit einem Leichenwagen vom St. John's Hospital unterwegs sind, fährt der Mann rechts ran und sagt »hier sind wir!« Ich schaue raus. Da sind mehrere flache Betonpavillons, auf denen in geschwungenen Neonbuchstaben *Welcome to Graceland* steht. »Aber das ist nicht Graceland!«, sage ich. Nelly stößt mich an. »Schau nach links!« Sie drückt sich ganz eng an ihren Sitz, damit ich auf ihrer Seite aus dem Fenster sehen kann. Und da ist es, auf der anderen Straßenseite, ziemlich weit von der Straße zurückversetzt: Graceland. Ich spüre, wie mir Tränen in die Augen steigen, entweder, weil ich endlich da bin, wo ich immer hin wollte, oder weil der Ort meiner Träume an einer zweispurigen Straße im Gewerbegebiet liegt, ich weiß es nicht. »Em, Ladies.« Der Mann räuspert sich. »Ich habe eure Gesellschaft wirklich sehr genossen, aber ich muss zurück nach Saint John's. Die Leute hören nicht auf zu sterben, wisst ihr.« »Natürlich!« Ich halte dem Mann die Hand hin. »Vielen Dank!« Zum Glück weiß er nicht, dass ich ihn vor drei Minuten noch für einen perversen Serienmörder gehalten habe. Ich werde trotzdem ein bisschen rot. Der Mann schüttelt meine Hand und sagt: »Kein Problem! Jetzt beeil dich, sonst verpasst du dein Date!« Nelly und ich steigen aus, holen das Gepäck von hinten und winken dem Mann hinterher.

»Okay«, sage ich zu Nelly, »wo müssen wir hin?« »Keine Ahnung.« Nelly schaut sich um und dreht sich dann plötzlich mit einem Ruck zurück zu mir. »Shit.« »Was?« Bevor Nelly antworten kann, ruft jemand »Antje? Nelly? Antje!« Ich drehe mich in die Richtung, aus der die Rufe kommen. Mama läuft auf uns zu und zerrt Klara an der Hand hinter sich her. Ich schmeiße meine Gitarre weg und renne Mama entgegen. »Antje!« Mama umarmt mich, so fest wie sie mich seit zehn Jahren oder noch länger nicht umarmt hat. »Herzlichen Glückwunsch zum Geburtstag«, sagt sie immer wieder, »herzlichen Glückwunsch!« Als sie mich loslässt, steht Nelly neben uns, bepackt mit zwei Rucksäcken und meiner Gitarre. »Nelly!«, sagt Mama und umarmt Nelly genauso doll oder jedenfalls so fest, wie man jemanden umarmen kann, der einen Rucksack auf dem Rücken, einen vor dem Bauch und eine Gitarre in der Hand hat.

Nelly sieht sogar so aus, als würde ihr die Umarmung richtig gut gefallen. Klara zieht mich am T-Shirt. »Antje, wo ist deine Ehefrau?« Oh nein. Für einen Moment bereue ich, dass ich Klara keinen neuen rosa Hund gekauft habe. Dann sehe ich Klara an, ihre roten Haare, die mit einem türkisen Haarband nach hinten gebunden sind, ihre Reptilienbrille, und sage: »Sie hat mich verlassen, Klara. Wir haben uns getrennt. Sie lebt jetzt in Cleveland.« »Oh«, sagt Klara, »oh«. Ich hole den Plastikelvis aus meinem Rucksack. »Das hier ist meine neue Ehefrau.« Klara nimmt den Elvis und schaut ihn von allen Seiten an. »Okay«, sagt sie dann, »ich mache euch einen Termin.«

»Wo habt ihr denn Papa gelassen?« Ich sehe von Klara hoch zu Mama. »Papa?« Mama lacht. »Ja, dieser dicke Typ mit dem Bart, der immer Doughnuts isst, vielleicht erinnerst du dich?« Ich versuche auch zu lachen. »Ist was essen gegangen.« »Du, Antje«, Mama schaut mich an. »Seid ihr eigentlich gerade aus dem Leichenwagen gestiegen?« »Äh, nein.« Lahme Antwort, aber mein Kopf ist völlig leer. Mama schaut mich weiter an und sagt nichts. »Aus einem Leichenwagen? Aber Mrs. Schröder, wir würden doch nie mit einem Leichenwagen fahren! Das ist ekelhaft!« Nelly lacht ungläubig, und sie macht das so gut, dass Mama auch anfängt zu lachen. »Warum habt ihr ihm dann gewinkt?« Klara hat ihre Reptilienbrille hochgeschoben und stemmt die Arme in die Seite. Ich schaue zu ihr herunter. »Das heißt gewunken!« Was Besseres fällt mir nicht ein. »Er hat uns gefragt, wo es zum Friedhof geht. Aber da konnten wir ihm nicht helfen.« Nelly rettet heute alles. »Ach so.« Klara nickt. Und weil Klara nickt, nickt Mama auch und findet es zum Glück gar nicht komisch, dass wir jemandem hinterherwinken, der uns nur kurz nach dem Weg gefragt hat. Leider fällt Mama dafür Papa wieder ein. »Diesmal ist er wirklich zu weit gegangen«, sagt sie, »kannst du dir vorstellen, wie sauer Fitzmartins sind? Die reden nie wieder ein Wort mit uns! Und dann haben sie auch noch einen Anruf bekommen, dass Nelly bei Walmart beim Klauen erwischt wurde oder so ähnlich, kannst du mir das erklären?« Mama schaut mich an. Ich sehe zu Nelly. Die zuckt mit den Schultern, sieht aber ziemlich erschrocken aus. Bevor Mama weiterfragen kann, sagt eine sehr laute Stimme, »meine Damen und Herren, wir möchten Sie herzlich zu unserem jährlichen Elvis Presley-Song Contest einladen, der in einigen Minuten auf dem Parkplatz vor dem Heartbreak Hotel beginnt.« »Antje!« Nelly zieht mich am Ärmel, dann drückt sie mir die Gitarre in die Hand, sagt, »sorry, wir müssen los!« zu Mama und zieht mich weg. »Antje!«, höre ich Mama rufen. Ich drehe mich um und zeige auf Nelly. Als wir im Gedränge verschwunden sind und ich Mama und Klara nicht mehr sehen kann, drehe ich mich nach vorne. Nelly wühlt sich sehr geschickt durch die Leute, und wir kommen einigermaßen gut voran. Schließlich stehen wir vor einem riesigen, hässlichen Betongebäude, an dem in Neonbuchstaben der Schriftzug

Heartbreak Hotel prangt. Auf dem Parkplatz davor ist eine Bühne aufgebaut, wo gerade ein dürrer Elvis Presley im weißen Glitzeranzug ziemlich schief singt.

»Sie haben schon angefangen.« Ich bleibe stehen. »Es war alles umsonst.« »Quatsch.« Nelly nimmt wieder meine Hand und zerrt mich hinter sich her durch die Menschenmasse vor der Bühne. »Heartbreakhoteeeeeeeeeeeeeeeel«, singt der Elvis auf der Bühne mit einer furchtbaren Fistelstimme. »Schade, dass wir zu spät sind, wir hätten gute Chancen gehabt.« Nelly reagiert nicht und zerrt mich weiter hinter sich her. Als wir direkt vor der Bühne sind, dirigiert Nelly mich nach rechts an der Bühne vorbei. Am Bühnenaufgang steht ein dicker Mann in einem schwarzen T-Shirt, auf dem *Sincerely, Elvis Presley* steht. Nelly geht zu ihm. »Wir würden uns gerne für den Contest anmelden.« Der Mann lacht, aber nicht fröhlich, sondern genervt. »Anmeldeschluss war vor fünf Tagen, Mädchen.« »Aber wir müssen mitmachen, meine Freundin Antje ist extra aus Deutschland gekommen!« Nelly schiebt mich nach vorne. »Das ist vielleicht die einzige Chance ihres Lebens mitzumachen.« Ich schaue angemessen traurig, was mir nicht schwer fällt, weil ich das alles so grottenpeinlich finde. Der Mann sieht mich abschätzig an. »Tja tut mir leid, Antje, jeder muss sich rechtzeitig anmelden, ob aus Deutschland oder Alaska, das macht keinen Unterschied.« »Deutschland?« Eine Frau mit einem Klemmbrett in der Hand bleibt bei uns stehen. »Bist du Antje Schröder aus Deutschland?« Ich nicke.

»Du stehst auf meiner Liste, wir dachten schon, du kommst nicht mehr! Alistor, lass die beiden rein!« Der Mann geht zur Seite. Dabei murmelt er etwas von Idioten, die sich registrieren wollen, obwohl sie schon registriert sind, und dass er auch nur seinen Job macht. Die Frau bringt uns hinter die Bühne und zeigt auf ein paar Holzbänke, auf denen Elvisse in allen Größen sitzen. »Ihr habt eure eigene Begleitung mitgebracht?« Die Frau zeigt auf die Gitarre. Ich nicke. Sie macht einen Haken auf ihrem Klemmbrett, sagt »ihr seid Nummer 16«, schiebt sich den Stift hinters Ohr und geht. Nelly und ich quetschen uns auf ein Stück Bank neben einen ziemlich dicken Elvis in einem blau glitzernden Anzug. Eine Weile scheint er uns gar nicht zu bemerken, dann wendet er sich mit einem Ruck zu uns um und sagt »ihr seid Mädchen.« »Gut beobachtet.« Nelly lacht. Der dicke Elvis schiebt seine Koteletten zurecht. Ich sehe, wie drei Schweißperlen daran herunter laufen. »Ihr wisst, dass Elvis ein Mann war, oder?« »Sie meinen, er *ist* ein Mann.« Ich schaue von dem Mann weg in Nellys Richtung. Hat sie das wirklich gesagt? »Wir haben ihn vor kurzem getroffen.« »Ja sicher, Kind. Wir haben ihn alle getroffen.« Der Mann schüttelt den Kopf, holt ein großes weißes Taschentuch hervor und fährt sich damit übers Gesicht. Seine aufgeklebte Kotelette bleibt daran hängen. »Mister«, sagt Nelly, »Sie haben Ihre Kotelette verloren.« »Du hältst dich wohl für sehr witzig, Mädchen?« Der Mann schaut Nelly böse an. Dann sieht er auf das Taschentuch in seiner Hand, an dem seine künstliche Kotelette hängt wie eine fette, schwarze Raupe. »Was zum Teufel –« »Trevor Johnes«, ruft die Frau mit dem Klemmbrett. Der Mann springt auf, wirft uns noch einen wütenden Blick zu und geht zur Bühne. Einen Moment später kommt eine tiefe, kehlige Stimme von der Bühne: »You drive me cra-a-a-azy.« »Das haben wir!« Nelly und ich lachen. »Was ist hier so lustig?« Ein Elvis in einer GI-Uniform setzt sich neben uns. Nelly und ich schauen uns an. Kriegen wir jetzt Ärger mit dem nächsten Elvis? »Ähm, nichts«, sage ich. Der Elvis lacht. »Welchen Elvis macht ihr?« »Welchen Elvis?« Er nickt. »Ja, welchen Elvis?« Er zeigt mit dem Daumen auf sich. »Ich mache den GI-Elvis. Er«, er zeigt quer durch den Raum auf einen Elvis, der ein Hawaiihemd anhat und um den Hals eine Blumengirlande trägt, »macht den Movie-Elvis. Und der da drüben macht den frühen Elvis.« Da steht ein Elvis in einem schwarzen Jacket, zu kurzen Hosen, weißen Socken und Lackschuhen. Der GI-Elvis lehnt sich zurück. »Wenn ihr mich fragt: Es gibt zu viele Jumpsuit-Elvisse. Besonders dieses Jahr ist hier alles mit denen voll. Wann erkennen die Leute endlich, dass der Jumpsuit-Elvis total überholt ist? Wisst ihr, wie viele Elvis-Imitatoren es gab, als Elvis gestorben ist?« Er sieht uns gespannt an. »Keinen?«, sagt Nelly. Der GI-Elvis schüttelt den Kopf. »Siebenunddreißig weltweit. Und was denkt ihr, wie viele es 1993 gab?« Nelly und ich sagen nichts. »Achtundvierzigtausend! Wisst ihr, was das für 2010 macht?« Er hält für einen Moment inne. »Das macht«, flüstert er,

»zwei komma fünf Milliarden Elvis-Imitatoren! Und praktisch alle tragen Jumpsuits!« Den letzten Satz ruft er fast, dann kommt er ganz nah an uns heran. »Wollt ihr einen guten Tip? Macht den Gospel-Elvis. Das ist eine echte Marktlücke.« »Camdhouse, Matt!«, ruft die Frau. Der GI-Elvis steht auf. »Viel Glück!« »Für Sie auch!«, sagt Nelly. Dann ist er weg. Einen Moment später höre ich »*Muss i denn, muss i denn zum Städtele hinaus*« von der Bühne. Ich lache. »Zwei komma fünf Milliarden Elvis-Imitatoren! Das heißt, fast jeder dritte Mensch ist ein Elvis-Imitator! Leider sind wir nur zu zweit.« Nelly schaut mich ernst an. »Meinst du, das hier ist ein Imitatorwettbewerb?« »Aber es heißt doch Song Contest!« Noch während ich Nelly zu beruhigen versuche, wird mir selbst ganz schwach. Wenn es hier echt darum geht, wer den besten Elvis gibt und nicht darum, wer das beste Elvis-Lied singt, dann sind wir am Arsch. Aber total. Die werden uns da draußen mit faulem Obst bewerfen. Oder noch Schlimmeres. »Wir haben noch nicht mal Kostüme!«, jammert Nelly. »Doch!« Ich wühle in meinem Rucksack und hole mein Gratis Elvis-Paket heraus. »Haben wir!« Nelly sieht ziemlich skeptisch aus, holt aber auch ihre Brille und Perücke aus ihrem Rucksack und setzt beides auf. Gerade, als wir uns gegenseitig die Koteletten zurechtziehen, fällt mir der Zettel von Pete ein. Ich wühle in meinem Rucksack und finde ihn ziemlich zerknittert ganz unten. Ich streiche ihn glatt und gebe ihn Nelly. »Sing das.« Nelly schaut auf den Zettel. »Was ist das?« »Damit gewinnen wir, sing das!« Nelly liest und schüttelt den Kopf, dann ruft die Frau mit dem Klemmbrett »Schröder, Antje!« Nelly und ich sehen uns an, stehen auf und gehen zur Bühne.

Vor hunderten von Leuten auf der Bühne zu stehen, löst bei mir das gleiche Gefühl aus, wie von Papa angeschrien zu werden. Ich verfalle in Trance und sehe lauter Dinge, die völlig egal sind: dass der Mikrofonständer ein kleines bisschen schief steht und dass die Bühne mal gefegt werden könnte. Dann sage ich »los«, nehme Nelly an die Hand und gehe mit ihr in die Mitte der Bühne vor die Mikros. Jemand reicht mir ein Kabel, das ich in meine Gitarre stecke. Dann stehen Nelly und ich eine Weile vor den Mikros und machen nichts. Komisch, von unten sieht das immer so aus, als wäre auf so einer Bühne alles völlig durchorganisiert und als gäbe es jede Menge Leute, die den Musikern Zeichen geben oder so, aber in echt steht man einfach da und muss sich selbst einen Ruck geben, zu spielen. Ich sehe Nelly an. Sie hält Petes Zettel in der Hand und zittert. Ich schaue ins Publikum. Da stehen die Leute und sehen nicht unfreundlich aus, jedenfalls nicht die in den ersten Reihen, deren Gesichter ich erkennen kann. Ziemlich viele von ihnen sind auch im Elvis-Look angezogen, mit Koteletten und Sonnenbrille und bunten Glitzeranzügen und ich denke »authentischer wäre es ja, wenn auf der Bühne mehr Elvisse wären als im Publikum und nicht umgekehrt« und dieser Gedanke bringt mich darauf, dass Nelly und ich gerade die Elvisse sind, die auf der Bühne stehen, und ich fange an zu spielen. Ich höre nichts. Ist die Gitarre nicht richtig angeschlossen, oder was? Ich drehe mich um, entdecke die Frau mit dem Klemmbrett und die hebt beide Daumen und lächelt, also spiele ich weiter. Und dann fängt Nelly an zu singen. »... *I'm caught in a trap, I can't get out, because my foot is caught in this border fence ...*« »*Why can't you see, statue of liberty*«, singe ich mit, und dann sind wir drin. Ich höre weder mich noch die Gitarre, aber ich höre Nelly, und das reicht. Sie hat eine wunderschöne, klare Stimme. Ich nehme die Leute nicht mehr wahr, sehe nur Nelly und höre, wie sie singt. Ganz kurz vor der letzten Strophe hebe ich dann den Kopf, um mir das Publikum anzusehen. Sie stehen alle ganz ruhig, hören zu und schauen uns an. Und dann sehe ich plötzlich zwischen lauter Sonnenbrillen und Elvis-Tollen einen alten Mann mit einem blauen Basecap. »Mr. Presley!«, rufe ich, »Mr. Presley!« »Ja, hier!«, rufen ein paar Elvisse im Publikum, einige Leute lachen. Die anderen starren stumm auf die Bühne. Nelly hat aufgehört zu singen. Ich sehe, wie der alte Mann zwischen den Leuten verschwindet. »Mr. Presley«, rufe ich, »Ich muss Sie sprechen, ich ... ich brauche Sie!« Dann drücke ich Nelly meine Gitarre in die Hand und springe von der Bühne.

Ich stürze, rappele mich auf und kämpfe mich durch die Leute vor der Bühne. Die Leute drängeln und schubsen und beschimpfen mich, wenn ich ihnen auf die Füße trete. Aber ich muss durch, ich muss ihm hinterher. Als ich die Massen endlich hinter mir habe, laufe ich los. Zwischen den Pavillons mit den Elvis-Souvenirshops und Graceland ist die breite zweispurige Straße, auf der wir vorhin noch mit dem Leichenwagen gefahren sind. Ich sehe Autos und Laster vorbeirasen und habe keine Ahnung, wie ich da rüberkommen soll. Und dann, ganz plötzlich, ist für einen Moment überhaupt kein Verkehr mehr auf der Straße. Ich überlege keine Sekunde und laufe los. Als ich meinen Fuß auf den Bürgersteig auf der anderen Straßenseite setze, höre ich den Verkehr hinter mir wieder aufbrausen. Ich schaue nach vorne und da, hinter einem schmiedeeisernen Tor, ein ganzes Stück von der Straße zurückgesetzt, steht es: Graceland. Aus hellem Stein, mit einem weißen Säulenportal und grünen Fensterläden. Es sieht genauso aus wie im Fernsehen. Ich laufe hin. Die Frau am Eingang schaut einfach an mir vorbei. Als ich das Haus betrete, halte ich für einen Moment den Atem an. Es ist ganz still, niemand außer mir ist hier. Ich weiß genau, was ich mir jetzt alles ansehen könnte, den Fernsehraum, das Schlafzimmer von Elvis' Mutter, die Küche, aber ich laufe an allem vorbei. Ich muss in den Jungle Room.

Und dann, eine Treppe abwärts, stehe ich mittendrin im Grünen: grüner Teppichboden, grüne Vorhänge, grüne Plüschsofas. Und auf einem Sofa sitzt ein alter Mann, der ein blaues Basecap aufhat. »Hallo, Mr. Presley«, sage ich. Er dreht sich zu mir. »Hi Antje.« Ich stehe da und schaue ihn an. Er zeigt auf den Platz neben sich. Als ich auf dem Sofa sitze, legt er seinen Arm um mich. »Willkommen in meinem Zuhause. Kann ich dir etwas anbieten? Einen Drink?« »Nein danke.« Ich möchte ihn immer nur anschauen, die Augen, den Mund, die Koteletten, den großen Siegelring an seinem Finger. Elvis. »Gefällt's dir?« Ich sehe mich in dem vollkommen grünen Raum um. »Ich liebe es.« Elvis strahlt. Ich schaue ihn an. »Was wollten Sie mir sagen?« Er sieht mich überrascht an. »Dir sagen?« »Ich sollte doch hierher kommen«, sage ich. »Ah, ja.« Er nimmt den Arm von meiner Schulter. »Weil ich dich was fragen wollte.« Mich was fragen? Ich sage nichts. »Es ist wegen meinem Tod. Ich würde gerne wiederkommen.« Ich nicke. Elvis schaut in die Luft. »Was meinst du, soll ich?« Ich denke an die Leute in meiner Klasse und wie sie Witze über Schmalzstullen und Schmalzschnulzen machen. »Ich weiß nicht«, sage ich. Und dann denke ich an die zwei komma fünf Milliarden Elvis-Imitatoren, an die Elvis-Song Contests und Elvis-Karate-Wettbewerbe und an Elvis' Grab, das mit Blumen und Stofftieren überhäuft ist. Und mir wird klar, dass, obwohl auf den Schleifen auf Elvis' Grab *still missing you* steht, es eine Katastrophe für sie alle wäre, wenn Elvis wirklich zurückkäme. Ich nehme Elvis' Hand. »Besser nicht.« Er nickt. »Das habe ich vermutet.« Und weil Elvis meine Hand nicht loslässt, sondern noch fester drückt, traue ich mich zu fragen. »Warum das Ganze? Wegen der Mafia?« Er lacht. »Es war mir einfach nur alles zu viel. Die Touren, die Filme, die Fans. Ich brauchte eine Pause. Meinst du, es war ein Fehler?« Ich denke daran, wie ich in Erie aus dem Auto gesprungen bin. »Nein«, sage ich, »manchmal muss man einfach weg.« Elvis nickt. »Aber man kann nicht immer fliehen.« Er schaut mich an. Ich umarme Elvis, dann stehe ich auf. »Danke.« Er winkt. »Pass auf dich auf, Antje Schroder. You are always on my mind.«

16.

Ohne mich erinnern zu können, wie ich hergekommen bin, sitze ich wieder hinter der Bühne und höre eine Stimme, die mir ziemlich bekannt vorkommt. Die Stimme singt *In the Ghetto*. Ich lehne meinen Kopf an die Holzwand hinter mir und höre zu. Nach dem letzten »and his mama cries« kommt Jason von der Bühne. Für einen Moment bleibe ich sitzen und schaue ihn einfach nur an: wie er mit einem ganz abwesenden Blick für einen Moment stehen bleibt, dann seine Gitarrenhülle nimmt, die Gitarre vorsichtig hineingleiten lässt, wie er den Reißverschluss zuzieht – und wie er die Gitarre fallen lässt. Jason beachtet sie gar nicht. Er läuft zu mir und umarmt mich so fest und so lange, wie ich noch nie von jemand außer Mama umarmt worden bin. Und dann küsst er mich auf den Mund, ganz leicht nur und so kurz, dass ich mir gar nicht sicher bin, ob das wirklich passiert ist. Ich zittere. »Antje«, sagte Jason, »Antje.« Als es so schön ist, dass ich es nicht mehr aushalte, frage ich: »Ist die Gitarre kaputt?« Er lässt mich los, hebt die Gitarre auf und holt sie aus der Hülle. Der Steg ist komplett abgebrochen, die Saiten hängen schlaff herunter. Jason lächelt. »Sie war alt und außerdem sowieso keine gute Gitarre.« Er packt die Gitarre zurück in die Hülle und holt etwas aus seiner Tasche. »Happy birthday«, sagt er und gibt mir ein rosa eingewickeltes Päckchen. »Danke.« Ich wickele das Paket aus, ganz langsam, weil meine Hände so zittern. In dem rosa Papier ist eine rosa Packung, und in der Packung ist Elvis Presley im Hawaiihemd. Ich sehe meine beiden Plastik-Elvisse mit den zerzausten Aerobic-Barbies an einer rosa Plastik-Bar sitzen und Pina Colada trinken. Vielleicht kann Klara ja demnächst ohne mich Paartherapie spielen. »Ich wusste, dass er dir gefällt!« Jason strahlt. »Er singt sogar!« »Wahnsinn«, sage ich. Gerade als ich mich fast traue, Jason einen Kuss zu geben, kommt eine Stimme von der Bühne. »Die Eltern von Antje Schroder warten auf sie im Elvis Presley Restaurant.« Im ersten Moment ist mir gar nicht klar, dass ich das bin, aber dann sagt Jason »komm«, drückt mir meine Gitarre in die Hand, schultert seine und zieht mich zum Bühnenausgang.

Ich sehe Mama, Papa und Klara schon von weitem vor dem Restaurant stehen. »Antje!«, ruft Mama, dann laufen alle drei auf mich zu. Mama kommt als erste an. »Da bist du ja, wir haben dich überall gesucht! Ihr wart toll, du und Nelly!« Klara winkt mit Mr. Elvis the Plastikpuppe Presley. Ich sehe Papa an, der schnaufend neben Mama steht. Er hat eine Gitarre auf dem Rücken und sieht die Gitarre auf *meinem* Rücken sehr überrascht an. Dann kommt er zu mir, umarmt mich und sagt »Herzlichen Glückwunsch zum Geburtstag!« Mama schaut Papa an. »Hast du ihr heute Morgen etwa nicht gratuliert?« Papa kaut auf seiner Pfeife. »Gratulieren kann man doch nicht oft genug!«, sage ich schnell. Dann schiebe ich Jason nach vorne. »Das ist Jason!« »Hallo, Jason«, sagt Mama und gibt ihm die Hand. »Hi«, sagt Papa zu Jason, »ich bin Antjes Papa.« Mir wird ganz komisch. Klara schiebt ihre Reptilienbrille nach oben und sieht Jason an. »Antje ist mit dem hier verheiratet«, sagte sie dann und schwenkt den Hawaii-Elvis vor Jason herum. »Ach«, sagt Jason und nimmt mir den anderen Plastik-Elvis aus der Hand. »Ich glaube, das ist sein Zwillingsbruder!« Klara zögert einen Moment, dann nimmt sie ihn Jason ab. Sie schaut von einem Elvis zum anderen. »Nein, ich glaub die sind verheiratet!« »Genau!«, sage ich. Mama zeigt auf die Gitarre auf meinem Rücken. »Ich dachte, Papa hätte deine Gitarre?« Ich schaue Papa an. Er sieht aus, als würde er genauso verzweifelt nachdenken wie ich. »Das ist mein Geschenk!«, sagt er dann, »mein Geschenk für Antje!« Er nimmt die Gitarre vom Rücken und gibt sie mir. »Danke!«, sage ich. Mama sieht ziemlich sauer aus. »Auspacken!«, ruft Klara. Ich hole die Gitarre aus der Hülle. Sie sieht haargenauso aus wie die, die ich auf dem Rücken habe. »Ist es dir noch nicht eng genug im Wagen, Wolfgang?« Mama schaut von der Gitarre zu Papa. »Das ist, für wenn die andere kaputt geht!«, sagt Klara zu Mama. »Nein.« Alle schauen Papa an. »Auf der spiele ich, wenn ich mit Antje zusammen Musik mache.« Mama schüttelt den Kopf. »Du spielst doch gar nicht Gitarre, Wolfgang!« Ich kann in Papas Gesicht sehen, wie doll er auf seine Pfeife beisst. »Das lerne ich. Antje bringt es mir bei. Wir haben unterwegs schon damit angefangen.« »Au ja!«, sage ich und denke für einen Moment wirklich, ich wäre mit Papa nach Graceland gefahren und Papa hätte die zweite Gitarre gekauft, um mit mir zu spielen und Papa wäre wirklich mein Vater.

»Wo ist eigentlich Nelly?« Plötzlich fällt mir auf, dass sie fehlt. »Hört sich die anderen Song Contest-Teilnehmer an.« Mama sieht aus, als würde Nelly sie gerade am allerwenigsten interessieren. »Und, wo habt ihr so übernachtet auf der Strecke?«, fragt sie mich. Mir wird schlecht. Ich versuche, irgendetwas aus Papas Gesicht darüber herauszulesen, was er Mama erzählt hat. Er macht den Mund ganz rund und dann ganz breit, was soll das bloß heißen? »Louisville«, rate ich. »Ach«, Mama klingt irgendwie zufrieden, »ich dachte, ihr wärt die Strecke über London gefahren?« Warum schreit Papa denn jetzt nicht einfach, dass Mama für nichts Verantwortung übernehmen kann und es ihm reicht und er gleich einfach geht? Wieso tut er das genau das eine Mal nicht, wo es das einzige ist, was uns retten könnte? Und dann höre ich plötzlich mich selbst schreien. »Keine Ahnung«, schreie ich, »keine Ahnung, wo Papa übernachtet hat, ich bin abgehauen, in Pittsburgh, weil er mich so angebrüllt hat, und dann habe ich Nelly im State Park gefunden, und wir sind alleine nach Graceland gefahren. Und ich lasse mich nie, nie wieder von dir dazu zwingen, alles mit Papa zu machen, worauf du selbst keinen Bock hast. Du bist mit Papa verheiratet, nicht ich! Er ist nicht mal mein Vater, und du bist mit Tony ins Bett gegangen!« Die letzten Worte brülle ich Mama entgegen. Mama starrt mich an, dann holt sie aus und haut mir ins Gesicht. Einen Moment lang stehen wir alle da, als könnten wir nicht glauben, was gerade passiert ist. Mama dreht sich um und geht.

Wir schweigen, bis Papa sagt »wie wärs, wenn wir was essen gehen?« Ich schaue Papa an. Und dann muss ich lachen, so sehr, dass meine Wange da, wo Mama hingehauen hat, richtig brennt. Jason schaut erleichtert. »Also los«, sagt Papa, geht zu einem der weißen Tische, die draußen vor dem Café stehen und setzt sich hin. Klara klettert auf meinen Schoß und fährt mit dem Finger vorsichtig über meine Wange. »Warum hat Mama das gemacht?« Ich streiche Klara über die Haare. »Mama hat da eine Hormonstörung, wegen der sie die Wahrheit nicht vertragen kann. Deshalb muss sie Gewalt anwenden.« »Ach so.« Klara nickt. Papa bestellt Fried Banana-Peanutbutter-Sandwiches für alle.

»Tony ist nicht dein Vater!«, sagt Papa, als wir kauen. »Das musst du mir glauben.« Ich schaue Papa an, und er weicht meinem Blick nicht aus. »Wirklich?« Papa nickt. »Wirklich. Tut mir leid.« Dieses *tut mir leid* gibt mir einen Stich ins Herz. »Aber Mama hatte doch eine Affäre mit Tony?« Ich weiß nicht, was heute mit mir los ist, dass ich einfach alles sage, was ich denke. Papa nickt. Bei dem Tonfall, in dem wir das besprechen, denkt

Jason sicher, es geht ums Wetter. »Ich dachte, ich hätte deine Gitarre verloren«, sagt Papa. »Hast du ja auch.« Ich schaue ihn an. »Aber nicht so, wie ich dachte.« Papa hält sein Sandwich in der Hand, er hat sicher seit drei Minuten nicht davon abgebissen. Und dann, als ich Papa da sitzen sehe, mit dem angebissenen Sandwich in der Hand, kapiere ich plötzlich, dass es scheißegal ist, wer mein Vater ist. Ich bin Antje, Antje Schröder, manchmal Antje the Panntje, manchmal mit Elvis, the Plastikpuppe Presley verheiratet, manchmal rothaarig und manchmal blond, machmal die Tochter von Tony dem Aufreißer und manchmal von Wolfgäng dem Kursbuchleser. Aber immer Antje. Ich nehme Jasons Hand.

Zehn Minuten später kommt Mama wieder. Sie setzt sich zu uns und sagt »hallo!«, als hätte sie mir nicht gerade zum ersten Mal eine reingehauen. Komisch, sonst ist es immer Papa, der abhaut und dann wiederkommt, als wäre nichts gewesen. »Was esst ihr denn Leckeres?« Mama schaut betont fröhlich auf unsere Sandwichreste. »Tony«, sage ich genauso fröhlich zu Mama, »hat auch mit Mrs. Fitzmartin geschlafen. Und Nelly hat er auch angegraben.« Mama sieht aus, als hätte eben ich ihr eine reingehauen. »Ich verstehe, dass dich das trifft Antje«, sagt sie dann, »aber es hat nichts mit dir zu tun. Du brauchst dir nicht solche Geschichten auszudenken.« Bevor ich antworten kann, kommt Nelly an den Tisch. »Antje«, ruft sie, »Antje! Wir haben den Preis für den berührendsten Auftritt gewonnen!« Ich sehe Nelly an. »Echt?« Nelly zieht an meinem T-Shirt. »Komm!« »Einen Moment.« »Sag ihr, was du mir gesagt hast.« Ich zeige auf Mama. Nelly sieht mich verständnislos an. »Was?« »Über Tony und deine Mutter und dich.« Nelly sieht an mir vorbei. »Ich weiß nicht, was du meinst. Und jetzt komm!« »Wusst ich's doch«, sagt Mama und schaut zufrieden. Nelly zerrt wieder an mir herum, und diesmal komme ich mit.

Als wir hinter der Bühne ankommen, läuft uns die Frau mit dem Klemmbrett schon entgegen. »Mein Gott, da seid ihr ja endlich!« Nelly und ich stolpern auf die Bühne. Im ersten Moment kann ich gar nichts erkennen, dann sehe ich einen alten Mann mit einem blauen Basecap. Er hält etwas in den Händen und winkt uns zu sich. Als wir neben ihm stehen, sagt er »der Publikumspreis für den berührendsten Auftritt geht an diese beiden jungen Damen!« Die Leute klatschen wie wild. Nelly und ich verbeugen uns. Und dann drückt Elvis mir eine Plakette in die die Hand. *I went to Graceland and discovered my inner Elvis* steht da. Ich sehe Elvis an. »Stimmt, genau das habe ich getan.«

Zwischen Spiel und Wirklichkeit

Die fünfzehnjährige Agnes fühlt sich nicht wohl in ihrer Haut. Ihre beste Freundin Jana ist seit ein paar Wochen völlig daneben. Ihre kleine Schwester nervt, und ihre Eltern haben sowieso keine Ahnung, was in ihr vorgeht. Einziger Lichtblick ist der Musiker Matti, auf den leider auch Jana steht, und jene selt-same Moderatorin, die ihr eines Nachts beim Zappen begegnet. Sie bietet Agnes an Spannung in ihren Alltag zu bringen. Zögernd lässt Agnes sich darauf ein – bis sie feststellt, dass sie Realität und Spiel nicht mehr trennen kann. Und dass die Sache immer gefährlicher wird.

Martina Wildner
Grenzland
Mit einem Nachwort
von Hans Hopf
Umschlagzeichnung
von Martina Wildner
Band 80917

Fischer Schatzinsel

fi 80917 / 1

fi 85434 / 1

Wen die Pest verschont, der muss mit dem Teufel im Bunde sein …

Schwaben zur Zeit der Bauernkriege: »Pestmarie, Hexenkind, Teufelsbalg« – das sind die Worte, die Marie hinterhergezischt werden, wenn sie in den Gassen von Rottweil unterwegs ist. Mit ihren feuerroten Haaren und den katzengrünen Augen gilt sie als Ausgeburt des Teufels. Schließlich muss Marie vor den Hexenjägern fliehen und wird die Magd einer Marketenderin. Doch auch hier ist sie nicht sicher. Wird Marie ihren Platz im Leben finden und jemanden, der sie liebt?

Sylvia Stuckmann
Pestmarie
Band 81005

Fischer Schatzinsel

fi 81005 / 1